다시 오지 않을 오늘이 행복한 이유

이영재 | 지음

다시 오지 않을 오늘이 행복한 이유

이영재 | 지음

해피&북스

〈책 사용 설명서〉

●●● 이 책은 삶의 내비게이션이다

저자는 삼성이라는 대기업에서 30년 회사생활을 정년으로 마무리하고, 현재 저서 활동 및 강연가로 활약하는 프리랜서다.

이 책은 가슴뛰는 삶을 꿈꾸는 직장인에게 보내는 그의 그린 메시지이자, 인생 내비게이션이다.

●●● 이 책은 클리닉이다

당신이 사회인으로서의 첫발을 내딛는 순간부터 무엇을 어떻게 해야 할지 모를 때, 이 책에 나오는 내용을 자신에 맞는 치료법으로 적용하고 피드백하며 아픔을 치료하라. 이 책은 현재 당신이 고민하는 문제를 치료해 주는 클리닉이다.

●●● 이 책은 당신의 따뜻한 친구이다

이 책은 단순히 무엇을 하라고 지시하는 정보전달용 책이 아니다.

당신을 둘러싼 사회와 사람들 간 관계에 대해서 저자의 경험을 토대로 상대나 친구의 입장을 이해하는 방법을 제시하고, 당신의 마음을 따뜻하게 위로해주는 친구가 되어줄 것이다.

●●●이 책은 참고서다

이 책은 직장에서의 현실, 간부 및 상사와 실제적으로 부딪히는 일과 평가에 대한 고민, 길고 긴 회사생활에서의 생존에 대한 전략을 기술하였다.

●●●이 책은 진행형이다

이 책은 회사생활에 대한 노하우를 제시했지만, 한 번 읽고 덮지 않길 바란다. 인생은 길다. 퇴직 후 새로운 도전을 위해서도 과거의 경험은 필요하다. 새로운 환경에의 대처법으로 활용하기 위해서라도 이 책은 현재 진행형이다.

●●●이 책은 당신의 동반자다

이 책은 저자의 경험을 바탕으로 쓰여진 글이지만, 당신이 회사생활에서 겪는 어려움, 고민들과 크게 다르지 않을 것이다. 당신이 고진감래하며 지켜온 회사생활을 돌아보고 한 계단 성장하게 할 안내자이며, 인생의 동반자가 되어줄 것이다.

목 차

프롤로그 '다시 오지 않을 오늘이 행복한 이유'

제1장 앙상한 가지 위의 눈꽃이 들려준 인생의 진실_나의 이야기 12

다시 오지 않을
오늘이 행복한 이유

〈프롤로그〉

'다시 오지 않을 오늘이 행복한 이유'

어느 겨울, 삼성에서 정년을 맞이한 후, 앙상한 가지 위에 얹힌 눈꽃을 바라보다가 불현듯 '마른 가지 위에서 흩날리는 눈꽃가루'가 내 신세와 같다는 생각이 들었다.

퇴근하는 골목길의 가로등 불빛 아래서 문득 지난날을 돌아보며 인생무상을 느낄 때도 있었고, 퇴근길의 흔들리는 장거리 통근버스 안에서 내 인생도 함께 흔들렸던 때도 있었다.

내가 살아온 인생에 후회는 없었는가?

그 마른 가지 위에 눈꽃을 피우기 위해 '나는 무얼 할 수 있을까' 하는 생각이 들었다.

극작가인 조지 버나드 쇼(George Bernard Shaw, 1856-1950)의 묘비에는 "우물쭈물하다가 내 이럴 줄 알았다." 고 쓰여 있다.

대기업의 치열한 경쟁 속에서 미리 준비하지 못하고 정년을 맞이한 아쉬움과 함께, 나의 경험담을 후배들과 공유해서 그들은 우물쭈물 살게 하고 싶지 않다는 생각이 들었다. 그래서 글 쓰는 법도 모르면서 이렇듯 우연히, 너무도 거창하게 글쓰기에 입문하게 되었다.

글 쓰는 일과는 전혀 거리가 먼 내가 책을 쓴다는 것이 우습기도 하고 두렵기도 했지만, 이 책을 통해 독자들은 제대로 회사생활하는 법을 습득하길 바라는 마음으로 펜을 들어본다. 내 후배가 이 책을 읽으면 나와 같은 실수는 절대 하지 않게 될 것이고, 내 상사가 읽으면 고개를 끄덕거릴 것이다. 당신이 만약 인사팀 직원이라면 내용을 공감하고, 당장에 직원 교육용으로 구매할 거라고 감히 추측해 본다.

흔히 삼성하면 '관리의 삼성', '시스템의 삼성'이라는 단어를 떠올린다.

삼성의 업무 방식은 업무 규칙, 보고의 방법, 일의 추진 방법 등 다양한 점에서 분명 차이가 있지만 실패 경험을 하나하나 개선해 나가며 만든 방법이기에, 많은 사람들이 '삼성의 일하는 방식'을 궁금해 하며 삼성처럼만 하면 강한 조직과 비전 있는 회사로 성장할 수 있다고 믿는다.

각기 다른 방식과 다른 모습, 그리고 다른 행동을 하는 사람들의 집합체인 직장생활은 학교생활을 포함해 인생의 대부분을 차지한다. 팀워크를 중요시 하는 직장의 특성상 혼자 멀리 가는 것보다는 함께 제대로 가는 것이 더 중요하다. 현재 몸담고 있는 직장에서 주목받는 인재가 되고 싶다면 직장에서의 모든 만남이 자신의 미래와 커리어에 보탬이 되도록 해야 한다. 그러기 위해서는 뛰어난 선현들의 다양한 인생 경험과 철학 등이 녹아 있는 고전을 통해 처세술과 생존 전략을 배울 필요가 있다.

이 책을 쓰다보니 부하직원을 매섭게 몰아붙였던 나의 모습과 힘들어 하던 직원들의 모습이 스쳐 지나간다.

동시에 조직원의 열정으로 업무 목표를 달성했던 성취의 순간도 뿌듯함과 함께 떠오른다.

당신이 몇 년을 더하게 될지 모르는 직장생활, 이왕이면 성공하고 기왕이면 즐겁게 하는 게 좋다.

이 책은 '일과 사람' 사이에 치여 자신의 능력을 제대로 발휘하지 못하는 직장인들을 위한 승승장구의 살아남는 전략을 제시해 줄 것이다. 상사와 동료, 회사가 당신을 붙잡고 싶어 하는 유능한 인재로 거듭나는데 이 책이 도움이 되었으면 하는 바람이다.

여러분에게 그 작은 시작의 첫 걸음이 되어주기를 기대하며, 부디 여러분의 직장생활에 즐거움과 행복 그리고 성공을 줄 수 있길 기원해 본다.

글을 쓰는데 동기를 부여해 주신 '삼성경력컨설팅센터' 김석란 수석컨설턴트와 출간에 도움을 주신 '이창호스피치리더십연구소'의 이창호 박사님께도 감사의 말씀을 드린다.

지은이 이 영 재

제1장

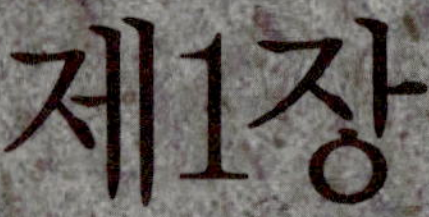

회사 생존의 첫 번째 등용문

드디어 첫 출근하는 날이다. 그동안 기대반 설렘 반 출근할 날만을 기다려 왔다.

대부분의 기업체는 연구개발부를 지방에 두고 있다. 연구개발 인력의 인건비가 제품의 원가상승으로 이어진다는 계산에서다.

기흥의 통신연구소에 입사를 했을 때, 서울 신림동에 살던 나는 양재역에서 출발하는 통근버스를 타기 위해 이른 아침 신림역 지하철 셔터가 열리기 무섭게 달려가 환승을 통해 양재역으로 가서 기흥 행 출근버스에 몸을 실었다.

많은 사람들이 그 아침 출근시간을 활용하여 어학 공부를 하라고 말하지만 새벽잠에서 깨자마자 출근전쟁에 시달리다 보면 현실은 마음처럼 쉽지가 않았다. 나도 한 달 간은 책도 보고, 이어폰을 꽂고 열심히 영어 공부도 했지만 점점 주변 분위기에 동화되어 긴긴 잠에 동참하게 되었다.

옆자리에서 단잠을 자는 이가 깰까봐 좌석 조명등을 켜기도 미안했고, 무엇보다도 잠이 덜깬 상태이다 보니, 이어폰에서 나오는 소리조차 자장

가로 들렸다.

　몇 년간은 일터가 기흥이라 수면 시간이 짧았지만 회사 정책에 따라 개발부서가 아산시 탕정읍으로 이동하다 보니, 통근버스 이동시간은 점점 더 길어졌고 잠자는 시간이 한 시간을 넘어가게 되었다.

　장거리를 출퇴근하는 직장인들에게는 드라마에서처럼, 가족과 함께 느긋하게 아침식사를 하는 모습은 남의 나라 이야기이다. 잠에서 깨어 출근할 시간이면 아내와 아이들은 꿈나라에서 헤맬 때이므로 불도 환히 밝히지 못하고, 주섬주섬 옷을 입고 조용히 집을 나서 서둘러 버스를 타기 위해 향한다. 이러다 보니, 대부분의 사람들이 통근버스를 타자마자 목 베개를 하고 수면을 취하는 것이 이상한 풍경이 아니었다. 목 베개가 이렇게 중요한 물건인지는 이때 처음 알았다. 그 종류도 다양해서 에어베개, 메모리베개, 쿠션베개 등등이 있다.

　본인에게 맞는 베개를 고르느라 몇 번의 시행착오도 겪는다. 나는 지금도 에어베개를 애용하며 지낸다. 이 베개의 가장 큰 장점은 다른 베개들과 달리 바람을 빼면 부피가 줄어들기 때문에 소지하기가 편하다. 이것도 일종의 노하우라면 노하우다.

　바둑을 사회와 인생에 비교해서 글을 쓴 〈미생〉이라는 드라마가 인기였던 적이 있었다.

　직장에서도 〈미생〉에 대해서 전혀 모른다면 왕따일 정도로 직장인들은 더욱 이 작품에 공감하고 있었다.

극중 박 과장이 신입사원 장그래를 인격적으로 모멸감을 줄 때는 예전에 내가 겪었던 직장생활이 떠오르며, 함께 공분을 이어가기도 했다.

또한 팀의 위기 때마다 장그래가 바둑의 신의 한수를 통한 위기돌파를 할 때는 나도 모르게 통쾌함이 샘솟곤 했다.

드라마에서 신입사원으로 좌충우돌하는 주인공의 모습이 내 일처럼 느껴졌다. 취업이 크나큰 사회 문제로 대두된 요즘, 남들의 부러움을 뒤로하고 자랑스럽게 회사에 들어오지만, 일단 어느 조직이라도 들어가고 나면, 자신만의 특별함은 없다. 다들 나만큼 혹은 나보다 더 열심히 해서 입사한 만큼, 새로운 경쟁의 시작일 뿐인 것이다.

신입사원으로서 뭔가 이루고 싶은 의욕을 불태웠지만 드라마와 같이 정작 뭐를 해야 할지 그저 막막하기만 하였다. 자리에 가만히 있기도 뭐하고, 선배에게 도움을 줄 수도 없고, 업무에 방해가 되는 것은 아닌지 미안하기도 하고, 바쁜 것 같이 보이는 선배가 원망스러울 때가 많았다.

우리 회사엔 OJT(On-the-Job Training) 매뉴얼이 있었다. OJT는 상사가 부하에게 직무에 필요한 능력을 계획적, 계속적으로 육성하는 과정이다. 그러나 직속 선배가 바쁘다는 이유로 OJT 교육이 제대로 이루어지지 않은 적도 많았다. 신입사원이 입사해서 처음에는 뭔가 진행되는 것 같지만 3,4개월이 지나면 흐지부지 사라지는 대표적인 교육이 되지 않도록 하기 위해서는 조직의 리더들이 다음의 프로세스를 꼭 연마해야 하지 않을까 한다.

OJT 실시단계에서의 프로세스는 ①설명하여 가르친다 → ②견습시킨다 → ③실습시킨다 → ④분담시킨다 → ⑤담당시킨다. 이러한 단계를 통해서 신입사원이 어엿한 중견사원으로 성장하게 되는 과정을 가르치게 되지만, 리더의 의지에 따라 좌우되기도 한다.

1980년도 후반은 지금처럼 인터넷이 활성화된 시기가 아니었다.

나는 기계공학을 전공해 시스템 교환기 개발부서에 처음 배치되었다, 지금은 컴퓨터를 통해 3D 설계를 할 수 있지만, 열악한 환경인 당시는 설계를 시작할 때는 컴퓨터와 인터넷도 제대로 보급이 안된 시절이라 드래프터(Drafter)라고 하는 커다란 도면설계용 기기를 앞에 세워놓고, 직접 평면도, 좌측면도, 우측면도를 머릿속으로 그려가면서 했기에 지금처럼 자동으로 오류(error)부분을 체크하지 못하고 수많은 시행차오를 반복했다.

수십 번을 고치고 지우다 보면, 흰색 셔츠의 소매 끝은 어느새 까맣게 물들어 있을 때가 한두 번이 아니었다.

제품을 만들면 잘못 나와 또 수정을 하고 그러면서 나만의 노하우를 하루하루 터득해 나갔다. 그러다가 어느덧 기대했던 제품이 나오게 되면, 그 성취감은 이루 말할 수 없었다.

팩시밀리의 핸드셋(Hand-set)을 직접 설계한 경우도 있었지만, 막상 내가 설계한 제품이 시장에 출시된 것을 보게 되면, 자부심과 긍지로 가슴 뿌듯하였다.

　신입사원이었을 때의 일이었다. 한 번은 도면의 좌측면도와 우측면도
가 잘못되어 제품이 나온 적이 있었다.

　금형(몰드 및 프레스 제작 틀)에서 나온 제품을 검토하던 중 제품이 잘
못된 사실을 알고 전전긍긍하고 있을 때 상사의 호출로 불려갔던 때가 있
었다.

　부장: 허허!! 도대체 어떻게 된 건가? 언제 발견했나?

　나: 금형 시제품을 뽑는 순간 제품이 이상하여…

　부장: 도면은 제대로 검토했나? 도면의 조립도(Assy) 검토는 해보기
　　　는 한 건가?

　나: 도면의 부분 섹션(Setion)을 검토는 했는데, 조립성(Assy) 체크를
　　　잘못한 것 같습니다.

　부장: 자네보다도 지도 선배가 더 문제이군, 개발 일정이 늦을 것 같
　　　으니 빨리 후속 조치를 하도록 하게.

신입사원이기에 이대로 넘어가는 거지만, 또다시 이런 일이 발생하게
되었을 때는 책임을 물을 것일세, 이러한 결과에 대한 실패 사례를 남
기고, 다시금 재발이 되지 않도록 해주게나,

　의욕보다는 철저한 크로스체크를 통해 한 번 더 검토하여 완벽한 제
품이 나오도록 최선을 다해 주게나,

　선배와 더불어 커다란 질책을 당했던 이와 같은 일을 겪고 나서, 제품

개발 시 도면을 설계할 때 한층 꼼꼼함을 갖고, 섹션(Section) 검토와 크로스 체크를 강화하였음은 두말할 나위 없다.

왜 그랬을까? 정말 어처구니 없는 일이었다. 도면을 반대로 보다니!

이 경험에서 얻게 된 깨달음은 내가 알고 있는 열 가지를 절대적이라고 믿지 말자는 것이었다. 내가 그린 도면이지만 잘못된 점은 내가 찾기 힘들다. 열을 안다고 생각할 때에도 열 하나 열 둘을 알고 있는 회사나 주변의 도움을 받아야 하는 것이다.

국회의원 나경원씨는 〈세심〉이라는 그의 저서에서 "하나를 알면서 열을 말하는 것은 무모함이다. 그러나 열을 알면서 하나를 말하는 것은 바로 세심함이다. 열을 알고 하나만을 말할 때는 담대함마저 가질 수 있다."라고 말한 바 있다.

"셋이 모이면 무수의 지혜"라는 말도 있다.

세 사람만 모이면 그 중 한 사람은 자기보다 뛰어난 사람이 있어 필시 본받을 만한 요소가 있다는 뜻이다. 세 사람이 모여도 본받을 만한 것이 있는데, 회사라는 거대한 조직은 어떻겠는가. 상사나 동료로부터 배운 지식들이 당신의 성장 동력 역할을 할 것이다.

돌이켜 생각해 보면 회사에서의 나는 조용하며 말이 없는 묵묵한 사람으로 보였던 것 같다. 한 마디로 무슨 생각을 하고 있는지 알 수 없는 사람으로 보였을 것이다. 일을 등한시한 적은 없지만 회사의 입장에서 보면 적극적인 사고방식을 가진 이로 보이지는 않았던 것 같다.

하지만 회사 밖에서의 생활은 전혀 달랐다. 호기심도 많고 음악을 좋아해서, 당시 '합창'이라는 삼성본관 근처의 뮤직카페에 자주 들락거리며, 생판 모르는 사람들과 어울리며 함께 음악을 들으며 노래를 하고 즐거운 생활을 보냈다. 당시의 뮤직카페는 공연 장소를 구하지 못한 무명가수의 신곡 공연장으로서, 자신의 자작곡을 들고 나와 악보와 가사가 적혀 있는 인쇄물을 나눠주고 직접 노래를 부르기도 하고 가르치기도 하며, 카페 안의 사람들과 함께 호흡하는 분

위기였다. 천원씩 하는 커피와 음료수를 시키면 몇 시간씩 있어도 괜찮았
기에 자주 애용하곤 했다.

이곳 대중들에게 반응이 좋으면, 가수 이름이 알려지기도 전에 먼저 음
악이 방송을 타고, 궁극에는 신인가수로서 방송을 타는 경우도 있었던 터
라 무명 신인들에게도 인기가 많았던 가수들의 등용문인 장소였다.

나는 이곳이 좋아 주말이면 일찍부터 자리를 잡고 앉아 이곳에서 거의
모든 시간을 보냈다. 또한 겨울에는 스키 장비를 메고 스키장에서 사람들
과 어울렸고, 동창들 모임에서 총무를 맡으며 친구들의 결혼식 사회는 전
담하다시피 하는 주도적인 생활을 했었다.

그런데 회사와 회사 밖에서 전혀 다른 모습으로 생활하던 나에게 반전
의 사건이 일어났다. 승진 발표를 앞두고 있던 어느 날, 나는 나름의 개발
과제 업무를 일정내로 마무리하고, 성과 측면에서도 남보다 실적이 뒤지
지 않는다고 생각했고, 승진 연차도 이미 꽉 차 있었기에 승진은 낙관적
이었다. 하지만 뚜껑을 열어보니 결과는 최악이었다. 내가 승진 대상에서
제외된 것이다. 도무지 납득이 되지 않았기에 임원을 찾아가 그 이유를
물었다.

"올해 저의 성과는 회사에서 최고 수준입니다, 개발 일정도 준수했
으며, 생산 효율성, 순익 달성도 측면에서도 회사에 기여했다고 생각합
니다, 제가 승진에서 탈락한 이유에 대해 알고 싶습니다."

나를 지긋이 응시하던 팀장이 말하기를,

"자네가 일을 잘하고 목표관리를 잘하는 것을 내 모르는 바는 아니지만, 그런데 사회생활은 그것만 가지고는 부족하네, 혼자만의 목표가 아닌 조직과의 유대관계도 중요한 것이네, 회사라는 조직 속에서 자네가 어떻게 조직 생활을 해왔는지 다시 한 번 생각해보게."

띠~~잉!!!

그때의 충격을 어떻게 잊을 수 있을까? 내가 일을 못한 건가? 말을 못한 건가? 무엇이 문제인가?

충격에서 벗어난 얼마간의 시간이 흐른 후, 나는 자신을 되돌아보며 새로운 결심을 하게 되었다.

그때부터 소위 잘나가는 동료 및 승승장구한 선배들에게 묻고 또 물었다.

"회사생활에서 가장 중요한 것이 무엇입니까?"

결과는 의외였다. 일 잘하는 능력만 있으면 회사생활은 만사형통일 것이라 생각했었는데 그게 아니었다. 많은 사람들, 간부급의 사람들이 회사생활은 일뿐만 아니라 말을 포함한 처세도 한몫을 한다고 대답했던 것이다. 이제껏 나는 조직생활에 적응을 못한 것이다.

별달리 내세울 것 없는 내가 성공할 수 있는 길은, 일만이 아니라 처세 및 말의 중요성임을 점검하고 행하는 것이라고 깨닫게 되었다.

그때부터 나는 주변을 돌아보고, 조직생활에 조금 더 집중하기 시작했고, 일상에서 사용하는 말 및 회사에서 쓰는 용어조차도 다시 점검해 보았고, 동료의 대소사에 더욱 적극적으로 참여하였다.

그렇게 시간이 흐른 후 신기하게도 주변에서 나를 바라보는 시선과 평가가 달라졌다. 나에게 문제가 있다고 말한 팀장조차도, 달라진 나의 생활에 관심을 보였다. 신기하지 않은가?

성실함만이 전부라고 생각한 내가, 회사형 인간으로 변모한 것이다. 그렇다고, 시도 때도 없이 야근을 하고 휴일의 특근에 몸 바치는 충성파가 된 것은 아니다. 더더구나 아부형 인간으로 탈바꿈한 건 더욱 아니다.

우선 회사를 대하는 내 마음이 바뀐 것이다.

새벽에 통근버스를 타고 출근하다 보니, 나날이 피곤이 누적될 수도 있었고, 따분한 날이 될 수도 있었지만 직장이 더 이상 지겨운 곳이 아니라 즐거운 놀이터처럼 느껴졌다. 과제도 잘 풀리는 것 같았고, 무엇보다 회사가 나를 중요한 사람으로 취급해주기 시작했으며, 동료들과의 관계도 더 좋아졌다. 특히 상사들이 중요한 일에 나를 불러 협의를 하기 시작했다. 직장생활을 통틀어 변화의 전환점을 맞은 이 시기에 나는 어리둥절하면서도 회사생활에 자신감을 갖기 시작했다.

이러한 태도가 정년퇴직까지 무사히 올 수 있었던 원동력이 되지 않았을까?

개발 담당자로서의 나는?

　대부분의 대기업들은 수많은 업무가 역할별로 나뉘어져 있어 다른 부서는커녕 바로 옆 사람의 일도 파악하기 어려운 구조다. 그래서 대기업에서 일하는 구성원들은 모두 전문가라고 말해도 무방하다.

모델 담당자로서 노트PC에 들어가는 디스플레이 14.1인치를 제품 개발할 때의 기억이 생생하다. 당시에는 노트PC 디스플레이의 BLU(Back Light Unit)를 개발하던 때였다.

우리가 말하는 노트PC의 세트(Set) 안에 내재되는 LCD디스플레이 Unit가 우리 회사에서 개발하는 반제품이었다. 그러기에 주요 PC업체는 우리의 고객이었다.

주요 고객 중 하나였던 일본 IBM에서 전략적으로 노트PC의 Set와 디스플레이의 협업개발 의뢰가 들어와서, 1개월간 일본의 IBM연구소의 개발팀에 파견되어 협업 설계를 진행하였다. 나중에 안 일이지만 매출 증대의 방안을 생각하던 끝에, 만들어서만 팔 것이 아니라 고객과 공동제작하면 매출 시장이 확대되지 않을까 하는 상품기획 의도에서 추진하게 된 프로젝트였다. 매출 시장의 증대를 위한 목적도 있었지만, 고객의 신제품 개발 방향에 대한 정보 입수의 통로로도 활용하고자 했던 것이다.

프로젝트의 방향은 이러했다. 삼성은 내재되는 디스플레이의 제품을 담당하고, IBM은 외관의 set를 담당하여 개발하는 것이었기에 각 개발자 간에 제품과 제품 간의 결합 방법 등 개발 진행 현황에 따른 문제점 등을 공유하며 설계를 진행하였고, 설계는 IBM의 3D 설계 프로그램을 사용하였다. 사무실 및 식당을 출입하기 위해 IBM 신분증을 발급받아, 동일하게 아침 조회 및 식사 등을 함께하며 생활하였다. 그 당시의 IBM의 구내식당은 주문식단제처럼 운영되었다. 식당 입구에 코스별 메뉴가 구분되어 있었으며, 또한 각각 반찬에 가격이 표시되어 있었다. 코스를 선택하여 줄을 서고, 반찬을 추가할 경우에는 별도의 금액을 추가 지불하고, 식사를 하는 자율 식당 체제였다.

또한 출장기간 동안의 숙박도 IBM과 제휴 중인 호텔의 인하 혜택을 받아 좋은 조건으로 투숙할 수 있었고 이것은 나에게 별도의 수익으로 돌아와 도움을 주었다.

한 번은 월요일이 일본의 국경일이라 3일 내내 연휴인 적이 있었는데, 하루는 호텔에서 보내고, 남은 기간에는 하꼬네모토라고 하는 관광지를 답사하였다. 프리패스 티켓을 구입해서 등산열차와 바이킹선, 화산지역 위를 지나는 케이블카 등을 패키지로 둘러보는 관광코스였다. 잠깐이지

만 일본의 관광문화를 알 수 있는 뜻밖의 선
물을 받은 셈이다.

제품의 설계를 1개월 만에 끝내고 국내로 복귀한
후에 각각의 금형 제작을 진행하였고, 서로간의 시제
품 샘플을 공수받아 조립성(ASSY)을 체크하였다. 그런
데 품질 신뢰성 테스트 낙하시험을 진행하던 중에 2차 시험에서 디스플
레이 화면의 ON-Off가 반복되는 현상의 불량이 발생되었다. 원인을 알
고자 몇 번을 신규로 제작하여 수정도 조금씩 해가며 개선방안을 모색했
지만 개선이 되지 않아 우리만의 문제가 아니라는 결론을 내리고, IBM
과의 협의를 위해 일본으로 향하는 비행기에 몸을 실었지만 걱정이 태
산 같았다. 기일내로 개발하지 못할 때에 따르는 책임도 걱정이었지만 어
디에서 문제가 발생했는지 여러 가지가 머릿속에 맴돌아 어떻게 왔는지
도 모르게 IBM연구소에 도착했고, 이곳의 개발엔지니어와 며칠 밤을 지
새우며, 제품의 조립과 분해를 반복했다. 설계도면은 도면대로, 조립성
(ASSY) 검토를 시뮬레이션해 가며 검토에 검토를 거듭했다. 여러 가지
아이디어 및 보완책을 임시로 적용하여 밤샘 테스트를 통한 원인분석을
실시한 것이 하루 이틀이 아니었다.

식사도 도시락으로 때우면서 새벽까지 시험을 진행하였으며, 다가오는
개발 일정의 문제로 걱정이 태산 같았다. 누렇게 뜬 얼굴로 서로간의 의
견을 교환하였다. 그러던 중 IBM 세트(Set)의 상단 커버(Cover) 모서리의

비틀림 현상에 원인이 있었음을 발견하였고, 도면 검토를 하다가 애초의 설계와 다른 곳을 발견하였다. IBM 설계 담당자가 우리와 협의 없이 임의로 보스(Boss, 세트 고정용 폴)의 위치를 변경한 것을 발견하였고, 원래의 도면 위치로 보스(Boss)를 정정하고 재 실험을 진행하였을 때는 다행히도 문제가 없었다.

결국 Boss의 위치 변경으로 인해 디스플레이의 접촉에 영향을 주어 한쪽의 비틀림에 의한 들뜸이 발생하면서 빛샘 불량이 발생한 것으로 결론을 내렸다. 다행히, IBM 세트 커버 BLU 연결 보스를 수정함으로써 문제는 일단락되었으며, 간신히 개발품 출하 일정을 맞출 수 있었다. 그제서야 비로소 밤샘 실험의 피로를 잊을 수 있었고, 심리적 압박감을 내려놓고 홀가분한 기분을 만끽할 수 있었다.

이렇듯 하나의 제품을 개발하기 위한 과정은 감히 출산의 고통에 맞먹는다고 해야 할 것이다. 하나의 제품이 세상에 나오려면 제품을 설계하고, 그 제품의 금형을 제작하고, 시제품이 나오면 수차례의 신뢰성 시험을 진행하며, 개발 중간 중간의 단계별 일정을 관리하고, 최종 신뢰성 시험 및 생산성 검증을 진행한 후, 초기제품을 고객에게 보내서 개발 제품의 고객 승인원을 받으면, 비로소 각 관련부서의 최종 합의를 받아 대량 생산에 돌입하게 된다. 시장에 출시 후에도 문제가 발생할 경우에는 그 모델의 개발자가 원인 분석 및 대책을 찾아내어 점검하고 마무리해야 한다.

말 그대로 개발 엔지니어는 '요람에서 무덤까지' 책임져야 하는 막중한 사명이 있다. 그러하기에 담당자로서 개발한 제품이 출시 후에 현장에서 문제가 발생하면, 현재 개발 담당하는 모델과 함께 이중으로 과제가 적층되므로 특근과 야근을 안할 수가 없는 것이다.

제품을 개발하며 개발 런을, 양산중인 제조라인에 흘려 보는 기회도 쉽게 주어지지 않기에 여러 차례 사정해야 하는 개발담당자의 고충은 겪어 보지 않은 사람은 알 수가 없다. 그들에게도 사정이야 있겠지만, 어떤 때는 같은 회사를 위해서 일하면서 야박하게 구는 상대가 야속하기만 할 뿐이다.

인간은 선택을 통해서 자신의 인생을 형성해 가는 존재다.

일생이 어렵고 만족스럽지 않은 이유는 자신의 선택을 확신할 수 없기 때문이다.

선택의 대상들이 다 고만고만하기 때문이다.

선택이 어려운 건 그 때문이다.

만약 압도적인 우위가 있는 대상이라면 그건 선택의 여지가 없다.

딱히 차이도 없어서 선택하기 어려운데 시간과 인생은 선택을 강요한다.

자유란 선택한 후의 불확실과 불안함을 견뎌낸 사람에게 주어지는 것이다.

— **장폴 사르트르** (Jean Paul Sartre)

조직은 특정한 목적을 달성하기 위해 이루어진 팀, 즉 구성원이다. 조직의 성과는 결국은 팀 성과로 나타난다. 그러므로 나 혼자 열심히 해도 다른 팀원들이 받쳐주지 않으면 소용이 없다. 튀는 사람, 잘난체 하는 사람, 사람들과 융화하지 못하는 사람은 제아무리 능력이 뛰어나도 도태당하기 쉽다. 그래서 일 잘하는 것은 기본이고 거기에 인간성도 갖춰야 한다. 직장 생활이 어렵다고 하는 것은 자신의 탓일 경우가 많다.

상사는 파이를 키워 나눈다는 공통의 목표에 매진해야 한다. 문제가 생겼을 때 들어주고, 배려하며, 아낌없이 지원도 해야 한다. 또 선배와 상사는 팩트나 하드웨어적인 것으로 구분하지 말고 정확한 판단과 결정, 처리 방식으로 존경받을 수 있어야 한다. 나눠주고, 오픈하는 태도를 보임으로써 실력뿐만 아닌 인성적인 부분에서도 인정받을 수 있어야 한다.

조직생활을 하는 사람들이 가장 어려워하는 것이 무엇일까? 업무일까? 조직 간의 분위기일까? 당연히 후자다. 조직생활에 적응하지 못해 타부서로 전출을 원하는 직원들을 상담하는 담당자의 말을 들어보면, 업무가 힘든 것보다도 조직이나 소속된 사람과의 근무 분위기에 적응하지 못해 이동하는 경우가 대부분이라고 한다.

삼성의 경영혁신 부서에서 근무하는 파트장은 말한다.

"회사에서 가장 필요한 것이 업무지식만이라고 말하는 후배들에게 충고하고 싶은 것은, 회사의 중추적인 존재로 성장하기 위해서는 회사의 사회적 관계를 이해해야 합니다. 사회적 관계라는 것은 자신의 직속 상사도 중요하지만 자신의 업무와 연관된 타 부서의 동료 혹은 상사들도 중요하다는 뜻이에요. 이 관계를 자신의 업무 성과에 제대로 활용하는 능력이 직장생활의 성패를 좌우합니다."

요즘은 꽤 많은 회사들이 직원들의 사회활동과 봉사활동을 권유하고 지원해준다. 업무와 무관하지만 등산동호회나 영화동호회가 활성화 되어 있고, 탁구동호회도 코치를 초빙할 경우 강사료를 보조해 준다. 봉사부문에서는 저소득 소외계층의 소규모 단체를 선정하면, 본인이 이들과 함께 공연이나 음악회에 함께 가는 조건으로 무료로 초청되는 혜택을 받기도 한다. 회사에서 이런 활동에까지 돈을 대주는 이유가 뭘까? 단순히 직원의 스트레스를 해소시켜 업무에 더 몰입하도록 하기 위해서일까? 물론 이것도 틀린 말은 아니지만 그것보다도 더 중요한 목적이 있다. 직원들이 다양한 사회활동을 통해 인맥을 쌓고 활용하여 궁극적으로 회사의 성장에 도움을 주는 사람으로 성장할 수 있기를 원하는 일종의 투자이다.

조직생활에 적응하기 위한 다음의 사례를 들어보자.

1. 대내의 행사에 활발히 참석하라

회사의 경조사, 정말 중요하다. 가능하다면 회사 내 직원의 경조사에 정성을 쏟는 모습을 보여라. 특히 슬픈 일에는 좋은 일보다 더욱 신경을 써야 한다. 많은 사람이 축하하는 결혼식장은 사정상 못 가더라도 장례식장은 꼭 다른 일을 제쳐놓고라도 참석해야 한다. 당신의 인성이 드러나기에 조직생활에 이것만큼 중요한 것은 없다. 또한, 내가 누군가를 돕거나 힘겨운 일을 당한 사람에게 관심을 갖는 것을 남들 눈에 띄지 않게 조용히 하는 것이 좋다고 생각하는가? 오른손이 하는 일을 굳이 왼손이 몰라야 하는 것인가? 하지만, 당신은 수호천사가 아닌, 평범한 샐러리맨이기에 선행을 베풀었다면 굳이 숨길 이유가 없다. 잘한 것이 있다면 했다고 말하라, 회사의 홍보팀에 알려서 사내방송이라도 탄다면 사람들은 당신을 다시 보게 될 것이다. 물론 직원들의 경조사를 챙기는 마음에 진심이 담겨있다면 더할 나위 없다.

2. 커피는 혼자서 마시지 마라

분주한 출근시간의 사무실 하나 둘 사람들이 빵 봉지, 과일 봉지를 들고 들어선다.

내가 있던 회사는 아침에 take-out을 할 수 있어서 좋았다. 봉지 메뉴도 다양해서 빵, 과일, 샐러드, 샌드위치, 주먹밥 등 거의가 한손에 하나씩 비닐봉지를 들고 사무실로 들어선다, 늘 주고받는 형식적인 인사를 하며 각자의 컴퓨터를 켜고, 주먹밥과 과일을 손에 잡고 컴퓨터 화면에 빠진다. 그 이후는 각자의 업무 속으로~~,

메일을 확인하고 하루의 업무를 체크하는 긴장과 고단함이 동시에 흐르는 아침, 그 조용함은 오랫동안 계속된다. 이때, 조용한 침묵이 한참을 지나 지루함으로 느껴질 무렵, 당신의 직속 상사가 다가와 말을 건넨다.

"김 선임 바쁜가? 잠깐 커피 한 잔 할까?"

"수석님! 저 지금 개발라인 섭외 건으로 메일을 보내야 해서 조금 바쁜데요,"

열심히 일하는 모습이 보기에 좋지만 잠깐의 여유도 없이 업무에 매진하는 당신의 모습에 상사가 진짜 감동할 줄 안다면 그건 오산이다.

'커피 마시며 쓸데없이 시간을 보내기 싫다고?' 하는 오해를 받을 수도 있기 때문이다.

"수석님 가시죠? 날씨가 쌀쌀하니 제가 따뜻한 걸로 사드릴게요,"

두꺼운 빙하가 말 한마디에 녹는 것 같지 않은가?

신문지상에는 경제가 어렵다느니, 전세가 미쳤느니 하는 용어가 도배를 한다.

퇴직도 빨라지고, 자녀들 교육비나 물가도 만만치 않아 돈을 아끼고 절약하는 사람이 많아진다.

택시비, 외식비는 물론 할인 쿠폰을 찾아다니며 한 푼이라도 아끼려고 한다. 하지만, 돈을 아껴 쓴다 하더라도 아끼지 말아야 할 것이 있다면, 그것은 바로 커피 한 잔의 값이다. 커피 한 잔에 당신의 평판이 달라진다.

보이지 않는 돈의 가치가 여기에 있다고 할 수 있다.

"커피는 혼자서 마시지 마라! 특히 상사와 함께 마시는 커피 한 잔은 나를 위한 투자다. 단지 커피 한 잔이 아닌, 오고가는 진솔한 말의 소중함은 보이지 않는 무형의 가치가 될 수도 있다."

삼성물산 마케팅 팀장의 이야기에서도 소통의 중요성은 묻어난다.

"사람들은 온종일 뭐가 그리도 바쁜지, 가끔 커피 한 잔을 사겠다고 해도 이런저런 이유로 거절을 당하고, 그럴 때마다 이 사람이 나를 부담스러워 하는 것으로 느껴지게 되고, 그렇게 되니 나 또한 점점 거리감이 생기는 것은 어쩔 수 없어, 그런 일이 반복되게 되면 그 다음부턴 그런 사람에게 말 걸고 싶지도 않고, 결국 그 사람과는 보이지 않는 벽이 생기게 되서 관계가 서먹서먹하게 되지."

이와 비슷한 사례는 주변에 흔하다. 이렇게 상사가 청할 때 당신은 어떻게 하는가?

"저는 지금 즉시 처리할 일이 있어서 자리를 비우기가 어렵습니다." "아침에는 좀 바빠서요." 그리고 열심히 업무에 몰입한다. 이런 당신은 열심히 업무도 잘하고 남보다 앞서가고 있다고 생각하는가?

이러한 행동은 당신에게 절대적으로 마이너스다. 가끔씩 업무를 떠나 인간 대 인간으로 만나 나누는 대화에는 업무 때는 들을 수 없는 다양한 이야기 들을 접할 수 있다. 상사와 대면하기 때문에 직접적으로 업무와 연관은 없지만, 꼭 들어둬야 할 회사의 정보가 있을 수도 있고, 내부 조직 사회에서 벌어지는 중요한 일도 있으며, 상사나 부하들의 기억해 둘 만한 인간적인 이야기들도 있다.

팀장이 점심식사 후 산책이라도 한다면, 무조건 따라 붙어라. 건강에도 좋고, 일단 그 자리에 동참했다면 마냥 듣는 것뿐 아니라 서로의 관계에 윤활유가 될 만한 말을 찾아 하라. 싫은 걸 참으며 그렇게 까지 해야 하느냐고 반문할 수도 있지만, 때로는 업무보다 더 중요한 것이 이러한 사소한 인간적 유대관계 일 수도 있다.

"잠깐 차 한 잔 하시며 머리를 식히시죠? 제가 커피 한 잔 대접하겠습니다."

이것이 어색한가? 이 한잔의 커피가 당신의 회사생활을 편하게 이끌어 줄 것이라 생각되지 않는가?

3. 회식도 업무의 연장이다

직장인들에게 빠지지 말아야 할 중요한 자리가 바로 회식자리다.

다양한 회식문화가 대두되고 있는 현실에서는 아직도 많은 회사들이 회식자리에선 의례히 폭탄주를 마시고 이차로는 노래방 등 다른 장소로 이동하여 즐기는 전형적인 회식 코스를 유지하고 있다.

이왕 참석하는 회식자리라면 분위기는 살리면서 몸도 보호하고, 술로 인한 사고가 발생하지 않도록 하려면 회식의 노하우가 필요하다.

회식자리에서의 대화는 중요하다. 대화는 술기운을 빨리 없애는 방법이기도 하다. 대화를 하면서 술 마시는 속도와 횟수를 조절하고 지연시킬 수 있다. 그러나 소재가 남의 뒷담화나 상사가 대놓고 업무 얘기와 함께 잔소리를 하는 분위기라면 한창 물이 오른 분위기에 찬물을 끼얹는 결과를 초래한다.

또한, 우리의 회식 문화는 먼저 일어나는 사람에게 가혹하기에, 가능하면 끝까지 자리를 지키고, 만약의 사태에 대비해서 숙취해소제도 챙기는 것이 좋다. 그래야만 남들 앞에서 실수를 방지할 수 있다.

우리 회사는 지방에 있다 보니, 어느 정도 년차가 있는 사람들은 장거리 출퇴근을 하고 있지만, 신입사원들은 대부분이 기숙사에서 생활한다. 그러다 보니 자신의 주량을 생각 못하고 과음하는 경우가 많다. 기숙사 도로 앞에서 음주사고도 가끔 발생하고, 만취하여 기숙사 정문에서 택시에 실려 오는 경우도 많다. 이러한 폐단은 가까운 거리야 어떨까 하는 안이한 생각 때문이다.

그래서 회사에서는 회식지킴이라는 제도를 들고 나왔다. 회식지킴이를 지정하여 그 사람이 책임지고 회식시에는 아래의 규칙을 준수하도록 하는 것이다.

회식112(1차에서 1가지 술로 2시간 이내 끝내기), 회식119(1차에서 1가지 술로 9시까지)라는 규칙도 생겨났다. 지키지 않으면 회식지킴이가 문책을 당하기에 강제성을 띠고 지켜졌고, 이에 따라 노래방 문화도 우리에게 멀어져 가다보니, 역설적으로 회식하는 날이 집에 더 일찍 들어가는 날이 되었다.

삼성생명에 근무했던 선배의 얘기가 생각난다.

"우리 부서 직원들은 회식하자고 하면 좀 꺼려하는 분위기가 느껴져, 회식이란 것이 고생한 부서원들이 모처럼 한잔 하며, 회포를 풀고, 격려도 하고 편히 쉬게 해주려는 건데, 회식 말만 나와도 인상이 굳어지는 직원들이 있어, 물론 나도 사원 때는 상사와 자리를 같이하는 게 싫었지만, 중간 관리자가 되고 나면 회식에 소 끌려 나가듯이 나오는 직원들에게 서운한 마음이 드는 건 어쩔 수 없어, 쌓인 회포를 풀어주려 하는 거고, 다함께 모이는 조직생활의 일부분인데 이런 자리에 한사코 빠지려는 사람들은 왠지 좋게 보려도 좋게 보이지가 않아, 더구나 나는 금요일은 사원들이 일주일간 묵었던 기숙사를 떠나 집으로 가는 날이라, 절대 회식일을 잡지도 않는데, 회식하자는 말이 떨어지자마자, 이런 저런 이유를 대며 빠지려는 직원들이 꼭 있어, 나하나 쯤이야 하면서 본인들과는 상관없는 자리라고 생각하는 거지, 개인 시간을 뺏기기 싫어하는, 개인주의가 팽배한 요즘의 세태라고나 할까."

당신 회사에서도 결코 낯설지 않은 풍경이리라 짐작한다.

이쯤되면 회식을 하자는 건지, 말자는 건지, 부서장 입장에서는 조금 짜증이 날 수도 있다. 각자는 개인의 일정을 감안해 날짜를 잡아 주었으면 하는 마음이겠지만, 부서장 입장에서는 그들의 일정을 전부 체크해 달라는 말로 밖에 들리지 않을 것이다.

당신은 절대 이런 식으로 말하지 말아야 한다. 우리 속담에 "한마디 말로서 천 냥 빚을 갚는다"는 말이 있지 않은가? 같은 말이라도 완전히 다른 느낌을 주는 것이다.

회식 얘기가 나오면 가능한 당신이 가장 먼저 일정을 던져라. 당신이 가장 먼저 스케줄을 던졌으니, 그 일정 안에서 결정될 확률이 높음과 동시에 가장 먼저 적극적이고 긍정적인 모습을 보인 당신은 조직생활에 적극적인 사람으로 상사의 눈에 각인될 것이고, 또한 분위기를 당신이 주도할 수도 있다. 이런 일은 아무것도 아닌 듯하지만, 다년간의 직장생활에서 얻은 일종의 노하우이다.

흔히 생각하듯이 회식은 밥만 먹고 끝나는 자리가 아니다. 1차, 2차를 거치며 회사 내에서는 어려웠던 말을 술자리를 빌어서 얘기할 수도 있고, 사적인 정보공유의 장이 될 수도 있는 것이다. 이것으로 인해서 내일의 회사생활이 변할 수도 있는 것이다.

또한 직급이 올라갈수록 밥이나 술을 사게 되는 경우가 많아지는 관리자들은 내심 이런 자리가 부담이 될 때가 있다. 사실 상사라고 해서 무조건 지출을 하고, 부하직원이라고 해서 얻어먹는 것을 당연히 여기면, 눈에 거슬릴 때가 있다. '상사는 월급을 많이 받는데 조금 더 쓰면 어때'라고 생각한다면, 그건 당신의 착각이다. 직급이 높아지면 그만큼 부양가족이 많아지고, 학자금 등 지출내역이 많아진다. 부양가족 인원수로 나눠보라. 누가 더 여유가 있는가. 술자리가 별로 없는 당신이 의외로 더 여유가 있을 수도 있는 것이다. 상대의 입장에서 배려해 보자.

어느 부서장의 한탄이다.

"부하 직원들이나 후배들과 허심탄회하게 얘기를 나누고 싶을 때가 있어서 식사자리를 마련해보지만, 수년간 알고 있고, 허물 없는 사이가 되어도 자리가 파하게 되어 일어설 때면, 어물쩡거리며 뒤로 빠지고 자기의 지갑을 열지 않는 사람들이 있는데, 이런 것을 따지는 것이 쪼잔하게 느껴져서 보통은 모른 척하지만, 당연하게 '계산은 알아서 해주겠지' 라고 여기는 것이 조금 얄밉기도 하지."

직급과 상관없이 모두 같은 사람이다. 당신이 지갑을 열기 싫어하는 것처럼 그들도 마찬가지이지만, 단지 지갑을 열어야 하는 위치이기에 열게 되는 것뿐이다.

그런 마음을 조금이라도 이해한다면, 열에 한 번 정도는 당신도 그들의 마음을 흡족하게 해줄 수도 있지 않을까?

큰돈을 내라는 얘기가 아니다. 간단한 택시비 정도는 당신이 지출하는 센스를 발휘하라는 말이다. 돈의 액수가 문제가 아니라 당신의 이런 행동

에 상사들은 몇 배나 되는 만족감을 얻을 수 있고, 이것은 결국 당신에게
보답으로 돌아가는 것이다.

4. 분위기를 환기시켜라

월요일 아침, 새로운 한 주가 시작되는 시간, 아침회의가 시작되었다.
그러나 문제 이슈로, 첫 회의 시간부터 엄청 깨진 경험이 있는가? 준비했
던 회의 자료는 무의미해지고, 회의에 참석한 전부가 돌아가며 수석에게
심한 말을 들었다. 월요일 아침부터 박살이 나고나니 일할 의욕은 저 멀
리 사라지고, 머리가 띵하다. 회의가 일방적으로 마무리되고 수석은 문을
꽝 소리가 나게 닫고 나가버렸다. 남은 부서원들은 서로를 바라보며 맥
빠진 모습으로 어쩔 줄 몰라 하며 하나 둘 자리를 떠났던 기억이 한두 번
이 아니다. 그때는 그렇게 어이없이 보냈지만, 지금 다시 그 순간이 온다
면 뭔가 분위기 반전을 해보고 싶다.

이런 방법은 어떨까?

"수석님! 저녁에 시간되시면 소주 한 잔 하시겠습니까?"

심하게 깨지고 나서 이런 말이 통하느냐고 반문할 수 있다.

그러나 오히려 이런 제안이 상사의 기분을 풀어줄 수도 있다. 누구나
타인에게 화를 내고 더구나 순간의 감정을 자제하지 못하고 기분대로 부
하직원에게 심하게 대했다고 생각할수록 기분이 더욱 울적할 것이고, 질
책을 했으면 뭐가 문제인지? 부하직원에게 깨우쳐 주며 풀어주고 싶을 것

이다.

이때 질책당한 당사자가 상사에게 먼저 다가가 죄송해하며 위로의 말을 건네면 분위기가 어떻게 변할까?

실컷 꾸지람을 하고 마음이 불편할 때 당사자가 다가와서 "죄송합니다. 차후로는 제가 더 자주 체크하도록 하겠습니다. 오늘 시간되십니까? 저녁 식사하고 한 잔 하시죠?"

나를 꾸지람한 그 사람에게 먼저 다가가 말을 건네는 것, 참으로 어렵고 많이 힘들 것이다. 그러나 이러한 것을 넘어서는 것이 직장생활에서 당신이 한차례 성숙할 수 있는 길이다.

다시 한 번 강조하지만, 직장생활에서 중요한 것은 업무보다 분위기이다. 더욱 팽팽하고 치열한 생존경쟁 현실 속에서 조여지는 긴장감을 누그러뜨리기 위해서는 이런 방식의 해결방법도 일종의 방편이라고 할 수 있다.

언젠가 어느 자료에서, 세계적인 기업 구글에 관한 기사를 본적이 있다. 일반의 회사와는 다르게 웹 검색을 주요 업무로 하는 회사이지만, 별도의 자유롭고 창의적인 공간에서 전혀 업무와 상관없을 것 같은 운동을 하기도 하고 게임을 하기도 하는 자유로운 시간을 제공한다. 물론 근무시간 내에서 가능하단다. 이런 분위기 때문인지 이후에 회사의 매출과 순익이 큰 폭으로 상승했다고 하니, 우리로서는 이해도 안가고 부럽기만 할 뿐이다.

이런 공간에서 업무와 연관된 창의력이 나오는 효과를 보았기에 회사에서도 적극 실행하는 것이다.

예전에 「뇌의 구조 및 효과」와 같은 종류의 책이 서점가에 유행을 몰고 온 적이 있다.

이러한 자유롭고 편한 분위기에서 뇌도 되새김을 할 수 있지 않을까?

자리에 앉아서 무작정 일할 때보다, 한 번 더 앞으로의 전개될 일을 정리하고, 새로운 아이디어를 얻을 수도 있다는 것을 다들 공감할 것이다. 이 회사도 이런 효과를 기대하였기에 이런 창조적인 분위기를 창출하였고, 그 효과를 톡톡히 보고 있는 것이다.

같이 일했던 한 임원과 어느 날 주점을 간 적이 있는데, 넥타이를 머리에 묶어 가면서 즐겁게 잘 노는 모습을 보았다. 평소와는 다른 모습의 그 사람을 보고 "참 재미있게 즐기시네요."라고 말하자 "나는 일할 땐 일하고, 놀 땐 화끈하게 노는 사람을 좋아해, 노는 분위기에 적응해서 열심히 놀기도 하는 사람이, 일하는 분위기에선 또 열심히 최선을 다할 수 있기 때문이야"라고 말했다.

놀 땐 제대로 놀고 잘 쉬어야 스트레스도 풀고, 휴식 속에서 새로운 아이디어가 싹틀 수도 있는 것이다.

가중되는 업무 속에 휴식 같은 완충지대가 있어야, 재충전도 되고 또 업무에 열중할 수도 있는 것이고, 그래야 회사에서 오래 버티고 성공할 수 있다. 단, 명심할 것은 노는 것과 업무의 구분을 확실히 해야 한다.

　회사가 좋아하는 유형은 첫째가 잘 놀면서 일도 잘하는 사람, 다음이 잘 놀면서 중간 정도 일하는 사람, 마지막이 잘 놀면서 일이 조금 부족한 사람 순이다.

삶은 고해다.

이것은 삶의 진리 가운데 가장 위대한 진리다.

그러나 이러한 평범한 진리를 이해하고 받아들일 때 삶은 더 이상 고해가 아니다.

다시 말해, 삶이 고통스럽다는 것을 알게 되고

그래서 이를 이해하고 수용하게 될 때 삶은 더 이상 고통스럽지 않다.

왜냐하면 비로소 삶의 문제에 대해 그 해답을 스스로 내릴 수 있기 때문이다.

— M. 스캇펙 〈아직도 가야 할 길〉 중에서

회사일은 내 일이다

요즘 여기저기서 '혁신'이란 단어를 많이 듣는다. 혁신은 관습과 조직, 방법을 완전히 바꾸어서 새롭게 하는 것이다. 혁신의 첫 단계는 강력하고 통렬한 자기반성에서 나온다. 자신이 심혈을 기울여 진행한 프로젝트가 아무런 성과도 없이 중간에 취소(Drop)되었을 때, 어떤 성과도 없이 지연만 반복될 때, 프로젝트가 진행되는 중간 중간 잘될까 하는 의구심이 들 때, 이러한 시기에 자기반성이 생기는 것은 당연하다. 이럴 때마다 사람들은 다음에 잘한다거나 다음부터는 최선을 다하겠다는 말을 한다. 그러나 이런 말에서 뼈아픈 자기반성의 모습이 느껴지지 않는 것은 대책 없는 낙관적인 빈말처럼 들리기 때문이다.

"처음 프로젝트를 시작할 때는 미처 이런 상황을 예측하지 못했습니다. 이런 결과를 초래하게 된 것이 너무나 안타깝습니다. 이번 실수를 만회할 방법을 찾아보도록 하겠습니다."

이렇게 말하는 사람은 흔치 않다. 위기감을 일으키는 말을 듣는 순간, 속으론 짜증부터 나기에, 상사 앞에선 수긍하듯이 말하지만, 그리 심각하게 여기지도 않고, 내 탓 때문도 아니라고 생각할 수 있기 때문이다. 그렇게 실패를 쉽게 잊고 지나가 버리는 나에게, 조직과 회사가 큰 기대를 걸지 않는 것은 당연하지 않을까? 궁극적으로 리더로의 자질을 의심하게 되어 승진에도 영향을 끼칠 것이다.

명심할 것은, 내가 맡은 일에서 문제가 생겼을 때, 또한 경쟁사에게 밀려 시장 판로에 영향을 미칠 때, 더욱 강력한 근성과 책임감으로 그 일을 헤쳐 나가야 한다.

삼성 전략 마케팅에 근무하는 임원은 말한다.

"안되면 안 된다고 보고만 하고, 마치 당연하다는 듯이 생각하는 사람이 있다. 왜 이런 상황까지 도달했는지 원인을 찾고, 끝까지 해결하겠다며 대안을 찾아야 하는데, 시장상황 때문이라며 지레 포기하는 경우가 많아 보고를 하면, 내용뿐 아니라, 반드시 그 대안을 함께 제시해야 하는데, 얼마 후 다시 확인해보면 똑같이 안 된다는 대답과 시장 탓만 하고," …,

선택은 당신 몫이다. 만약 당신이라면 어떻게 할 것인가?

근성 없이 언제까지 제3자처럼 지낼 것인가? 회사의 아픔을 경영자의 입장에서 함께한다면, 회사는 당신에게 무한한 신뢰를 보낼 것이다.

현재 진행하고 있는 과제 대부분은 위에서 내려온 일일 것이다. 간부 회의가 끝나면 즉시 각종 지시 사항에 의해 과제를 진행하게 된다.

상사들은 대부분 시키기 전에 아랫사람이 알아서 해주길 기대한다. 물론 일의 성격에 따라서 다르겠지만 기본적인 자세만은 그렇게 갖춰 주기를 바라고 있다고 생각하라. 그러기에 지적하기 전에 알아서 하는 직원이 인정받기 쉬운 것이다.

일이란 기다리는 자에게 돌아갈 수도 있으나, 적극적으로 찾아 나서는 자가 차지할 확률이 더 높다. 감나무 아래에서 홍시가 저절로 떨어지기만을 기다려서는 아무것도 성취할 수 없다. 항상 업무의 개선 방안을 생각하고 고민하는 자세를 생활화해야 한다.

"당신이 할 일은 당신이 찾아서 하라. 그렇지 않으면 당신이 할 일은 끝내 당신을 찾아다닐 것이다."

이 말은 미국인들의 존경을 한 몸에 받는 벤저민 프랭클린의 조언이다.

우리에게 회사란 무엇일까? 우리는 회사에 대부분의 시간과 에너지를 쏟아 붓고 그 대가로 경제력을 얻는다. 그리고 이로써 자신과 가족의 살림을 영위해 나간다. 이처럼 삶에 있어 막대한 비중을 차지함에도 불구하고 직장생활로 인해 자유와 욕구를 희생한다고 생각하기에 애정을 느끼기는커녕 가능하기만 하다면 당장이라도 떠나고 싶은 곳이라고 생각한다. 한 회사에 몸담고 있는 이상 성공과 실패, 성장과 쇠퇴의 운명을 같이 할 수밖에 없음에도 불구하고 이를 망각한 채, 대부분의 직장인들은 그저 수동적이고 기계적인 태도로 일관한다.

직장생활로부터 오는 권태를 어떤 방법으로 해소하는가 하는 것은 스스로가 터득할 몫이다. 회사에 애정을 가지려는 노력 또한 직장인으로서의 삶을 계속해 나가기 위한 하나의 방편일 수 있기 때문이다.

회사란 존재는 어차피 개인의 삶과 떼려야 뗄 수 없는 상생관계에 있다. 내가 성장하면 회사도 그만큼 성장하는 것이고 내가 몸담고 있는 회사가 성장하면 나 또한 그만큼 성장하는 공생의 관계이다. 회사를 떠나지도 못할 처지에 불평과 불만만 늘어놓고 회사일을 남의 일 보듯이 일하는 직장인들을 보면 답답해진다. 이왕에 할 거면 좀 더 즐겁게 일하고 회사와 내가 함께 성장하는데 조금이나마 기여할 수 있다면 직장인으로서 얼마나 기쁜 일인가?

주위를 둘러보면 정말 마지못해 회사에 다니는 사람들이 참으로 많다. 죽으나 사나 먹고 살려면 어쩔 수 없기에 맹목적으로 시키는 일만 하며 하루하루를 버틴다. 불평과 불만이 가득하지만 그저 비판만 할 뿐, 변화를 위해 아무런 행동도 취하지 않는다. 그런 사람들만 가득하다면 회사가 잘 될 리가 없다.

주인의식이 없기에 결국 그들 스스로가 자신의 생계 기반을 무너뜨리고 있는 것이다.

직장인은 회사 없이는 존재할 수 없다. 아무리 싫다 해도 회사가 있기에 내가 있고, 그 회사를 유지하고 성장시키는 것은 나의 몫이다. 이러한 현실을 직시하고 일을 바라보는 관점을 변화시켜야 한다. 회사를 향해 기울인 나의 작은 애정으로 직장인으로서의 내 삶이 풍요롭게 탈바꿈하는 경이로움을 함께 느껴 보지 않겠는가!

실제로 많은 직장인들은 회사에서 5년, 10년씩 일해도 그만큼의 실질적인 경력을 쌓지 못한다. 이들은 물론 필요한 변화에 적응하지 못하고 윗사람의 신뢰도 받지 못하며, 스스로 발전할 기회를 만들어 내지 못한다. 끊임없이 업무를 개선하려 노력하며 일하는 직원만이 쓸모 있는 사람으로 인정받는 법이다. 회사에서 인정받는 비결은 자기 일처럼, 자신을 위해 일하듯 일하는 것이다. 회사는 장소와 시설, 각종 편의를 제공하고 과제를 부여하지만, 그 일을 어떻게 행할 것인지는 스스로 고민하고 새롭게 시도하지 않으면 안 된다.

회사가 어려울수록 회사 발전을 위한 일이라면 기꺼이 야근을 마다치 않고, 휴일을 반납하는 일조차 즐겁게 받아들이도록 하라. 회사에 흔적을 남기지 못하고 있는 둥 없는 둥 하는 존재가 되어서는 안 된다.

또한 회사에 대한 부정적인 말도 삼가야 한다.

악의에 찬 말을 하면 외부에 부정적인 면만 보여 언젠가는 회사에 해를 끼칠 수 있기 때문이다.

사람은 하나에 필이 꽂히면 그 일에 집중하게 되는 법. 성공학자 나폴레옹 힐은 이를 '유유상종(類類相從)의 법칙'이라고 했다.

말이란 떠다니는 폭탄과 같다. 의도를 분명히 설명하지 않으면 제멋대로 해석된다. 듣는 사람의 편의에 의해 각색되고 왜곡되기 쉽다. 말은 입 밖으로 나가면 구름이나 바람처럼 자유롭게 떠돌며 의미를 분화시킨다. 부정적인 말일수록 빠르게 떠돌며 의미 분화도 잘되는 법이다. 자기가 한

말에 발목 잡혀 회사에서 곤욕을 치르기 싫다면 회사 사람들에게 회사에 대한 부정적인 말은 하지 말아야 한다. 말은 사고를 지배하고 사고는 행동을 지배한다. 때문에 회사에 대해 좋게 말하면 회사에 대한 긍정적인 면이 더 잘 보여 애사심이 생긴다.

상사들이 외부 사람들에게 부정적인 말을 하고 다니는 사원을 좋지 않게 생각하는 이유는 악의에 찬 말을 하면 회사에 대한 부정적인 면만 보여 언젠가는 회사에 해를 끼칠 수 있다는 판단 때문이다. 그러므로 별 뜻 없이 자기가 다니는 회사를 폄하한다면 자신의 가치도 떨어뜨리는 것이다.

단 하루를 살아도 당신을 사랑했다면
그 하루는 정말 값진 거야.
5분을 더 살든, 50년을 더 살든 그건 중요하지 않아.
오늘 네가 아니었다면 난 평생 사랑을 몰랐을 거야.
사랑하는 법을 알게 해줘서 고마워. 또 사랑 받는 법도

– 영화 '이프 온리' 중에서

모 부서에서 일하고 있는 직장생활 12년차 후배, 그는 올 초 승진에 누락되었다. 선배 동료들과 함께 위로주를 먹는 자리에서 그는 술이 몇 순배 돌자 속상한 마음을 털어 놓았다.

"수석님, 솔직히 제가 부족한 게 뭐길래 이런 결과가 나오는 건가요? 최근 몇 년간 성과도 많았다고 생각합니다, 모델 수도 남들보다 많았지만 불만 없이 야근과 특근을 해가며 일정 기한 내로 달성하였고, 원가도 VE [Value Engineering]를 목표보다 초과 달성하였습니다, 그런데 작년, 재작년 그리고 올해까지 승진에서 매번 탈락했습니다, 대체 이유가 뭡니까? 들리는 말로는 승진 권역 안에도 들지 못했다고 하는데 그게 사실인가요? 그만두라는 말인가요? 뭐가 문제인건가요? 솔직히 말씀해 주십시오."

뜻밖의 말에 다소 놀란 듯한 수석은 한참 후에 입을 열었다.

"자네는 실적은 뛰어나지만 리더로서 특출한 점이 무엇인지 알아야 평가를 해줄 것 아닌가? 회사는 성과 실적만으로는 평가를 할 수 없는

것일세."

리더의 의지를 보이지 않아 실적 좋고 성실하게만 여겼다니, 후배는 전혀 예상치 못한 얘기를 들어서인지, 어깨가 축 쳐져 있었다.

하지만 수석의 말은 맞다. 상사를 보고 피하는 사람, 무엇을 더 잘 할 수 있는지 말하지 않는 사람을 회사는 쳐다보지 않는다. 대들고 일 저지르는 사람에게 할애해 줄 시간과 몫은 있지만 눈치만 보는 사람에게는 아무것도 챙겨주지 않는다는 사실을 명심해야 한다.

회사에서 당신의 존재를 최대한 부각시킬 필요가 있다. 직장인들이 흔히 착각하는 것 중의 하나가 일을 열심히 하고 성실하면 인정받을 거라는 생각이다. 내가 맡은 일에서 최선을 다하다 보면 언젠가는 사람들이 인정해 줄 날이 온다고 믿는 것이다. 물론 그럴 수도 있지만, 내 몫을 내가 챙기지 않는데 알아서 챙겨줄 회사가 몇이나 될까. 더구나 직장이 대기업이라면 상황은 더하다. 그 많은 사람들 중에서 성실함 하나로 승부를 건다는 것은 커다란 착각이다. 만약 당신이 일도 잘 하고 성실함과 실력이 있는데 제대로 된 평가를 받고 있지 못하다면 지금이라도 당신을 PR하라. 그리고 상사와의 긴밀도를 향상시켜라. 스스로 다가가서 진심으로 도와달라고 말하라.

상사는 나의 잠재력을 실현시켜주는 도구이다. 상사가 나를 베팅하도록 만드는 것이 중요한 요소다.

언젠가 내가 개발 PM(Project Manager)을 할 때의 일이다. 우리 회사에서는 국내외의 대학과 연계한 MBA과정이 있다. 급여를 받으며 2년간 학교 공부에 전념을 할 수 있기에, 연구원들에게 선망의 대상이었다. 소수의 사람만이 뽑힐 수 있기에 경쟁이 치열했고, 고과 평가 성적도 좋아야 한다. 최소 2년간의 고과 평점이 'B'이상이어야 선발자격을 얻을 수 있었다.

소속부서의 김 대리는 자신만의 계획이 있었다. 그 중 하나가 대학 MBA에 뽑히는 것이었기에 고과 철이 되자 내게 면담을 신청했다. 면담의 내용이 MBA에 뽑힐 수 있도록 지원해 달라는 것이다.

대놓고 상위 고과를 요청하니 황당하기만 했다. 하지만, 근무 평점이나 성과가 그리 뛰어나지는 않았지만 내가 상위 고과를 주지 않을 경우, 당연히 2년간의 평점이 무의미해지는 상황이었고 나름 큰 과실도 없기에, 고심 끝에 상위평가를 해주었다. 그 덕분에 김 대리는 서울대학교 MBA를 갈 수 있었고, 나름의 사정을 알아준 내게 무척이나 고마워했다. 이와 같이 만약, 이러한 자신의 고충을 평가자인 내게 털어놓지 않았다면 결단코 그에게만 상위 고과를 주는 것을 보장할 수 없었던 상황이었다. 한순간의 선택이 김 대리의 경력을 좌우하는 순간이 된 것이다.

사람은 자기를 좋아하는 사람에게 끌리기 마련이다. 내게 좋은 말을 해주고, 내 기분을 이해해 주는 사람을 도와주고 싶은 건 인지상정이다. 그것을 어떻게 하느냐 하는 것이 당신의 능력이다.

인생의 절반 이상을 회사에서 보내는 우리들은 회사에 출근하는 것이 즐거워야 한다. 회사생활이 즐거운지 그렇지 않은지 하는 것은 업무의 성격이 아니라 회사의 분위기와 회사에서 맺고 있는 인간관계에 따라 크게 달라진다. 특히 상사와의 관계가 커다란 비중을 차지한다. 상사의 신뢰와 애정을 얻기 위해서는 긍정적이고 유쾌한 감정이 형성되어야 한다. 타인에 대한 칭찬은 자신에 대한 신뢰와 자신감의 다른 표현이다. 단, 능력이나 노력도 없이 오직 학연, 지연, 혈연에 매달리는 사람은 논외로 한다.

철저하게 자기관리 하라

미래에 대한 철저한 대비와 자기관리가 없으면 자신은 물론 자식들까지 국가에 'SOS'를 치게 될 것이다. 앞으로의 세상은 노후에도 믿을 것은 자기 자신밖에 없으므로 철저한 자기관리는 필수다.

매일 자신을 위해 얼마간의 시간을 할애하는 것이 중요하다. 자신의 지식 및 자기관리와 자아실현 교육을 하고, 개인적인 성장을 추구해야 한다. 사회는 끊임없이 변화하고 있다. 오늘 잘 나가는 기업이 내일 무너질 수도 있는 것이다. 그렇기 때문에 항상 눈과 귀를 열고 시대의 변화를 예의 주시할 필요가 있다. 우리는 과거에 비해 엄청나게 빠르게 변화하는 세상에 살고 있는 만큼, 기업이나 개인 모두 살아남기 위해서는 변화 관리가 필수다. 혁신이 넘쳐나고 있는 세상인 것이다.

또한, 어떤 상황에서도 마인드 컨트롤을 할 수 있도록 평소에도 꾸준한 명상을 해야 한다.

직장생활을 하다보면 감정이 상하는 일이 많아진다. 예전에는 너그럽게 넘길 수 있었던 일도 화를 참을 수 없거나, 마음 상하는 일이 많아진다. 그러면 자신도 모르게 옹졸해지는 경우가 생기고, 하고 있는 일도 잘 풀리지 않게 된다. 이른바 감정 조절이 안되는 것이다.

미국 프로야구 'LA다저스'에서 맹위를 떨치며 데뷔 첫해부터 한국인의 위상을 드높이고 있는 류현진 선수가 강한 이유는 단순히 공의 스피드나 현란한 체인지업 기술만이 아니다. 어떤 상황에서도 흔들리지 않는 침착성에 있다. 그는 심판의 스트라이크 존에 불만을 품지 않는다.

한 프로 감독이 말하기를 "심판의 스트라이크 판정이 왔다 갔다 하면 투수는 볼이 많아지거나 몸에 맞는 볼이 나올 수도 있고 안타도 쉽게 맞을 수 있다. 예민한 투수라면 쉽게 흔들리는데 류현진은 전혀 그런 것이 없다. 참으로 대단한 선수다."라고 감탄하였다.

류현진 선수는 "심판마다 자신이 좋아하는 존이 있기에, 선수가 심판에게 맞춰가야 한다."라고 말한다. 이처럼 류현진 선수가 메이저리그 스트라이크 존에 빠르게 적응하게 된 것은 안정된 제구와 흔들림 없는 마음가짐이 있기 때문이다.

일본의 프로야구 '한신'으로 간 오승환도 마찬가지다. 돌부처라 불리우는 오승환도 마음의 평정심만큼은 남들이 따라가지 못할 정도다. 심판이 어떤 판정을 해도 감정의 변화가 없다. 돌부처라는 그의 별명처럼 도대체

속에 무슨 생각을 품고 있는지 궁금하기만 하다. 류현진이나 오승환이 판정에 흔들리지 않는 것처럼, 직장인도 상사의 평가에 일희일비할 필요가 없다. 누가 뭐라 하더라도 평정심을 유지하면 자신의 길을 꿋꿋이 갈 수 있을 것이다.

자신과의 약속시간을 정하고, 그 시간에 독서를 하든, 자연에서 산책을 하든, 매일 자신만을 위한 시간을 보내라. 가능하면 워크숍과 각종 세미나에도 참석하라. 책을 읽는 등 최소한 하루에 한 시간은 자기 자신에게 투자해서 자신의 가치를 향상 시켜라.

한때, '나이는 숫자에 불과하다'라는 광고 카피가 유행했던 적이 있다. 나이에 상관없이 도전하는 자만이 성공할 수 있다는 메시지였다. 그러나 철저한 자기관리가 없는 한, 나이는 숫자를 넘어서 자신을 옥죄는 쇠사슬로 바뀔 수 있다. 빛나는 미래를 위해서나 노후에 자식이나 남들에게 밉보이지 않으려면 항상 자신을 철저하게 관리해야 한다.

지금부터 20년 후에 당신은 자신이 한 일보다
하지 않았던 일로 인해서 실망하게 되는 일이
더 많을 것이다.
그러므로 돛을 올리고 안전한 항구를 떠나 항해를 시작하라.
무역풍을 타라. 모험을 감행하라.

– 마크 트웨인 (Mark Twein)

시간관리, 얼마나 중요한가

벤저민 프랭클린은 "시간은 목숨을 형성하는 요소가 된다."라고 말했다.

인간의 자산 중에서 가장 중요한 것이 시간이라고 할 수 있다. 하지만 시간이란 것을 지나간 개념의 물리적인 길이만을 생각한다면 그것은 그저 생존한 길이에 지나지 않는다. 그 사람의 인생은 헤쳐나간 물리적인 시간의 길이라기보다 생명의 질, 인생 경험의 시간에 따라서 산출되는 것이다. 다시 말해 중요한 것은 시간에 따라서 형성된 것, 그것에 의해 만들어진 것, 그것에 의해 사람에게 영향을 준 것이고, 얼마나 자신의 벽을 뛰어넘어 인간으로 성장했느냐이다. 그처럼 활용한 시간을 인생의 시간이라고 한다. 무의미한 생존 시간과 인생의 시간이 같은 것은 아니다.

우리나라에서 가장 바쁘게 살아가는 사람들을 들라면 고3 수험생과 신기술 개발에 열중하는 연구원들을 들 수 있을 것이다. 물론 이들보다 더 바쁜 생활을 살아가는 사람도 많겠지만, 이들 모두는 시간 관리에 목맬 수밖에 없다.

필자도 직장생활을 하면서 시간 관리를 소홀히 할 수 없었다. 그것은 출근시간부터 시작되었다. 삼성에 근무하던 시절, 연구개발 부서는 대부분 지방에 있었기에 서울에서 통근버스를 타야 했다. 한번 버스를 놓치면 시간 허비와 함께 고생이 기다리고 있기에 무조건 시간을 맞출 수밖에 없었다. 새벽까지 술을 먹었어도 아침 5시면 무조건 눈을 떠야 버스를 타고 출근할 수 있었다. 그 책임감에, 아무리 힘들어도 일어날 수밖에 없었던 것이다. 근 30년을 통근버스로 인해 새벽에 일어나다 보니, 시간을 엄수하는 습관을 온몸으로 깨우치며 저절로 익혔다.

사람들은 맹목적으로 시간 관리를 하면서 열심히 일하면 더 나은 인생을 살게 될 것이라 생각한다. 하지만 시간 관리를 하면 할수록 인생은 나아지기는커녕 스스로 시간에 얽매이게 된다. 뭔가에 집착하면 거기에 속박당하기 때문이다. 맹목적 시간 관리, 시간 경영의 큰 문제는 한 가지 일에 집중할 수 없게 한다는 것이다. 너무나 바쁘게 이것저것을 해내려다보니 무엇 하나 깊숙이 체득하지 못하게 된다. 이런 상태가 삶의 대부분을 차지하게 되면 인생을 아무리 바쁘게 살아도 나중에는 자기 것은 하나도 없는 듯한 허망한 지경에 이른다.

영국의 세계적인 경영 컨설턴트인 찰스 핸디는 사회적으로 성공할수록, 경제적으로 부유해질수록 삶이 허전하게 느껴지는 상태를 '텅 빈 레인코트'라고 표현한 바 있다.

독일의 사회학자 나디네 쇤넥은 시간에 대한 독일인의 감정 의식 조사

자료에서, 대상자의 80%에 달하는 사람이 시간에 쫓기는 압박감을 느꼈지만, 정작 시간 관리 방법에 대해서는 하나같이 속수무책이었다고 한다. 이 역시 시간 관리가 최고의 성공 비결이라고 생각하면서도 어떻게 관리해야 하는지 모르는 현대인의 모습을 보여 준다. 그래서 일부는 인생을 단순하게 살아야 한다고 주장하고 속도보다는 방향이 중요하다고 강조한다.

이런 선택과 결정을 하는 주체가 당신이어야 하는 이유는 누군가가 이미 해놓은 선택은 남의 인생이기에 당신에게는 해답이 될 수 없기 때문이다. '더 나은 인생을 향한 올바른 선택'을 하기 위해 당신만의 시간 관리 전략이 필요한 것이다.

업무에 있어서 목록을 정하고 우선순위를 매긴다는 것은 또한 일에 대해 체계적으로 생각해 본다는 의미이다. 또 중요한 일과 그렇지 않은 일을 구분하는 능력을 키운다는 의미도 있기에 성과의 격차도 발생하게 된다.

일본 소프트뱅크의 손정의 회장은 하루에 10분 이상은 반드시 '생각하는 데'에 쓴다고 한다. 하루 10분의 투자가 그를 글로벌 CEO 반열에 등극시켰다는 평가도 있다.

또 리츠칼튼 호텔의 사장이었던 호스트 슐츠는 '타임아웃' 습관을 갖고 있다. 그는 어디에 있든, 매일 아침 30분씩 훌륭한 고객 서비스를 제공하는 방법을 생각한다. 그 결과 리츠칼튼 호텔은 최고의 서비스를 제공하는 세계적인 호텔로 인정받았다.

조용히 생각하는 시간은 필수적이다. 돈으로도 살 수 없는 것이 바로 '생각하는 능력'이란 말도 있음을 명심하여 자신만의 생각할 시간을 확보해야 한다.

시간은 곧 신뢰로도 직결된다. 약속 시간을 지킨다는 것이 신뢰의 첫걸음이며 만국 공통의 보편적인 룰이라는 점에는 논의의 여지가 없다. 이는 또한 모든 일의 기본이기도 하다. 그리고 기본적인 규칙인 만큼 더욱 철저하게 지켜야만 한다.

넬슨 제독은 1805년 프랑스와 치른 유명한 트라팔가르 해전을 승리로 이끌어 나폴레옹의 침략을 저지한 인물로, 많은 영국인들의 존경을 받는 영웅이다. 우리나라에서는 '영국의 이순신'이라 부르기도 한다. 한번은 누군가가 넬슨 제독에게 어떻게 그렇게 성공할 수 있었느냐고 묻자 그는 "내가 인생에서 성공한 것은 어느 때라도 반드시 15분 전에 도착한 덕택이다."라고 말했다고 한다.

여기서 넬슨 제독이 말한 15분이란 의미는 물리적 시간 개념이라기보다 '어떤 일을 할 때 대비 가능한 여유 시간을 확보하는 것'이라고 이해할 수 있을 것이다. 이러한 것을 요즘의 시대에 바로 적용하기에는 현실과 맞지 않을 수도 있겠지만 미리 대비하고 신속히 움직인다는 취지에서는 새겨들어야 할 것이다. 직장에서 승진하거나 부자가 되는 것 같은 세속적 의

미의 성공을 염두에 두지는 않더라도, 시간을 지키는 것은 매우 중요한 사회생활의 기본이기도 하다.

비즈니스 세계의 인간관계에서도 지각하지 않고 약속 시간을 지키는 사람은 늘 신뢰를 받는다. 시간을 지키는 행동은 상대와 신뢰를 쌓아가는 과정이고 약속을 반드시 지키는 사람에 대한 안도감이며 더 나아가서는 누군가의 규제가 아닌 자기 내면에서 세운 규율을 지키는 사람에 대한 존경으로도 연결된다.

TV개발팀에서 근무할 때의 일이다. 당시의 개발실장인 이 부사장은 회의시간에 늦는 것을 아주 싫어하였다. 사람들에게는 최소한 5분 전까지 착석하도록 요구하고, 자신은 10분 전에 착석해서 미리 온 사람들에게 이것저것 사생활이든 업무든 간단히 주변사항에 대해 허심탄회하게 얘기를 나누었다. 회의시간에 늦게 허겁지겁 달려오는 사람들은 발표하는 자료가 잘됐든 어쨌든 간에 그런 정신으로 뭘 할 수 있겠느냐며, 꼭 질책의 한마디를 던졌다. 이러다 보니 개발실장이 주관하는 회의는 가능한 한 10분 전에 타임을 맞추어 놓고 이동시간을 고려하여 시간을 셋팅 하게 되었다.

입사 후 얼마 지나지 않아 실제 프로젝트에 투입되는 신입사원이 빠지기 쉬운 착각 중 한 가지는 눈앞의 바쁜 일에 얽매여서 5분 지각을 어쩔 수 없는 일이라고 쉽게 생각한다는 점이다. 그리고 이직해 온 우수한 경력자들과 일하다 보니 아직 아무것도 할 수 없는 자신도 우수하다고 착각하는 경우가 많다. 나 역시 크게 다르지 않았다. 그렇게 착각 속에 빠져 기본을 잃어가던 그때, 상사가 해준 한마디에서 배울 점은 바로 '기본의 소중함'이었다. 자신을 객관적으로 보는 냉철한 시선과 주변에 휩쓸리지 않고 자신만의 규칙을 스스로 실천하는 것도 중요하지만, 가장 기본이 되는 한 가지는 바로 '약속 시간을 잘 지키는 것'이다.

"내게 부족한 것은 훈련이다.
아마 이런 그림을 50점은 더 그린 뒤에야
뭔가 얻을 수 있을 거라 생각한다.
지금 나는 시간을 끌며 아주 정성을 들여서 채색한다.
충분한 훈련을 못했기 때문에
그림 속에서 생명을 끌어내기 위해 너무 오래 망설이게 되더구나.
하지만 이건 시간의 문제, 연습의 문제다.
더 짧은 시간 안에 정확한 붓질을 구사할 수 있을 때까지는
계속 달라붙어 훈련해야겠지."

– 반 고흐가 동생 테오에게 보낸 668통의 편지 중 일부
〈반 고흐, 영혼의 편지〉 중에서

사람은 스스로 존경하게끔 만드는 뛰어난 무언가를 지닌 스승을 원한다. 복잡하고 답이 없는 조직생활의 면면을 지혜롭고 자연스럽게 해결하는 유난히 마음이 끌리는 사람, 이 사람에게 상담을 받으면 세상의 어려운 일에 대해 명쾌한 답을 얻을 수 있을 것 같은 느낌이 있는 사람, 이런 사람을 멘토라고 한다.

공자는 함께 길을 걷는 세 사람 중 반드시 한 명은 스승이 된다고 했다. 누군가 나보다 나은 사람을 통해 도움을 얻고 싶어 하는 사람의 심리가 녹아 있기도 하다.

답이 없고 빡빡하기만 하는 회사생활, 가족은 현실을 몰라주고 같은 처지에 놓인 동료와는 입장차로 인해 불편할 수밖에 없다. 이럴 때 나의 갈등을 짚어주고 현명하게 조언해 줄 수 있는 사람이 있다면 그에게 맘을 털어 놓게 되고, 이때 자연스런 대화를 통한 상담을 할 수 있다.

잘못된 결과에 낙담하고 있을 때, "괜찮아 잘할 수 있어. 다음에 잘하면 되지"와 같은 격려나 위안은 사실 큰 도움이 못된다. 오히려 나를 동정하고 있다거나, 입에 발린 말을 하는 거라고 삐딱하게 받아들일 수도 있다.

결과가 참담하다면 과정을 칭찬함으로써 "너는 옳았고 결과가 이렇게 된 것뿐이야"라는 메시지를 전달하는 것이 낙담하여 하소연하는 입장에서 듣고 싶은 위안일 수 있다.

정말 잘못된 것이 있다면 팩트를 중심으로 얘기하는 것이 좋다.

충고를 할 경우는 윗사람으로서 가르치려 하지말고 네가 잘 되기를 바라기 때문이라는 신뢰의 메시지를 심어주는 것이 좋다.

'나도 그런 경험이 있다'라는 전제로 상대방의 공감을 이끌어 내거나 '나는 이미 그런 것을 다 겪어봐서 안다'라는 식으로 말하는 경우가 있는데 성공적인 멘토링은 절대 상대를 가르치려 들어서는 안 된다는 것을 기억하라.

주변 환경으로 인해 상담이 난처할 경우는 후일을 기약하는 것도 좋을 수 있다. 중요한 것은 상담을 요구한 자신이 상대를 귀찮게 하지 않았을 뿐 아니라 '이 사람은 나를 위해 앞으로 계속 신경을 써주겠구나' 하는 신뢰의 안도감을 주는 것이다.

멘토가 된다는 것은 무엇을 의미할까.

채용된 한 사람의 신입사원에게는 기업들이 제공하는 교육의 기회를 포함한 많은 시간과 경비가 들어간다. 삼성전자 DS부문 인사팀장은 "신입사원이 입사해 나름대로 일할 정도가 되려면 거의 1년 반의 시간이 지나야 하며, 신입사원 1년 직무교육 비용이 일인당 수천만원 이상 소요된다."고 했다. DS부문에 입사한 사원 가운데 공정과 설계를 담당하는 직원들은 대학교 다닐 때의 전공수업보다 선배의 조언과 세미나와 같은 팀내교육이 업무에 더 많은 도움을 주었다고 답했다는 것이다. 그러니 신입사원이 얼마 되지 않아 회사를 그만두게 되면, 회사로서도 신입사원 입장에서도 손해가 막심하고 그 부서의 책임자는 좋은 평가를 받을 수도 없다.

그러므로 당신이 먼저 적응이 어려운 신입사원들에게 도움을 제공함으로써 그들이 유대감을 느끼게 하면 어떨까? 멘토가 되면 결국 당신을 위한 일이지 그들을 위한 것이 아니다. 누군가의 멘토가 된다는 것은 회사 내에서 시간이 지날수록 성장하여 귀한 가치를 제공할 영향력과 지지의 나무뿌리를 심는 것이다. 멘토링이란 많은 부하직원을 거느리거나 고위 임원이어야만 할 수 있는 일이 아니다. 그저 회사에서 살아남는 요령과 신입사원들에게 도움이 될 만한 몇 가지 경험만 지니고 있으면 된다. 신입사원이나 지위가 낮은 사원들은 이와 같은 도움이 가장 필요한 사람들이기에 당신의 경험을 제공하면 된다. 신입사원이 시스템에 적응하지 못해 허둥대거나 성미가 까다로운 직속상사 때문에 괴로워하고 있다면, 기분을 공감하고 있다고 말해 주고 어려움을 극복할 수 있는 힌트를 주어라. 도움이 필요하면 언제든 메신저나 이메일을 보내라고 하든가, 시간될 때 점심이나 차를 하자고 시작하면 된다. 그가 도움이 절실하다면 당신을 찾을 것이고, 그런 다음 좋은 성품을 지니고 성공을 열망하는 사원이라면 멘토가 될 것을 제안하라. 당신이 경험해 왔던 것처럼, 당신도 스승이자 지혜를 나누어 주는 자가 되어주고, 그의 말을 경청해 주는 동지가 되어 주라. 당신이 경험한 것으로 시시각각 부딪혀야 하는 험난한 길의 안내자 역할을 할 수 있다.

Tip 멘토가 되는 가이드라인

1.정기적으로 만나라.

한 달에 한 번 일이 끝난 다음이든지, 한 주에 한 번 식사를 한다든지, 정기적으로 대화를 나눌 수 있는 기회를 마련하여 상대와 소통할 수 있게 한다.

2.격식을 따지지 마라.

엄격한 제도나 규칙을 정하지 말고 성공적으로 관계를 유지하는 일에 집중한다. 어떤 주제에 대해 토론할 때 이메일이든 직접 만나든 선호하는 방법으로 하면 된다.

3.관계를 지속하라.

신입사원 한 명을 우수한 직원으로 변모시키면, 후에 당신에게 가치 있는 인맥이 되어 줄 것이다.

어디에 있든 첫 직장에서 자리를 잡게 해준 당신을 언제까지나 기억할 것이므로 당신의 시간을 들여서라도 멘토가 되어라.

멘토가 끝이 나더라도 그가 위기상황에 놓이게 되면 언제든지 당신에게 도움을 요청할 수 있다는 것을 상대에게 인식시켜라. 신입사원 혹은 이런 직원에게 멘토가 되어주는 일은 당신의 지지자를 성장시키는 것과 같다.

대기업 삼성에 입사하다

나는 도서관에서 시간을 보내다가 삼성에 취직했다. 서울 삼청동의 정독도서관에서 새벽같이 늘어선 긴 줄의 행렬에 동참하며 도서관에 들어갔고, 늦는 바람에 못 들어 갈 때는 재빨리 남산 도서관으로 방향을 틀었다. 다행히 도서관에 들어가더라도 가끔씩 화창하고 맑은 날이면 태양이 나를 인도하여 그만 쉬라고 손짓을 하는 바람에 나도 모르게 가방을 챙겨 정문에 다다라 있었다. 그러나 아직도 늘어오려고 서있는 긴 줄을 바라보면 새벽같이 와서 벌써 나가는 게 민망하기도 하고 창피하기도 해서 다시 도서관으로 발길을 돌리곤 했다.

실제로 미래를 확정하지 못한 도서관 생활은 심리적으로도 편치 않았다. 주변의 시선도 신경이 쓰였기 때문에, 여느 직장인처럼 새벽같이 나갔다가 저녁엔 정시에 퇴실했다.

그러던 어느 날, 모집공고를 보고 삼성에 지원을 하게 되었고, 세월은 유수와 같이 흘러 어느덧 첫 직장에서 정년을 맞이한 것이다.

기업에서 직장생활을 한다는 것 자체가 새로운 경쟁의 시작이다. 학교를 졸업하고 기업체에 입사를 하면 공부와 담을 쌓을 것 같지만 현실은 다르다. 공부가 끝난 것이 아니라, 부단한 자기 계발을 멈출 수 없기에 다시 시작하는 것이다.

아이러니하게도 학창시절보다 직장생활하면서 더 열심히 공부했던 적이 있었다.

6시그마라는 품질경영시스템이 한때 중요하게 확산되며 LCD사업부에서 근무하고 있던 시기였다.

회사에 품질경영의 6시그마 제도가 도입되며 삼성그룹에서 삼성전자가 시범사가 되었고, 또한 내가 근무하는 사업부가 시범사업부가 되다보니, 그룹 안팎으로 관심이 집중되었기에, 그룹에서 주관하는 전사 6시그마 BB(Black belt, 6시그마의 자격) 시험에서 합격률이 당연히 높아야 했다.

교재도 지금에는 거의 없는 당시의 전화번호부책 두께만한 책으로 4권을 공부해야 했고, 한 달에 일주일씩 총 4개월의 교육을 첨단연수소에서 받았다. BB자격이 없으면 고과평가에서도 좋은 평가를 받을 수 없었기에, 그룹 주관 BB시험에 합격하기 위해 얼마나 노력했던가? 근무시간에는 공부할 수 없어서 휴일을 반납하며 책과 씨름했다. 이때의 집중도라면 내가 무엇을 못할까 하는 생각도 들었다.

더구나 사업부장의 "그룹 6시그마 BB시험에서 세 번 떨어지면 사표 받으라."는 강력한 경고는 더욱더 심적 부담으로 다가왔다. 시험도 단순히 암기식이 아닌, 오픈북과 주관식으로 출제되었다. 주관식은 응용문제이기에 더욱더 어려웠다. 예를 들어 '어떤 문제가 발생했을 때 6시그마의 프로세스를 통해서 개선하라'는 식의 배점 문제였다.

시험이 어려운 만큼 자격을 따기만 하면, 마치 신라시대의 의복으로 귀천을 구분하는 것처럼, 신분증 목걸이의 색도 검정, 녹색, 흰색으로 구분하여서, BB를 따면 검정색의 목걸이를 패용하고 활보할 수 있었다.

모든 기술회의에 6시그마 전문용어를 사용하다보니 자격이 없고 공부를 하지 않은 사람은 회의에 낄 수도 없었다. 그렇게 해서 BB(Black Belt)를 땄고, 이전에도 사내강사로서 'Work Smart', '신입사원 기술교육', '경력사원 기술교육' 등을 강의하고 있었지만, 6시그마 전문 강사로 활동을 하며 10년이 넘는 강사로서의 인연을 이어가게 되었다.

그때는 힘들었지만 이것도 추억이 되는가 보다.

6시그마의 생활화로 업무를 진행하며 6시그마 경연대회에서 최우수상과 우수상도 받았고, 엔지니어라면 필수로 해야 하는 직무발명경시대회에서 우수상도 받았다. 통신연구소를 시작으로 디스플레이 TV개발팀으로 이어지는 그야말로 개발에서 시작하여 개발을 마지막으로 직장생활을 마무리 하였다.

중간 중간 고비 아닌 적은 없었지만, 한때는 명절 연휴, 연말연시를 반납하며 열정을 불태울 때도 있었다. 그만큼 대한민국에서 가장 바쁜 직장인 중 한 사람으로 살아왔다. 지금 생각해보면 살았던 것이 아니라 남들처럼 버텨내었던 것이 아닐까.

입사 3년차 이상이 되면 스스로의 업무 장악력이 높아지고, 문제 해결 능력이 커지면서 누군가의 조언보다는 자신의 경험에서 얻은 지식이나 정보를 더 신뢰하게 될 때가 이 무렵이다.

이때가 어찌 보면 회사생활 전체에서 가장 중요한 시기가 아닐까 하는 생각이 든다. 만약 이직을 하지 않고 한 회사에서 뼈를 묻겠다고 결심했다면 이 시기의 평판이 이후의 회사생활의 질을 좌우한다.

이런 시기는 자신의 능력을 끌어 올리고, 주변 사람들에게 좋은 이미지를 줄 수도 있다. 사실 능력이 있더라도 겸손할 줄 알며, 남의 의견을 경청할 때 그 사람이 인정받는 것이다.

겸손이 중요한 이유는 당신과 회사 간의 격차를 최소화 하고, 회사로부터 도움을 받을 수 있기 때문이다. 회사라는 큰 시각에서 바라봤을 때 당신의 업무지식은 미미할 수밖에 없다. 회사의 의사결정은 눈에 보이는 것만이 전부가 아니다. 다양한 부서 간 역학관계, 상황에 따른 변수, 추진 착수 시기 등에 따라 유동적이다.

그러므로 업무능력만을 갖고 우쭐대며 안다고 자부한다면 회사는 어떻게 생각할까? 누군가에게 충고를 하고 싶은데 그 사람이 귀를 닫고 있다면 계속 조언을 해주고 싶겠는가? 충고를 받아들일 줄 아는 사람에게 더 정이 가는 법이다.

원활한 업무 처리와 더불어 소탈함으로 존경받는 모 팀장은 회사생활의 조언을 다음과 같이 회고한다.

"사람들과 얘기를 하다보면, 재능은 뛰어날지라도 인간관계엔 뭔가 부족한 사람들이 있는데, 어떤 얘기를 하다보면 그걸 충고나 제언으로 받아들이지 않고 변명거리를 찾거나 불편한 심기를 드러내고 내가 말하는 중간에 말을 끊고 자신의 생각으로 반박을 하는 사람이 있는 반면에, 진심으로 충고를 받아들이고 고마워하는 사람들도 있는데, 그런 사람들에게 뭔가 하나라도 더 해주고 싶은 마음이 드는 건 당연한 것이 아닌가?"

성공한 CEO의 공통된 점은 겸허한 자세로 상대의 의견을 받아들이는 사람들을 높게 평가했고, 그들을 뽑아서 함께 일하길 원하는 경우가 많았다.

친목회의 모임에서 봐도, 말을 하는 사람보다 상대의 말을 경청해 주는 사람이 인기가 많은 것을 알 수 있다.

성악가의 몰락은 목에서 오는 것이 아니라고 한다. 노래에 문제가 생기면 그 사람의 목보다 그 사람의 귀를 더 검사해봐야 한다고 한다. 제대로 듣는 것이 제대로 부르는 것보다 우선 한다는 말이다. 제아무리 잘 나가는 성악가도 잘 듣지 못하면 한순간에 몰락하고 만다.

말을 잘하는 것보다 잘 듣는 것이 얼마나 중요한지를 알려주는 단편적인 예일 것이다.

끈기 있는 경청을 하느냐, 감정에 순응하는 직설을 하느냐는 당신의 선택의 몫이다.

존 스튜어트 밀(John Stuart Mill)은 자신의 「자서전」에서 "자신의 행복이 아닌 다른 목표를 추구한 사람만이 실제로 행복을 얻을 수 있다"고 말했다. 남들처럼 평범한 샐러리맨으로서 입사를 하고, 같은 회사에서 정년을 맞이한 나는, 나의 행복과 성공, 그리고 부를 추구했던 많은 사람 중의 한 명이었기에 실제의 행복을 얻지 못했었던가 하는 생각을 하게 된다.

길고 긴 직장생활을 끝냈을 때 내게 남은 것은, 조그만 집 한 채와 아직 대학생인 막내가 남아 있을 뿐이었다. 부동산 경기가 한창일 때, 재테크에 실패를 한 대가였다. 연봉이 한국 샐러리맨 사회의 상위 3% 이내라는 대기업의 수석연구원으로서 퇴직한 내 재력의 현실은 초라하기 그지없었다.

회사에서는 자상한 아버지 또는 시어머니 역할을 했지만, 나와 보니 내가 할 수 있는 것은 너무나 제한적이었고, 현실의 차가운 기온만이 피부에 와 닿았다.

겉으로 드러난 외형적 상황보다 더 심각한 것은 눈에 보이지 않는 내면의 충격이었다.

"그저 사는 것이 아니라 잘 사는 것이 중요하다"는 저명한 철학자의 말을 기준으로 나를 되짚어보면 나는 잘 살지 못했다. 그저 남들처럼 세상에 이리저리 밀리면서 살아왔을 뿐이었다. 장시간을 한 직장에 뼈를 묻으며 퇴직하기까지 나의 삶은 그저 그런 삶이었다.

취업 전, 언젠가 보석상을 하는 이종사촌형의 가게에 갔다가, 그 형의 친구가 대우중공업의 과장이라는 말을 듣고, 얼마나 부러워했던가? 막연히 그러한 느낌을 가지고 생활하다가, 운좋게도 신문의 모집공고를 보고 지원을 하여, 합격을 했던 것이다. 그러했기에 우리나라에서 첫 손가락을 꼽는 삼성에 입사한 내 자신이 뿌듯하고 대견했기에 스스로에게 수고했다고 말하고 싶었다.

이렇게 남들처럼 장거리 통근버스를 타며 직장생활이라는 긴 여정을 시작하였다.

그리고 평범한 회사생활, 최소한 남들처럼 살면 인생의 낙오자가 되지는 않는다는 생각을 품고 살아왔다. 대기업에서 근 30년을 직장생활을 하고 나서야, 중요한 것은 자기 자신이라는 것을 깨달았다. 아무리 좋은 시기, 기회가 온다고 해도 자기 자신이 준비되지 않았다면 아무 소용이 없다. 스스로 사고하고 준비하지 않으면 좋은 시기와 기회는 물거품이 되기 때문이다.

이 세상은 우리가 알고 있는 것보다 훨씬 더 정확하고 냉철하다. 세상은 우리가 뭔가를 이루기에 합당한 가치가 있는 사람인지 아닌지를 평가하고 그것에 걸맞게 대우하고 이루게 해준다. 즉, 내가 사고와 행동에서 수준 높은 사람이 되면 세상은 그것을 알고 그 사고와 행동을 내 수준에 맞게 대우해 준다.

거액의 복권에 당첨되어 부를 갑자기 쌓았다고 해도 그 사람의 사고와 행동이 달라지지는 않는다. 사고와 행동이 달라졌다는 것은 그 사람이 이전과 다른 사람이 되었다는 것이다.

그런 점에서 꾸준히 독서와 공부를 통해 자기계발을 하며 사색을 즐기는 사람은 자기 자신이 달라진 만큼 세상의 부와 명예를 거머쥘 수 있는 것이다. 물질도 그것을 가지고 있을 만한 사고와 행동을 하는 사람만이 소유할 수 있다. 즉, 의식과 자격만 있다면 거액의 로또에 당첨되지 않더라도 돈이 굴러들어와 부자가 된다. 그러나 그런 자격이 없는 사람은 제아무리 거액의 로또에 당첨되더라도 몇 년 후에는 그 많던 돈을 다 날려버리는 것을 매스컴을 통해 종종 볼 수 있다.

내가 직장에서 근 30년을 열심히 일하고 회사생활에 충실했지만, 남과 별반 다를 것 없는 삶을 살았던 이유도 여기에 있다. 현명한 사람들은 회사생활을 열심히 하면서도 조금씩 자기계발을 통해 자신을 향상시킨다. 하지만 나는 오늘의 미래를 내다보고 준비를 못했기에 현명한 사람이 되지는 못했다.

나는 직장생활을 할 때 평일과 주말의 일부까지도 모든 에너지와 정신을 직장에 집중하는 유형의 사람이었다. 무엇보다 미래에 대한 전략과 계획 들을 등한시 했고, 멀리 내다보는 안목도 부족했던 것이 사실이다. 한마디로 전체적으로 인생을 잘못 살아가고 있었던 것이다.

부끄럽지만 이것을 솔직히 인정하는 것은, 이 책을 접할 독자분이 직장인 이라면, 나의 경험에서 나오는 솔직한 충고를 거울삼아 현직에 있을 때 향후의 미래를 준비할 것을 일깨워 주고 싶은 것이다.

그렇다고 직장생활에 등한시 하라는 것이 아니다. 일도 열심히 하며, 틈나는 대로 시간을 무의미하게 소일하지 말고 요즘 이슈인 노후의 인생 100세 시대를 행복하게 보낼 수 있도록 준비하라는 것이다.

삼성이 글로벌시장에서 쟁쟁한 기업들을 제친 원동력은 무엇일까? 그것은 첨단기술을 따라잡는 캐치업 속도가 빨랐고 글로벌 시장에 맞도록 기술을 현지화해서 활용했기 때문이다. 현지의 소비자가 추구하는 형태의 기술력을 구사했다는 얘기다. 이처럼 빠른 기술 캐치업은 프로세스와 제품 이노베이션 전략, 인프라 장비, 그와 더불어 지역전문가들도 일정한 역할을 했다고 볼 수 있다.

삼성만의 독특한 지역전문가제도의 의미는 내부 기준에 맞추어 인원을 선발하고 선발된 인원을 세계 곳곳에 일 년간 파견하여, 회사의 업무와는 관계없이 학원을 등록하여 어학을 배울 수도 있고, 현지 생활을 함으로써 그 나라에 독자적인 인맥을 만들고, 그 인맥을 활용하여 해당 국가의 최근 시장 동향 등을 수집해 제품개발이나 마케팅에 활용토록 했다.

IMF를 거치면서 글로벌 전략의 변화와 더불어 중국, 인도 등 신흥국을 포함한 다양한 국가의 언어와 문화를 배우는 분위기가 형성됐다. 지역전문가를 가르치는 강사진도 어학만이 아니라 그 나라의 문화를 주로 가르

쳤다. 교육이 끝난 후 해당 나라에 배치될 때는 각 나라에서 생활할 집을 얻거나, 생활하는 것도 현지 지사의 도움을 받지 않고 모두 스스로 해결해야 한다.

이는 스스로 생각해서 해결책을 찾아가는 일을 장려하는 삼성의 조직문화와 관련이 많다.

어떤 사람은 현지인과 결혼에 골인하는 경우도 있었다.

삼성에 입사한다면 꼭 사전에 철저히 준비해서 지역전문가를 성취하길 권하고 기타의 회사에서도 유사한 제도가 있으므로 꼭 기회를 잡아 쟁취하길 바란다.

90년대 중반 일본 출장을 갔을 때, 개발자로서 삼성의 현 위치를 알고 싶어서 도쿄 한복판의 유명한 아키아바라 매장에 들렀다. 여전히 해외 매장에 여러 많은 모델이 노키아(Nokia) 제품이었고, 삼성제품은 모서리에 진열된 몇 개가 전부였다. 말 그대로 한국에서만 유명했었던 우물 속의 개구리라고나 할까? 이뿐만이 아니었다. 그때 당시 나는 삼성전자의 디스플레이 부문에서 일을 시작하는 시점에 있었기에 가전 코너를 일부러 찾았다.

하지만, 아무리 찾아도 삼성제품을 찾을 수가 없었다. 결국 매장 직원에게 물어보며 몇 번을 돌아본 후에 구석진 자리에서 먼지를 뒤집어쓰고 있는 삼성 TV와 모니터를 발견했다. 삼성의 현 직원으로서 이때의 심정이란 말로 다 할 수 없었다. 이 같은 심정은 나보다 이건희 회장이 더하면 더했을 것이다.

　이 같은 위기의식은 "디자인을 혁신해야 일류가 될 수 있다"는 일본인 후쿠다 보고서를 통해 신경영 선언으로 이어지면서 이건희 회장은 "마누라와 자식을 빼곤 모두 바꿔라. 헌법-법률-도덕을 제외한 자신의 주위에 있는 모든 것을 바꾸라"라는 근본적인 개혁을 역설했다. 이를 통해 삼성그룹 내에 만연해 있던 양 중심의 의식, 체질, 제도, 관행 등을 모두 바꿔야 한다는 것이었다.

　삼성 TV는 현재 수년간 글로벌시장 점유율 1위이다. 이건희 회장이 삼성의 대개혁을 이루게 된 계기가 있었다. 그것은 삼성 TV와 일본 TV를 비교한 데서 시작되었다. 두 제품은 외견상 큰 차이가 없었지만 껍데기를 벗기고 TV 내부를 보면 한눈에 극명한 차이를 느낄 수 있었다. 일본 TV는 꼭 필요한 부품만을 사용하고 배선도 깔끔하게 정돈되어 있었지만 삼성 TV는 그렇지 못했다. 이걸 본 이 회장은 "이 정도의 제품밖에 만들 수 없다니 지금까지 뭘 했느냐"며 진노했다고 한다. 이것은 컴퓨터도 마찬가지였다.

　이건희 회장은 디자인에 대해서도 불만을 제기하며 "사람을 감동시키는 것은 디자인이다."라고 디자인을 강조했고, 이것은 디자인의 세계적 권위자를 영입하고 그룹의 디자인 부문에도 많은 투자를 하는 계기가 되었다. TV를 만드는 현장에서는 이 발언을 제품 개발로 구체화 했다. 전 세계의 다양한 인종과 민족은 각각 선호하는 디자인이 다르지만, 글로벌 시대의 전 세계의 소비자들은 각 나라의 제품 판매장에서 진열된 TV 중에서 다양하고 세련된 디자인의 TV를 선택할 가능성이 높다.

또 하나 '명품플러스 One' TV의 일화가 떠오른다. 이것 또한, 이 회장의 꼼꼼한 성격이 드러난 사례다. 당시 일본에서 유행한 와이드 TV에 대항하기 위해 탄생하였으나, 한국시장에 맞게 깨끗한 영상을 내보내자는 집념이 결국 방송국에서 송출되는 영상과 TV에 나오는 영상이 다르다는 것을 발견하였고, 마침내 방송 시스템의 원인을 분석하여 둥근 브라운관 TV의 화면을 대각선으로 1인치 늘려 방송국의 송출 영상 전체를 선명하게 볼 수 있도록 하였다. 이 같은 시도는 세계 TV업체로는 처음이었다. 즉, 삼성이 자사의 오리지널 제품 개발에 성공한 것은 '명품플러스 One'이 처음이었다.

애니콜 신화도 빼놓을 수 없다.

휴대폰의 불량과 반품이 계속되자 이건희 회장은, 전 사원을 운동장에 세워 놓고 불량품 오백억원 어치를 쌓은 후 화형식을 진행하였다. 이것은 삼성의 휴대폰이 새롭게 도약하는 계기가 되었다.

성공의 비결이 있다면 그건 자신의 입장뿐 아니라
다른 사람의 관점에서
그 사람의 입장을 이해할 수 있는 능력을 갖는 것이다.

— 헨리 포드 (Henry Ford)

훌룽한 리더는 위기를 맞지 않도록 미리 준비하는 사람이다.

리더를 얘기할 때 빠지지 않는 사람이 있다. 프로야구의 김성근 감독이다.

김성근 감독은 프로야구 감독에서 잠시 야인으로 돌아갔다가 한화 김승연 회장의 적극적인 구애로 '한화프로야구단'의 지휘봉을 잡았다. 철두철미한 성격의 김 감독은 부임하지지미지 지옥훈련으로 꼴찌 한화 선수단의 정신력을 강화하는데 주력했다. 김 감독은 좌우명이 "선수에게 두 번째 공은 없다"는 뜻의 일구이무(一球二無)라고 밝혔다. 공 하나에 승부를 걸 뿐 다음은 없다는 각오다.

야구계에선 김 감독이 선수를 너무 혹사시키는 것 아니냐는 비판적인 시각도 있다. 하지만 김 감독의 이러한 배팅이 다음 경기에서 만루 홈런으로 연결되듯 선수의 신뢰를 얻고 팀을 결속시키는 것만은 분명하다. 이 같은 훈련의 성과는 다음 해 시합 성적에서 극명하게 드러났다. 수년 간 꼴찌를 벗어나지 못했던 팀은 야구시리즈를 시작하자마자 중위권 그룹을 유지하며 선전했다.

김 감독의 별명은 '잠자리 눈깔'이다. 동시에 다양한 부분을 본다는 의미에서다. 김 감독은 동계훈련 때 투수 5명을 한꺼번에 지도했을 정도다.

언젠가 회사에서 김성근 감독을 초빙하여 강의를 들은 적이 있었다. 그는 손과 팔을 움직일 때 변하는 근육의 힘줄을 유심히 관찰하여 상대 포수의 사인을 그의 팔의 힘줄을 통해 알아채서 경기에 활용한 적도 있다고 털어놨다. 그는 다중적 몰입의 지도자인 셈이다. 심리학에서 이를 리더십의 '근원적 상태'라고 표현한다. 김성근 감독에게서 우리는 열정과 순발력, 그리고 책임감을 본다.

그는 "훌륭한 리더는 위기를 맞지 않도록 미리 준비하는 사람이다. 준비 없는 이에게 기적은 일어날 수 없다"고 강조한다. 그는 적당주의와 패배의식을 배격하는 자세로 자신의 길을 간다. 그래서 그의 야구는 광팬을 낳고 리더십 부재의 시대에 귀감이 되고 있다.

Tip 리더가 갖추어야 할 10가지 법칙

1.용기를 가져라

리더십은 용기와 지식과 경험에서 나온다. 자신감과 용기가 결여된 리더에게 지배당하고 싶어 하는 사람은 아무도 없다.

2.자기 통제력을 가져라

스스로를 조절하지 못하는 사람이 남을 조절할 능력이 있을 수 없다.

3.정의감에 불타는 마음이 있어야 한다

공평한 마음과 정의감 없이 타인의 존경을 받는다는 것은 불가능하다.

4.결단력을 가져라

우유부단은 자신감이 없다는 증거이다. 결단력이 없어 언제나 갈피를 잡지 못하고 있는 리더에게 자신을 맡길 사람은 없다.

5.비전을 가져라

성공한 리더는 변화에 따른 비전을 제시하여 구성원들을 이끈다.

6.보수 이상의 봉사를 하는 습관을 몸에 익혀라

리더로서 절대적인 조건은 아랫사람을 충분히 배려해 주는 마음이 있어야 한다.

7.쾌활한 성격이어야 한다

리더는 항상 쾌활해야 한다. 그래야 직원들도 명랑하고 즐겁게 일할 수 있다.

8.자상해야 한다

리더는 아랫사람에게 자상해야 한다. 업무에만 관심을 두는 것이 아닌 그들의 고민도 이해할 수 있어야 한다.

9.모든 것을 알고 있어야 한다

리더는 그 조직, 혹은 단체 상황에 관한 모든 것을 잘 알고 있어야 한다.

10.책임감을 가져라

리더는 자신의 실패는 물론 아랫사람의 실패에 대해서도 책임을 져야 한다.

1.자신의 행동에 책임을 진다.

2.자신의 약점을 깨닫고 강점을 키운다.

3.중요하다고 생각하는 것을 먼저 한다.

4.절제력을 기른다.

5.돈에 대한 올바른 태도를 갖는다.

6.사람들에게 높은 가치를 부여한다.

7.잘못을 빨리 시인하고 용서를 구한다.

8.믿음과 행동에 일관성을 갖는다.

9.일보다 가족을 우선시 한다.

10.자신에 대해 자부심을 갖는다.

명언

약속된 내일은 없다.
그러므로 당신이 사랑하는 사람들을 위해 시간을 내라.
언제나 도움의 손길을 내밀어라.
그리고 옳은 것을 위해 행동해야 할 날이 온다면, 꼭 행동하라.

– 마리 스미스 (Marie Smith)

사람들은 대학을 졸업하고 직장을 고르기 보다는 취업이 되는 곳으로 취업을 하는 경우가 적지 않을 것이다.

잠시 스스로에게 질문을 해보자.

"지금 하고 있는 일에 전력을 다하고 있는가?"

이 물음에 망설임 없이 그렇다고 말할 수 있는 사람은 그리 많지 않을 것이다. 한 통계에 따르면 직장인들 가운데 4분의 1가량만이 자신의 모든 능력을 다 바쳐서 일한다고 한다. 아니, 경험상 보면 이보다도 적을 것이다.

나는 오랜 직장생활을 하는 동안 많은 직장인을 알게 되었다. 그들 중 일부분은 반복되는 일과를 수행할 뿐, 새로운 도전과 실험을 시도하지 않는다. 그저 보수를 받는 만큼만 일하려는 수동적 태도가 강하다. 그런 이들은 연말에 업무 평가나 고과의 성과 입력을 위해 자신의 한 해 성과를 돌아보면 시시콜콜한 것들 이외에는 마땅히 떠오르는 게 없다. 그저 그날그날 닥친 일에 급급해 회사나 스스로의 성장에 대한 동기 없이 맹목적이고 기계적으로 일했기 때문이다. 요컨대 일에 대한 관점이 잘못된 것이다.

업무를 통해 자신이 성장하고 있음을 온 몸으로 느끼고 이로써 회사에서 인정받는 사람이 되지 못하면 일의 기쁨과 보람을 찾지 못해 매너리즘에 빠지게 된다. 그런 사람의 경력은 초라하기 그지없게 느껴질 수밖에 없다. 경력이란 단순히 내가 한 일의 나열이 아니라 내 성장의 기록이 되어야 한다.

내가 선택한 회사인 만큼 뼈를 묻을 각오로 열심히 해야 하지만, 어쩔 수 없는 상황이 올 경우를 대비해서 지속적인 경력 관리의 필요성을 빼놓을 수 없다. 비즈니스 성공의 관점에서 내 업무적 성과를 드러내 보여 주는 나만의 경력 이력서를 만들어 보라.

Tip 나만의 이력서를 구성하는 주요 항목

1. 누구에게라도 자신 있게 말할 수 있는 탁월한 업무 성과를 이루었는가?
2. 구체적으로 타인에게 깊은 감동을 준 적이 있는가?
3. 내 분야에서 전문성을 인정받았으며, 또한 이를 입증할 수 있는가?
4. 일을 성공으로 이끌도록 활용할 수 있는 인적 네트워크를 가지고 있는가?

이러한 질문에 제대로 답할 수 없다면 직장생활에 성공할 수 없으리라고 생각된다.

나만의 성과 달성 이력서를 통해 자신의 가치를 재조명하면 자신의 전문성을 발전시키는 데 아주 효과적이다. 성과 기준은 절대적인 것이 아니다. 각자 자기의 업무 분야와 그 특성에 따라 나름의 기준을 설정하면 된다. 중요한 것은 스스로의 성과를 명확하게 보여줄 수 있고 지속적으로 성장할 수 있는 동기를 부여받을 수 있느냐 하는 것이다.

한 번 해보는 것만으로는 효과를 얻을 수 없다. 매년 한 해를 마무리 할 때마다 시간을 할애하여 나의 성과 이력서를 업그레이드 해야 한다. 한 해 동안 이루어낸 것들을 객관적으로 살피면서 스스로를 점검하는 것이 내 경력관리를 건강하게 만드는 차트라 할 수 있다.

당신이 원하는 모든 것은
당신으로부터 부름을 받기만 기다리고 있다.
당신이 원하는 모든 것들도 당신을 원하고 있다.
그것을 얻으려면 단지 행동을 하면 된다.

– 줄수 레나드 (Jules Renard)

제2장

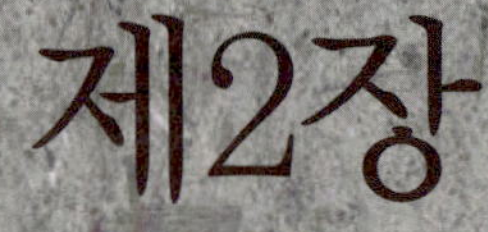

스스로를 아끼고 사랑하라

꿈과 비전

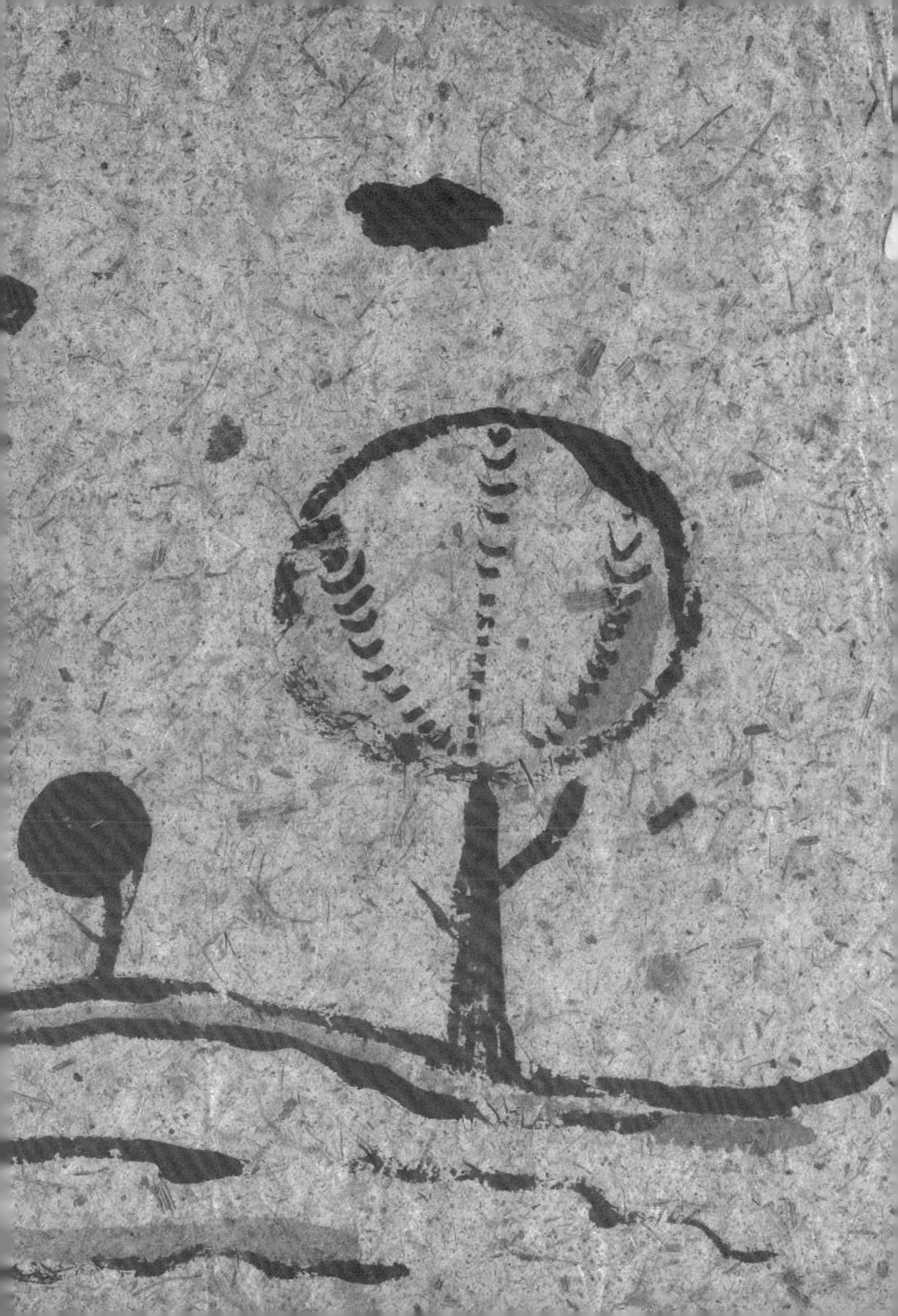

인생이라는 기차는 멈추지 않는다

오늘의 당신은 내일의 멋진 삶을 살기 위해 작은 한 걸음부터 내딛는 것이다. 거창하고 위대한 일이 아니라 그저 작은 한 걸음을 내딛고 또 걷다보면 자신도 모르게 많은 것이 변해 있을 것이다.

"천리 길도 한 걸음부터"라는 말도 있지 않은가? 인간은 누구나 인생이라는 삶의 짐을 짊어지고 살아간다. 지금까지 사람들은 나이가 들면 병에 들어 앓다가 죽는다고 믿어왔다. 하지만 고령화 사회가 된 지금은 65세, 70세가 되어도 청장년처럼 기운이 펄펄한 사람들이 많아서 노인 취급도 받지 못한다.

100세 수명은 축복일까, 저주일까? 이제는 덤으로 살게 된 퇴직 후 30년이 국가적 과제로 떠오르고 있다. 당연한 이야기이지만 건강하고 풍요로운 노후를 보내려면 퇴직 후에 종사할 제2의 직업을 찾아야 한다.

젊어서부터 해오던 일을 계속하면서 나이가 드는 것은 드문 행운에 속한다. 젊어서부터 해오던 일을 70세, 80세까지 할 수만 있다면 그것은 크나큰 축복에 속한다. 20대는 20대, 30대는 30대 대로 용량의 차이만 있을 뿐, 각자의 짐이 있다. 그 순간순간마다 자신의 짐이 많다고 발걸음을 옮기지 못한다는 것은, 자기 푸념이며 납득할 만한 일도 아니다.

20대가 아닌 30, 40대에 들어서서 삶을 완전하게 뒤바꾼다는 것은 정말 쉽지 않은 일이다. 만약 반전한다면 그것은 가히 기적에 가까운 일이 될 것이다. 20대가 상대적으로 변화하기 쉬운 것은 인생의 초창기이기에 자신이 나아갈 길을 아직 명확히 정하지 못했기 때문이다. 자신이 무엇을 하고 어떤 인생을 살 것인지 아직 정해지지 않은 것이다. 또한 대부분이 아직 싱글이기에 이리저리 현실에 부딪히며 세상에 적응해 나가는 단계이며 자기 자신만 책임지면 되기 때문이다. 하지만 지금의 젊은이들은 자신의 인생을 스스로 선택하는 것이 아니라 선택 당하고 있는게 현실이다. 30, 40대는 이미 주변에 자기 자신만이 아닌 부양가족이 있기 때문에 새로운 환경에 도전을 시작하기가 점점 어려워진다. 인생의 전환을 극적으로 바꾸지 못하고 살아가는 가장 큰 이유는 다음과 같은 것들이다. 실패에 대한 두려움, 자기 자신의 능력과 잠재력에 대한 불신, 결정했을 때의 미래에 대한 불안, 경제적인 문제를 포함한 생계와 현실에 대한 압박 등. 이런 점을 무릅쓰고 인생 전환의 결정을 내렸다면, 시작이 반이라는 말처럼 이미 커다란 산을 넘었다고 할 수 있다.

인생을 살다 보면 갑자기 절벽에서 떨어지는 듯한 시련이 닥치지만, 그때에 이르러서야 자신에게 있는지도 몰랐던 초인적인 용기와 의지가 생겨나게 된다.

"신은 고통을 이길 수 있는 자에게만 고통을 줘서 성공을 시킨다."고 한다. 힘든 고비가 왔을 때 신이 나에게 큰일을 맡기기 위해서 시련을 준다고 생각하면 이겨내지 못할 일도 없다. 역사적으로 이순신장군은 23년간 3번의 파직을 당하고, 1번의 사형선고를 받았으며, 2번의 백의종군을 겪는 수모와 고통을 당하면서도 자신의 꿈과 희망을 지켜냈다. 현대그룹을 세운 정주영 회장은 초등학교만 나온 가난한 농사꾼 출신이었고, 억만장자인 첼시 축구클럽 오너 로만 아브라모비치는 고아 출신으로 거리에서 행상을 하지 않았던가. 이같이 역경을 극복한 인물들을 통해서 보면 사람은 위기에 처할 때 자신의 능력과 의지가 극대화되기에 진정 위기와 기회는 동전의 양면이라는 생각이 든다.

만약, 당신이 어려운 상황에 처해 있다면 혼자서만 끙끙 앓고 있으면 안 된다. 절망의 늪에서 헤어 나오기 위해서는 용기를 내서 사람들에게 도움을 청해야 한다.

〈개구리 소년 왕눈이〉의 만화 주제곡 가사 내용에서처럼, 비바람 몰아친다고 물 속에만 숨어 있다면 물 위에서 먹이를 잡아야 하는 개구리는 죽어버릴지도 모른다. 비바람이 몰아쳐도 펄쩍펄쩍 뛰고 일곱 번 넘어져도 일어나는 왕눈이처럼, 삶이 고될수록 우리는 더욱 강하게 단련된다. 견딜 수 없는 위기가 닥쳤을 때 혼자만의 힘으로 이겨내려 하기 보다는 피리를 불면서 도움을 청하면 아무리 거센 비바람도 함께 이겨낼 수 있는 힘이 생긴다.

흔히 인생을 마라톤에 비유하곤 한다. 인생의 순간순간 장벽에 부딪혀 주저앉고 싶을 때 그것을 이겨내고 계속 달려야 하기 때문이 아닐까.

또한 아무것도 아닌 일에 크게 소리 내어 울고 싶을 때 등을 두드려주고 다시 일어날 수 있도록 힘을 주는 〈달려라 하니〉의 홍두깨 선생님처럼 주변 사람들의 격려와 응원이 계속해서 달릴 수 있는 원동력이 되기도 한다. '하니'가 쓰러질 때마다 다시 일어나서 달렸던 것처럼, 나와 여러분의 마라톤 인생도 그렇게 시작하면 된다.

하지만 남에게 전적으로 의존해서는 행복을 누릴 수 없다. 그러다 보면 무능해져서 혼자서는 아무것도 하지 못하게 된다. 자신감을 가지고 독립적인 사람이 되어야 한다. 설사 남에게 도움을 구하더라도 자신의 문제나 결정은 남에게 맡기지 말아야 한다. 자신의 문제를 스스로 결정할 수 있다면 성공해서 행복하게 살겠다는 결심도 쉬워질 것이다. 인간관계는 여러 사람이 공생하며 서로 협조하고 살아가는 관계다. 그러하기에 서로 공평하게 주고받는 균형도 필요하다. 받는 것보다 더 많이 주어서도 안 되며 주는 것보다 더 많이 받아서도 안 된다. 그렇지 않으면 이기적인 사람이 되거나 지나치게 의존적인 사람이 될 수 있다. 다른 사람들이 소중한 것처럼 자기 자신 또한 소중한 존재라는 사실을 명심하고 자신의 인생을 남에게 의지하지도 말고, 지배받지도 말며 스스로 관리해야 한다.

뮤지컬은 한 명의 스타가 아닌 모든 출연진이 이끌어 나가는 종합 예술인 만큼 아무 대사 한 마디 없는 엑스트라라도 잘못하면 작품을 망쳐버리기에 중요하지 않은 역할이 없다. 그러하기에 세상 어느 것 하나 소중하지 않은 것이 없으며, 그 모든 것이 함께 맞물려 세상이 돌아가는 것이다. 앞으로 삶의 무대에서 어떤 역할을 맡든지 열정적으로 춤추고 노래하며 혼신을 다해야 비로소 우리는 '인생'이라는 멋진 작품을 만들 수 있을 것이다.

인생의 삶은 훌륭한 스승

삶은 곧 우리의 훌륭한 스승이다. 계획된 것이든 우연한 것이든 경험이란 늘 그렇듯 우리의 인생에 무한한 깨달음을 가져다준다. 아픈 사람은 건강의 중요함을 절감하게 되고, 실패한 사람은 더욱 성공하기 위해 노력하고, 타인의 도움을 받은 사람은 남을 도울 수 있게 되며, 평범한 인생을 맛본 사람은 결코 평범하지 않은 미래를 꿈꾸게 된다.

그 모든 깨달음은 인생에 없어서는 안 될 소중한 자산이다. 인생은 경험해야만 그 진가를 알 수 있고, 그래야만 주어진 시간을 더욱 소중히 활용할 수 있다. 사람은 눈을 감는 순간에 이르러서야 자신이 지내온 삶을 제대로 평가할 수 있다고 한다.

'생각대로 살지 않으면, 사는 대로 생각하게 된다.'는 말이 있다. 인생을 살아가면서 제 나름대로 삶의 목표를 정하고 이를 가슴 속에 새긴 채 방향을 잃지 않으려고 노력하는 사람이 있는가 하면, '어떻게 되겠지.'하는 안이한 마음으로 하루하루를 그저 때우듯이 살아가는 사람도 있다. 누구의 삶이 더 충만하고 행복할지, 의욕과 생기가 넘칠지 우리는 답을 알고 있다. 인생의 마지막에 "난 꽤 열심히 잘 살았어"라고 말하며 미소 지을 수 있다면, 그게 결국 성공한 인생 아닐까?

힘든 일이나 불행이 닥쳤을 때 무조건 포기하고 더 이상 희망이 보이지 않는다고 생각하는 사람이 있다면 자신의 인생을 돌아보고, 선현의 말씀이나 책에서 길을 찾아라. 우리가 살아 있는 매 순간을 소중히 여길 때, 삶의 경험이 우리에게 무엇을 가져다주는지 직접 확인할 수 있다. 이는 돈을 주고도 살 수 없는, 돈보다도 더 무한한 가치를 지닌 무형의 자산이다.

우리는 살면서 수없이 많은 선택의 갈림길 앞에 서지만 선택의 기회는 많이 주어지지 않는다. 그것이 성공이든 실패든, 기쁨이든 슬픔이든 일단 선택한 이상 똑같은 기회는 다시 오지 않는다. 인생의 경험 역시 매 순간 단 한 번 뿐이며, 이는 삶을 움직이는 소중한 원동력이 된다. 중요한 것은 한 번 뿐인 선택이 완벽하길 바라는 것이 아니라 때때로 실수가 있더라도 후회하지 않고 자신의 선택을 끌어안는 일이다.

어느 날 장자가 초나라로 가던 길에 해골을 발견했다. 그러자 장자는 그것을 말채찍으로 두드리며 말했다.

"그대는 삶에 집착하다 도리를 잃어 이렇게 되었나? 전쟁에 나갔다가 패한 죄로 사형을 당해 이렇게 되었나? 어떤 죄를 지어 부모와 형제들에게 부끄러워 자살하여 이렇게 되었나? 굶주림에 병이 들어 이렇게 되었나? 그것도 아니라면 수명이 다해 이렇게 되었나?"

그리고 곧 밤이 되자 장자는 해골을 베개삼아 누웠는데, 장자의 꿈에 해골이 나타났다.

"아까 그대는 마치 달변가처럼 말하더군. 하지만 그대가 했던 말은 모두 살아있는 사람들의 괴로움이지. 죽으면 그런 것은 없다네. 그대는 죽음에 대해 듣고 싶은가?"

"좋지."

"죽음의 세계엔 위로 임금도 없고 아래로 신하도 없지. 사계의 변화도 없는 탓에 그저 조용히 하늘과 땅과 함께 목숨을 같이하지. 임금 노릇이 즐겁다고 하지만 이보다 더할 수는 없지."

임금도 없고 신하도 없다는 것은 다스림이 없고 시간이 없다는 뜻이다. 그러므로 하늘과 땅과 함께 목숨을 같이할 수가 있는 것이다.

대부분의 사람들은 삶을 즐겁게 가꾸지 못한다. 온갖 인위적인 것에 묶여 있기 때문이다. 기뻐하고 슬퍼하고 괴로워하고 시기하고 질투하느라 삶을 다 소비한다. 그러다가 죽음이 찾아오면 삶이 끝났다고 생각한다.

삶을 죽음과 동일시한다면 분명 현재의 삶을 즐겁게 가꿀 수 있지 않을까.

인생의 큰 그림을 그려라

한 아이에게 좋아하는 동물을 그려보라고 말했는데, 그 아이는 도화지를 새까맣게 칠해 놓았다. 한 장도 아니고 수십 장을 까맣게 칠해 놓는 아이를 보고 부모는 걱정이 되어 병원에 데려 갔고, 병원에서도 도화지를 까맣게 칠했다. 어느 날 책상 서랍에서 퍼즐조각이 발견되고, 퍼즐대로 아이의 도화지 그림 전체를 하나씩 붙여 보았을 때 놀라운 광경이 펼쳐졌

다. 아무 생각 없이 그린 것이 아니고 바로 고래를 그린 것이었다. 한 장
에 담을 수 없는 큰 고래를 그린 것이다.

위의 글은 전옥표의 「빅 피처를 그려라」에 인용된 이야기다.

그는 '빅 피처'를 '인생을 더 멀리, 더 길게, 더 넓게 보는 힘'으로 정의한
다. 지금은 앞이 불투명하더라도 자신의 퍼즐을 하나씩 맞춰 가다보면 도
달할 수 있는 목표, 그것이 그가 강조하는 인생의 큰 그림이다. 잃어버린
자신의 정체성을 찾고, 막연하게 다른 사람의 삶을 동경하지 않으며 자신
의 인생을 직시할 수 있다고 강조한다.

그는 자신의 저서 「이기는 습관」을 통해서 성공을 향해 다가설 수 있는
비결을 다음과 같이 말했다.

첫째, 인생은 셀프마케팅임을 강조한다. 마케팅이라고 하면 생산자가
상품 이나 서비스를 소비자에게 유통시키는데 관련된 일련의 경영활동으
로 생각하는데 반해, 그는 의식주와 같은 기본적인 문제를 포함하여, 어
느 학교에 다닐 것인지, 어떤 직장에 입사할 것인지, 누구와 결혼할 것인
지, 어느 동네에 집을 마련할 것인지 등 헤아릴 수 없이 많은 선택을 위한
활동 자체가 마케팅과 다를 바가 없다고 말한다. 인생도 선택의 기로에
놓일 때 마케팅 기법을 접목한다면 성공하지 못할 이유가 없다는 것이다.

둘째, 돈을 벌기 위해서는 절대 자만하지 말라고 한다. 돈은 항상 낮은
곳으로 흘러 들어가기 때문에 돈에 대해서는 최대한 겸손하게 낮게 임하

는 자세를 가져야 하고, 잘 나가는 커다란 기업도 자만하는 한순간 무너질 수 있기에, 개인이 빈곤의 나락에 떨어지는 것은 그보다 훨씬 빠르게 진행될 수 있다. 그러하기에 늘 긴장하면서 겸손한 자세와 절제의 미덕을 잃지 말아야 한다고 강조한다.

셋째, 그는 열심히 하는 것만으로는 안 된다며 핵심 공략의 중요성을 강조하면서, '킹핀'을 공략하라고 언급한다. '킹핀'은 볼링에서 10개의 핀을 모두 쓰러뜨리는 급소가 되는 5번 핀을 말하는데, 그는 "우리의 삶과 회사 운영 등도 볼링 게임과 같다. 열심히 일만 해서는 탁월한 성과는 나오지 않는다. '킹핀'을 공략하는 것처럼 적은 자원으로 탁월한 성과를 내는 것이 효율적인 성취 방법이다"라고 강조한다.

그의 말대로 우리가 늘 이기는 삶과 혁신적인 삶을 원한다면, 인생의 장기 목표와 같은 큰 그림을 그리는 과정이 필요하지만, 대부분 직장인의 현실은 그렇지 못하다. 바쁜 현실에 매달리다 보면 무엇을 계획하고 무엇을 실행해야 할지에 대한 생각도 제대로 하지 못하고 그날 그날을 살아간다. 지금 이순간 이루어 놓은 것도 없고, 무엇을 해야 할지 모른다면, 한 번쯤 가던 길을 멈추고 잠시 자신이 어디에 서 있는지 주위를 살펴볼 필요가 있다. 한 걸음 물러서서 부분적인 나무보다는 전체의 숲을 보라. 그래야만 비로소 고래를 그릴 수가 있는 것이다. 현재 자신이 그리는 것이 단지 검정색 도화지가 아니라 의미있는 고래 그림이 될 수 있도록, '빅 피처'를 그린다면, 자신에게 여유롭고 행복한 인생이 펼쳐질 것이다.

건강을 지켜라

야근을 당연하게 여기며 야근을 하는 자신의 모습에 위안을 받는 사람이 적지 않다. 수시로 야근을 해야만 열심히 일하는 것이고 조직에서 인정받는 길이라고 생각한다.

그러나 이것은 당신만의 착각이다. 반대로 말하면 일을 마무리 못하여 야근에 특근까지 한다면 당신은 무능력자다. 어쩌다 한두 번의 야근은 할 만하다. 하지만 한 달, 두 달, 일 년을 야근 속에 파묻혀 살다보면 "먹고 살자고 이렇게 해야 하나?"라는 말이 절로 입 밖으로 튀어 나온다. 만사가 다 귀찮아지니 책임감이나 업무 능력도 당연히 떨어진다. 야근도 밥 먹듯이 하다보면 관성이 생겨서 근무시간을 소홀히 여기게 되며 야근시간에 업무를 하려고 한다. 어쩌다 한두 번 불가피하게 하는 야근을 문제 삼는 것이 아니라 습관적인 야근이 문제다. 이러한 야근은 개인적인 시간을 빼앗고 건강도 해치며 가정에도 영향을 끼친다. 회사에서도 야근이 업무 효율을 떨어뜨린다는 것을 알기에, 공식적으로 부서별 야근표를 상대 비교하고 야근을 억제시키도록 관리자에게 교육을 하며 시스템적으로도 야근을 하기 전에 사전 합의를 받도록 해놓았다.

인사팀에서 부서의 야근표를 확인하여 부서장에게 통보하기에 야근도 자유로울 수 없다.

습관성 야근은 건강에도 악영향을 끼친다. 일에 묻혀 살다 보면 건강을 돌볼 시간이 부족해진다. 건강이 나빠지면 무기력해지고 짜증이 늘어나게 된다. 일을 해야 하는데 체력이 받쳐주지 않으므로 자괴감이 들 때도 있다. 자괴감은 우울증으로 심화되고, 우울증은 자살에까지도 이어지는 파괴성을 띠고 있기 때문에 건강은 더욱 악화될 뿐이다.

기계도 오래 쓰면 고장나는 것처럼, 사람도 제때 쉬지 않으면 과로사로 이어진다. 노년층보다 젊은 세대의 과로사가 많은 것도 젊음을 과신하며 제대로 건강을 챙기지 않았기 때문이다. 과로사의 대부분은 심장 이상에 의한 것이다. 보통 지위가 올라갈수록 업무와 스트레스의 강도도 비례하게 된다. 그러나 건강 때문에 직장생활이 힘들어지면 결국 본인만 손해다. 어떤 조직도 "회사를 위해 일하다 몸을 상했으니 회사가 당신을 지켜주겠다"고 말하진 않기에, 건강 문제로 일단 조직에서 퇴출되면 복귀는 힘들다고 할 수 있다.

조직원이 행복하고 건강해야 업무 능률이 오르고 궁극적으로 회사도 경쟁력을 갖게 되는 것이다.

균형잡힌 영양소를 섭취하는 식생활을 하고 적정한 체중을 유지한다면 기를 쓰고 피트니스 센터에서 운동을 할 필요가 없다. 나처럼 회사에서 삼시세끼를 해결하는 경우는 더하다. 영양사가 알아서 끼니마다 각각 음식의 칼로리를 계산해 놓으니, 각자가 알아서 계산을 하고 골라 먹으면 되지만, 영양소만의 문제가 아니다. 적절한 체력유지를 위해서라도 운동은 필요하다. 기초체력을 유지한다면 40대 후반의 나이에도 40대 초반과 같은 체력을 유지할 수 있다. 한마디로 신체적인 젊음을 유지할 수 있다는 뜻이다. 젊음이라고 하면 너무 과장된 말이기도 하겠지만, 일하는데 있어서 무엇보다 중요한 점은 신체적인 젊음뿐만 아니라 정신적인 젊음이라고 할 수 있다.

나이를 한 살 한 살 먹어 갈수록 자신도 모르는 사이에 정신적인 면에서 보수적으로 변해 간다. 혈기 왕성하던 20대 시절에 40대를 넘긴 상사를 보며 지나치게 보수적이라고 생각했던 그 모습이 바로 나의 모습이 되어 있는 것이다.

몸을 건강하고 젊게 유지하면서 정신 또한 나이 들지 않도록 노력한다면 언제나 리스크에 적극적으로 대응할 수 있고, 새로운 도전을 위한 의욕이 넘쳐 날 것이다.

게다가 주기적으로 몸을 움직이면 머리에 쌓인 피로가 해소되고, 스트레스도 발산된다. 적당한 운동은 면역력을 높이는 데에도 도움이 된다. 또 매주 빠짐없이 피트니스 센터에서 운동을 하면서 생활 리듬을 유지할 수 있는 장점도 있다.

몸이 무녀졌다고 느끼기 전에 먼저 운동한다

나이 들어서 운동을 하면 반드시 근육통에 시달리게 되므로, 몸이 운동을 통한 긴장감과 피로감을 잊고 다시 무녀졌다는 신호가 올 때쯤이면 알아서 운동을 해야 하는 것이다.

절대 무리하지 않는다

필요 이상으로 몸을 혹사시키거나 무리하지 않는 것이다. 실제로 오랜만에 피트니스 센터를 찾아 의욕에 넘쳐 무리하게 운동을 하면 반드시 몸에 이상이 온다. 적당한 운동 후에 찾아오는 기분 좋은 피로감이 아니라면 다음에 다시 운동하고 싶은 마음이 사라진다. 또한 처음부터 너무 무리하게 운동해서 몸이 급격하게 피곤해지면 그날 하루 운동도 제대로 마치지 못하게 된다. 운동하는 시간을 주기적으로 실행하여 운동 사이클을 몸에 배게 하고, 무리하지 않는다.

가끔은 스트레스도 삶에 도움이 된다

대부분의 사람들은 '균형 잡힌 일과 삶'을 유지하고 있다. 아침에 일어나 직장에 가서 일하고, 퇴근해서 헬스나 운동을 하고, 다음날 또 같은 일상이 반복되고, 주말에는 등산이나 산책을 즐기고 있다.

변화가 있다면 현대 사회에는 '스트레스'라는 단어가 새롭게 등장했다는 사실이다. 스트레스는 사람들을 일의 노예로 만들어 건강을 해치고,

가족과 친구들과의 관계에도 영향을 미쳐 결국 삶의 전반적인 질을 떨어뜨린다. 다시 말하면, 사람들은 이런 삶에 있어 일을 우선시하여 체계적인 스트레스 관리법, 탄력적인 시간 활용법 등을 터득하려 하고 있다.

'스트레스'는 상당히 부정적인 단어로, 직장에서는 가능하면 이 단어를 입 밖에 내어서는 안 된다. 이 말은 "저는 이 일을 할 능력이 없으니 언제라도 해고하세요."라는 말과 같기 때문이다. 비록 즐기면서 할 수 있을지라도 일은 일일 뿐이다. 당신이 얼마나 스트레스를 받는지 이야기하는 것은 결국 그 일을 할 능력이 부족하다고 떠드는 것과 마찬가지다. 사적인 문제가 일에 부정적인 영향을 끼쳐서는 안 된다. 사적인 관계도 지속적으로 배려하여 어려움이 닥쳤을 때 도움을 받을 수 있도록 해야 한다.

카네기멜론 대학의 조사 결과에 따르면 현대인의 스트레스 수치는 지난 30년간 10~30% 정도 증가했다. 모두가 알듯이 과중한 스트레스는 만병의 근원이다. 하지만 일정량의 스트레스는 우리에게 오히려 도움이 된다는 연구 결과도 발표되었다. 미국의 임상심리학 박사 애리샤 클라크는 아래와 같이 주장한다.

Tip 스트레스가 우리 몸에 가져다주는 좋은 점 6가지

1.중요한 것 상기

스트레스는 '관심'에서 비롯된다. 우리에게 중요하지 않은 것은 스트레스도 주지 않는다.

스트레스는 당신의 인생에서 중요한 걸 상기해준다. 배우자나 자식으로부터 스트레스를 받은 적이 있는가? 이는 그 관계가 그만큼 당신에게 소중하다는 의미다.

2.집중력 향상

과제나 업무의 마감기한이 임박했을 때 초인적인 힘을 발휘해본 경험이 있지 않은가?

캘리포니아 대학의 연구 결과 스트레스는 신경조직의 연결을 강화해 집중력과 기억력을 높이는 것으로 나타났다. 마감 스트레스가 뇌신경을 활성화해 업무를 마무리 하도록 돕는다는 것이다.

3.강한 동기부여

스트레스를 받으면 일을 빨리 처리해버리고 싶은 충동이 들기도 한다. 어떤 일을 마무리하는 것만큼 힘든 것이 있다면 바로 '동기 부여'다. 적절한 스트레스는 우리 뇌에 에너지를 공급, 어떤 일을 해야 한다는 강한 동기를 부여한다.

4. 업무성과 향상

심리학 연구 결과 기쁨, 슬픔, 분노 등이 일정 수준에 이르면 주변 상황을 잊게 만드는 것으로 나타났다. 뭔가에 몰두했을 때 시간가는 줄 몰랐던 경험이 누구에게나 있을 것이다. 적정한 업무 스트레스는 특정 감정을 유발해 오히려 일에 집중하게 만들어 업무 성과를 높인다.

5.감정 면역체계 강화

운동을 하면 근육이 강화되는 것처럼 스트레스는 우리의 정신을 강화한다. 적절한 스트레스가 우리의 뇌를 단련, 이른바 '강철 멘탈'을 만든다는 것이다. 이는 '멘탈 붕괴' 상황에 빠졌을 때 재빨리 정상 궤도로 돌아올 수 있도록 돕는 역할도 한다.

6.타인과의 유대

스트레스는 '옥시토신'이라는 호르몬을 분비한다. 옥시토신은 일명 '사랑의 묘약'이라고도 알려진 호르몬으로 사람 사이의 정서적 거리를 좁히는 역할을 한다. 여성의 모성본능이 바로 옥시토신 분비의 결과다. 스위스 취리히 대학의 연구 결과 옥시토신을 코에 뿌리면 상대에 대한 신뢰감이 높아지는 것으로 나타났다.

사람은 스트레스를 전혀 받지 않고 살 수는 없다. 따라서 이를 어떻게 '관리'하느냐가 중요하다. 위스콘신 대학의 추적조사에 따르면 스트레스를 긍정적으로 받아들인 사람의 수명이 그렇지 않은 사람보다 훨씬 길었다. 스트레스에도 장점이 있음을 깨닫고 포용하려는 자세가 필요하다.

만약 당신이 균형잡힌 식사와 운동을 하고 충분한 수면을 취하는 생활을 잘 유지한다면, 어려운 시기가 와도 건강 때문에 발목을 잡히는 일 없이 오히려 든든한 힘이 되어 줄 것이다.

직장에서 누군가에게 어떤 일을 맡긴다는 것은 그것을 감당할 수 있다고 믿는 전제 조건이 깔려 있어야 한다.

상사 역시 유능하고 믿을 만한 사람에게 일을 맡기고 싶어하는 것은 인지상정이므로 여러 가지 일을 하며 책임을 많이 진다는 것은, 상사의 기대를 한 몸에 받고 있다는 것이며 동시에 인사고과에도 유리할 수 있다. 그러므로 직장에서 높은 평가를 받고 있는 사람은 상대적으로 산더미처럼 많은 일을 안고 산다. 능력이 있기 때문에 현재 진행하고 있는 일 외에 새로운 업무가 계속 추가 될 수밖에 없다. 그럼에도 그 사람은 기한 안에 일을 마무리 하고야 만다. 결코 바쁘다며 불평을 내뱉지 않는다. 그런 사람에게 회사에서 더욱 무한 신뢰를 보내는 것은 당연한 일이 아닌가. 그들은 업무 시간에는 절대로 다른 일에 신경을 쓰지 않고 몰입하며, 쉴 때는 여유를 즐긴다.

승진은 직장생활에서 빼놓을 수 없는 과정이다. 승진의 기회가 왔을 때 어떻게 처신할 것인가?

상사가 승진 대상자에 대한 확신을 갖기도 전에 당신이 승진에 대해 말을 꺼내는 것은 위험하며 역효과를 부른다. 상사가 마음의 준비도 하기 전에 이번에 승진을 꼭 시켜달라고 한다면 거부 반응을 일으킬 수도 있다. 이것은 무모한 야망이며, 당신이 회사의 성과보다는 자신의 욕망에 더 신경 쓴다는 인상만 남길 수 있다. 당신의 본심을 은연중 감추며 승진 심사에서 남보다 유리한 입지를 선점하려면, 상사의 눈에 회사의 부가가치를 높이고 자기 성장을 위해 노력하는 모습이 보이도록 전략적으로 행동해야 한다.

대부분은 "기회만 주어진다면 제 능력을 증명해 보이겠습니다."라고 말하지만, 이런 식의 표현이 새로운 기회를 주지는 않는다.

승진을 하려면 먼저 현재 자신의 직책에서 당신이 그 이상의 일도 잘 처리할 수 있다는 것을 증명해야 한다. 승진 심사가 닥쳤을 때 승진을 위해 노력하는 것은 이미 늦다. 대개 결정권자는 승진 심사가 있기 훨씬 전부터 눈에 띄는 대상자를 마음속에 담아두고 지켜본다.

그러면 그들의 눈에 띄게 하는 방법에는 어떤 것이 있을까? 먼저 당신의 성과 자료를 모아야 한다. 또한, 당신의 숨은 재능을 발휘할 수 있는 일에 먼저 자원하고, 주요 프로젝트에 적극적으로 나서라.

당신의 업무에 대한 적극적인 모습을 보여줄 기회를 잡아야 한다. 그리고 관리자를 위한 주요 세미나에 참석해서 안목을 넓혀라.

직장생활에서는 어차피 상대평가다. 승진자가 있으면 낙선자도 있는 것이다. 옆자리의 동료에게 승진 기회를 뺏기는 경우도 많다. 이러한 경우에 결정권자 앞에서 이유를 따지는 것은 대단히 위험하다. 설사 낙선했다해도 다음을 위해서도 마음을 가다듬고 긍정적인 자세로 무엇이 문제였는지를 생각해보고, 전화위복의 기회로 삼아서 고쳐야 할 점과 보강해야 할 점에 대해 상사에게 조언을 구해야 한다. 그러면 상사는 당신에 대한 인식을 새롭게 할 것이고, 당신이 준비가 되었다고 보이면, 당신이 원하지 않더라도 승진시키려 할 것이다.

만약 당신이 주변 사람이나 상사에게서 제대로 평가받지 못하는 사람이라면, 자신의 대화 방법을 되돌아보라. 평소에 자신 없고 소극적인 말투를 사용하고 있을 가능성이 높다. 밝은 태도로 말하는 것은 긍정적인 사람으로 변화시키는 큰 힘이 된다.

회의에서 자신의 주장이나 의견을 피력하는 결론과 이를 뒷받침하는 근거를 두 가지 이상 들었는데도 유독 자신의 결론이 약하다는 생각이 들었던 적이 있다면 말하고자 하는 자신의 생각이나 의견을 확신을 갖고 전달하지 못했기 때문이다.

사실 자신이 말하고자 하는 메시지는 논리력과 비례한다. 자기 자신의 소신 있는 의견을 갖기 위해서는 이를 뒷받침해 주는 논리력이 필수적이다. 논리전개력을 갈고 닦으면 메시지의 내용은 자연스럽게 날카로워진다. 논리전개력이란 결론을 그럴싸하게 포장하는 기술이 아니다. 논리전개력이란 이야기 구성이나 내용을 효과적으로 배치하는 능력이 아니라,

근본적으로 전달하고자 하는 메시지나 결론 자체를 탄탄하게 만들어 주는 원동력이다.

성공하는 사람의 가장 큰 공통점은 긍정적인 사고방식을 지니고 있다는 점이다. 긍정적인 사고방식은 성공을 위해서 뿐만 아니라 삶을 살아가는 데 있어서 대단히 중요하다.

컵에 물이 반 정도 남아 있는 것을 보고 "아직 반이나 남아 있다"고 보면 낙천주의자이고, "이제 반밖에 없다"고 생각하면 비관주의자라고 한다. 이처럼 사람들은 똑같은 현상에 대해 각자의 상황이나 처지에 따라 받아들이는 경향이 있다.

긍정적인 생활방식은 진취적인 사고방식으로 이어진다. 긍정적인 사고방식을 지녀야만 펼쳐지는 미래를 향해 거침없이 달려갈 수 있다.

훌륭한 상사는 예전에 한 번 실수했던 직원일지라도 일을 맡길 때는 '지난번에는 실수했지만 이번에는 잘해낼 거야.'라고 생각한다. '지난번에 실패했으니 또 실패할 지도 모르는데'라고 생각하는 상사라면 아랫사람을 부릴 수 없다. 그런 사람은 모든 일을 자기 혼자서 처리할 수밖에 없기 때문에 영원한 실무대리로 남는 것이다.

신중한 것과 긍정적인 것은 다르다. 일단 사람을 보고 업무를 맡겼으면 그 사람을 전적으로 믿고 신뢰해야 한다. 이러한 풍토에서 직원들은 자신의 역량을 십분 발휘하게 된다. 긍정적인 사고방식을 지녀라. 그러면 지금보다 훨씬 더 넓고 밝은 세상을 보게 될 것이다.

직장생활을 하다 보면 누구나 종종 자신의 기대와는 전혀 다른 일에 부딪힐 때가 있다. 예를 들면 어려운 문제에 둘러싸여 의지가 흔들리고 생각의 갈피를 못 잡거나, 하늘도 무심하다는 생각이 들 정도로 황당한 결과를 맞기도 한다.

이럴 경우 첫번째 목표에서 좋은 결과를 얻지 못했다고 해서 너무 결과에 연연해서는 안 된다. 즉시 정신을 가다듬고 마음을 새롭게 한 후, 곧장 두 번째 목표에 도전하는 것이 바람직하다. 이렇게 하면 자신도 놀랄 만큼 잠재 능력이 발휘된다. 이미 물 건너 간 일을 아쉬워하며 매달리는 것은 자신을 막다른 골목으로 모는 파괴 행위와 같다.

물론 자신의 목표를 새로 세우는 일은 어려울 수 있다. 그러나 일단 첫 걸음을 제대로 떼고 나면 두 번째 걸음부터는 훨씬 쉽게 느껴진다. 이것이 바로 승리의 공식이다.

누구나 성공을 꿈꾼다. 그러나 진정으로 성공을 이루는 사람은 아주 드물다. 왜 그럴까? 성공하는 사람은 태어날 때 이미 정해져 있기 때문일까? 아니면 극소수의 사람만이 월등히 강인하고 똑똑해서일까?

아니다. 누구나 성공할 수 있다. 부지런히 준비하고, 노력하고, 의지가 강하고, 고난을 감내할 수만 있다면 가능하다.

에디슨은 가정 형편이 어려워 7세 때부터 기차역에서 신문을 팔았으며, 학교는 겨우 3개월밖에 다니지 못했다. 하지만 그는 오늘날 세계적인 과학자가 되었다. 또 지극히 평범한 철강 노동자 출신의 카네기는 억만장자가 되었다. 그 밖에도 무수한 사람들이 맨주먹으로 시작해서 피나는 노력과 분투 끝에 남들이 부러워하는 성공을 거두었다. 심지어 어떤 이는 선천적인 장애를 포기하지 않고 강인한 의지로 극복, 보통 사람도 이루기 어려운 기적을 만들어 내기도 한다.

성공을 위해서는 두 가지가 중요하다. 즉, '도전 정신과 상상력'이다. 많은 사람이 실패할 것이 두려워 시도조차 해보려 하지 않는다. 언제까지나 망설이기만 한다면 성공은 요원하다. 세계적으로 성공한 대부분의 사람들, 그들은 비록 제대로된 직업도 없던 힘든 시기에도 부단한 상상 훈련을 통해 정신력을 키웠다. 상상력이야말로 성공을 위한 최고의 도구임을 알았기 때문이다. 성공인들 역시 현장 및 사무실에서 끊임없이 자기를 단련하는 한편, 자신이 얻고자 하는 모든 경험과 성공을 시뮬레이션해 보고 자신의 성공한 모습을 상상해보는 습관을 갖고 있었다. 이처럼 행동과 상상이 일치하는 사람은 보다 빨리 성공에 이를 수 있다,

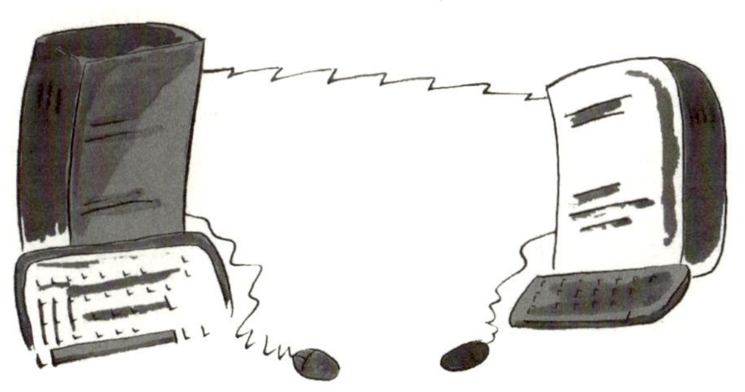

꿈과 비전을 가져라

하늘은 스스로 돕는 자를 돕는다.(Heaven helps those who help themselves.)

젊은 시절에 높은 이상을 갖고 자신의 목표를 정했다면 그것을 향해 조금씩 노력하는 자세가 필요하다.

목표란 자신의 꿈과 비전을 그리는 것이다. 목표는 행동의 전주곡으로 오늘보다 내일을 더 낫게 만들고 운명을 개척하는 열정의 표현이라고 할 수 있다. 목표는 우리에게 불타는 의욕과 함께 열의와 강렬한 자신감을 불러일으킨다. 그래서 목표가 분명하면 기회가 생기고 목표에 도달할 수 있는 힘도 생긴다. 목표에 마음을 집중하면 그 목표를 이루기 위한 힘이 생긴다.

폴 마이어는 "모든 것을 실현하고 달성하는 열쇠는 목표 설정에 있다. 내 성공의 75퍼센트는 목표 설정에서 비롯되었다. 목표를 정확하게 설정하면 그 목표는 신비한 힘을 발휘하게 된다. 또 달성 시한을 정해 놓고 매진하는 사람에게는 목표가 오히려 다가온다."라고 말했다.

이는 인생이나 일에 있어서 목표가 얼마나 중요한지를 말해주고 있다.

목표를 갖는다는 것은 대단히 중요한 일이다. 될 대로 되라는 식의 안이한 생각으로는 만족할 만한 효과를 얻을 수 없으며, 주위 사람들에게 피해만 줄 뿐이다. 칭찬받고 싶다든지, 장래에 뭐가 되고 싶다는 등 개인에 따라서 다양한 욕망이 있을 것이다. 무엇이라도 그것을 진심으로 원하는 것이 중요하다.

항구를 떠난 배가 목적지가 없다면 어떻게 될 것인가? 그 배는 계속해서 망망대해를 떠돌기만 할 것이다. 우리의 인생도 마찬가지다. 만약 목표가 없다면 무의미한 삶이 될것이고 그 배처럼 헛되이 떠돌다가 생을 마치게 될 것이다. 목표 없는 인생은 꿈이 없는 인생과 같다.

영국의 사상가 토머스 칼라일은 이렇게 말했다.

"나쁜 목적이라도 없는 것보다 있는 것이 낫다."

그만큼 인생을 살아가는 데 있어서 목표가 중요하다는 말이다.

인간에게는 인생의 목적과 의미를 찾고자 하는 열정이 있으며, 또한 그 목표를 이룰 수 있는 능력도 있다. 그런데 자신의 목표를 이루지 못하는 것은 목표가 너무 거창했거나 그에 따른 실천 계획이 없었기 때문일 수도 있다.

자신만의 분명한 목표를 정할때 현실적이고 성취가능한 것으로 해야한다. 목표를 구체적으로 정하고 뜨거운 열정을 가지고 목표를 달성하려는 노력을 해야 한다.

첫번째 단계는 생각을 확고히 한 다음 목표를 설정하는 것이다. 목표가 언제쯤 성취될지, 단계와 시간표를 적고, 한 번에 한 단계씩 목표를 향해 올라가라. 성취하는데 걸리는 시간이 예상 시간보다 훨씬 더 걸리더라도 좌절하지 마라. 조금 더딘 것은 문제가 되지 않는다. 목표에 도달하는 것이 중요하다.

"가장 큰 위험은 목표를 너무 높고 단기적으로 세우는 데 있는 것이 아니라, 너무 낮게 세운 목표를 성취하는데 있다."

미켈란젤로(Michelangelo)

스스로 될 것이라고 생각하면, 정말 이루어지고, 안 될 것이라고 생각하면 정말 이루어지지 않는 것처럼, 생각이 결과에 영향을 미치는 현상을 사회심리학에서는 '플라시보 효과(placebo effect)와 노시보 효과(nocebo effect)'라고 한다. 플라시보 효과는 긍정적으로 다 잘될 것이라 생각하고 그 결과가 성공적으로 나타나는 현상을 가리킨다.

예를 들어 병이 나을 것이라고 굳게 믿는 사람이 불치병을 이겨낼 수 있다. 반대로 노시보 효과는 잘 안 될 것이라고 부정적으로 생각하고 그 결과가 비극적으로 나타나는 현상을 의미한다.

"걱정은 일을 벌이기 전에 하라. 바퀴가 굴러간 후에 하지 말고"

맥스웰 몰츠(Maxwell Maltz)

목표는 글로 적어라. 그러면 무엇보다도 일의 진행 상태를 분명하게 파악할 수 있고, 목표를 분명하게 해주며 목표에 전념할 수 있도록 동기를 부여해 준다. 또한 목표를 검토할 때마다 목표 달성을 위한 구체적인 계획을 세우고 달성할 수 있도록 스스로에게 지속적인 자극을 준다. 목표들 사이에 우선순위와 균형을 제공하고 목표 달성을 위해 필요한 모든 행동을 이끌어낸다.

젊은 시절에는 하고 싶은 일이 있더라도 현실의 벽에 부딪혀 포기하고, 현재의 자신이나 주변 상황에 밀려 어쩔 수 없이 직업을 선택하는 경우가 많다. 이렇게 자신의 삶의 목표보다 현실과 주변 사람들의 평판 등을 신경 쓰고 살다 보면 자신이 당초 무엇을 원했는지 조차도 까맣게 잊고 살아간다.

직장생활에서도 그저 그렇게 지내면서 스스로에게 갇혀서 지내고, 그러다가 세월이 지나면 자신도 모르는 사이에 퇴직이란 시간이 다가온다.

직장인 멘토인 구본형 대표는 그의 저서 「익숙한 것과의 결별」에서 다음과 같이 말했다.

"진정한 실업은 청춘을 바친 직장에서 쫓겨나는 것이 아니다. 자신을 위하여 하고 싶고, 할 수 있는 일을 찾지 못하는 것이다. 당신은 평범한 사람인지도 모른다. 그러나 모든 위대한 사람들 역시 모두 평범한 사람에 지나지 않았던 시절을 가지고 있었다는 사실을 기억하라."

우리가 살아 있음을 느끼려면 진정으로 원하는 일을 찾고 꿈을 찾는 노력을 지속해야 한다. 자신의 꿈과 직장에서의 경험을 토대로 자신만의 진정한 비전을 세워야 한다.

이전에 하고 싶은 일을 못했다면, 후반에는 자신의 진정한 꿈을 위한 인생을 살아 볼 필요가 있다. 그러기 위해선 젊은 시절에 이루고 싶었던 꿈과 비전을 늘 마음속에 되새기며 생각해 보자. 지금 이순간도 늦지 않았다. 얼마만큼 생각하고 준비하느냐에 따라 미래는 얼마든지 달라질 수 있다. 그렇기에 퇴직 이후의 시간을 무한한 가능성으로 재충전하면, 여유롭고 행복한 제2의 삶이 될 것이다.

"흔들려도 가라앉지는 않는다.(Fluctuat nec mergitur)"는 라틴어 경구가 있다.

기나긴 인생을 살다 보면 거친 파도가 자주 밀려 온다. 이때 가장 중요한 것은 거친 파도에 휘말려도 결코 가라앉지 않는 자세다. 불안정함 가운데 안정을 추구하면서 부드럽게 파도를 넘어 꿈을 실현하는 것이다.

우리는 꿈을 그릴 때 일반적으로 자신의 현재 모습을 바탕으로 미래를 보고 무엇을 할 수 있을지 생각한다. 그러나 정말로 꿈을 실현시키고 싶다면 이 발상을 뒤집어야 한다. 20년 뒤에 꿈을 실현한 자신의 모습을 먼저 그리고, 그 시점에서 현재의 자신의 모습을 살펴보는 것이다.

현재 모습의 연장선 위에서 20년 후의 자신을 그리는 것이 아니라, 처음부터 20년이 지난 후의 내 모습을 상상해보는 것이다. '지금 이러이러한 상태니까'라는 생각은 벗어던지는 것이 좋다. 선입견이나 편견에 얽매이지 말고 자유롭게 미래의 자신을 그려보아야 한다.

커다란 꿈과 의욕, 그리고 전략 이 3가지는 꿈을 실현하는 데 빼놓을 수 없는 요소다.

빌게이츠는 1973년 미국의 하바드대에 입학했다. 그러나 그는 조만간 직장이나 가정에서 슈퍼 컴퓨터가 아닌 개인용 컴퓨터를 사용하게 될 것을 예견하고 학업을 중단하고 1975년 폴 앨런과 함께 마이크로소프트사를 세웠다. 이와 같이 생각을 조금만 바꿔도 많은 것이 보인다. 굳어버린 관념을 제거하고 새로운 시선으로 세상을 보면, 당신에게도 기회가 찾아올 것이다.

간절히 원하면 이루어진다

'아브라카다브라.' 이는 고대 히브리어로 "말한 대로 이루어진다"는 뜻이다. 우리 식으론 수리수리마수리쯤 되는 주문이다. 이 주문은 어떻게 수천 년을 살아남았나. 간절히 원하는 바를 단지 주문을 외운다고 해서 실제 이루어질까, 왠지 아닐 것 같지만, 많은 연구자가 내린 결론은 "그렇다"이다.

원하는 바를 반복하게 되면 우리의 뇌에 잔존해 있는 잠재의식을 자극해 의식보다 더 큰 힘으로 상상을 현실화한다. 〈입버릇 이론〉을 만든 작가이자 뇌 과학자 사토 도미오는 "뇌의 대부분은 의식보다 잠재의식이 차지하고, 말은 잠재의식을 자극한다. 인간의 뇌는 상상과 현실을 구분하지 못한다. 상상만으로 운동 효과를 낼 수 있고, 상상만으로 학습 능력을 높일 수 있다."고 했다. 「기적의 입버릇」은 프랑스 심리학자 에밀 쿠에도 동조한다. "입버릇처럼 말하는 것은 자율 신경계에 자동으로 입력되며 인간의 몸은 입력된 그대로 실현하려 한다."

희망이 말한 대로 이뤄진 사례는 부지기수다. 빌 게이츠가 아침마다 거울을 보며 "오늘은 왠지 좋은 일이 생길 것 같아." "난 할 수 있어." 주문을 외운 일은 너무나 유명한 일화다. 그는 말대로 세계 최고의 소프트웨어 전문가가 됐고, 세계 최고의 부를 일궜다. 한국에선 배우 김윤진 얘기가 잘 알려져 있다. 1999년 무명시절, 그는 "3년 안에 정상에 서고 말겠다."고 매일 주문을 외웠다고 한다. 3년 뒤, 그는 영화 〈밀애〉로 여우주연상을 수상했다. 그 후 안면마비에 걸린 그가 이를 극복해 2005년 미국에서 올해의 엔터테이너상을 거머쥔 것도 매일 주문처럼 "병마에 굴복하지 않는다."고 되뇌인 것이 효과를 봤다고 한다.

아브라카다브라를 현대어로 옮기면 '자기 충족적 예언(Self-Fulfilling Prophecy)'쯤 될 것이다.

성공은 어느날 아침 갑자기 이루어지는 것이 아니다. 성공의 시작은 생각의 나뭇가지에 매달린 열매에 불과하다. 그러나 생각의 나뭇가지에 열매가 매달리게 하기 위해서는 보통 정성 없이는 불가능하다. 인간은 하루에도 수천 번 생각한다. 그러나 설령 아무리 '좋은 생각'이라도 붙들지 않으면 소용이 없다. 성공하고 싶다면 막연하게 생각하지 말고, 간절하게 생각하라. 간절한 마음은 구체적인 계획을 낳고 행동을 강요한다.

소중한 것을 먼저 해라

우리의 직장에서의 시간은 언제나 부족한 것이 사실이다. 해야 할 모든 일을 할 만큼 충분한 시간이 없기에 한정된 시간 안에 많은 일을 하려면 가장 중요한 것에 우선순위를 두고 해야 한다.

경영학의 피터 드러커는 "목표를 달성하는 방법에 대해 '비결'이라고 할 만한 것 하나를 소개하면, 그것은 '집중'하는 것이다. 목표를 달성하는 사람들은 중요한 것부터 먼저하고, 그리고 한 번에 한 가지 일만 수행한다."라고 말했다.

우선순위라는 것은 결국 '선택과 집중'이다. 우선 필요한 것부터 실행하여 효과를 높이는 것이다.

사람이 하루에 생각하고 있는 것이 5만 가지나 된다고 한다. 그러니 일을 시작하기 전에 우선순위를 명확히해서 효율성을 높이는 것이 중요하다. 우선순위를 정할 때는 먼저 큰 틀을 이해하여 원칙을 정해야 한다.

그 원칙은, 먼저 상위 20퍼센트 일을 결정하고, 과제를 우선순위로 구분한 후, 중요한 일과 급한 일을 구분하며, 장기적이면서 중요한 과제는 하루도 빠짐없이 행하는 것이다.

"하늘이 장차 큰일을 맡기려 할 때는 반드시 먼저 그 마음을 괴롭히고 신체를 고단하게 하며 하는 일마다 잘못되게 하는데, 그것은 마음을 분발하게 하고 성격을 강인하게 하여 해내지 못하던 일을 능히 감당할 수 있게 하기 위함이다."

맹자의(告子下) 편 中

재직 중에 업무로 일본 출장을 자주 간 적이 있다. 내가 요청하는 입장이었기 때문에 엄밀히 따지면 그들이 '갑'의 입장이었는데도 너무나 예의 바르다고 느꼈다. '갑'의 거만한 입장이 전혀 느껴지지 않았다. 그것은 미팅이 끝나고 헤어질 때 더 극명하게 드러났다. 방문했을 때도 엘리베이터 앞에서 맞아 주더니 헤어질 때도 굳이 엘리베이터 앞까지 와서 배웅한다. 아쉬운 입장이라면 마땅한 일일 수도 있겠지만, 그 반대의 입장이었기에 인상이 깊이 기억에 남는다. 이것은 아무것도 아닌 듯하지만, 방문자가 원하는 미팅이 되지 않았다 하더라도 서운한 감정이 남지 않는다. 이미 방문자는 자신이 귀빈 대접을 받았다고 느끼기 때문이다.

남과의 약속시간도 마찬가지다. 이런 사례를 실천한 한 성공한 선배는, 고객을 만날 때 약속 시간 15분 전에 미리 도착한다. 15분 전에 미리 와서 여유 있게 화장실도 다녀오고, 미팅 구상도 점검하여 자신이 원하는 방향으로 이끌어 간다. 아무리 바쁘다 하더라도 배웅을 엘리베이터 앞에서 하는 것, 약속 시간 15분 전에 도착해서 미팅 구상을 하고, 상대방에게도 신뢰감을 주는 이러런 별 것 아닌 '조그만 차이'가 쌓이고 쌓여 미래의 '커다란 차이'를 불러 온다.

취업을 하기 위해 기업체에 시험을 보고 처음 입사를 하게 되면, 그 때부터 출발선은 동일하다. 사원, 선임, 책임에 이르는 시기는 비슷하지만, 그 이후부터는 피라미드와 같기 때문에 경쟁에 의해 차이가 두드러지게 된다. 20년 정도 흐르게 되면, 출발선이 같았다고 믿을 수 없을 만큼 커다란 차이가 벌어지는 것을 느낄 수 있다. 손가락만한 구멍이 커다란 둑을 무너뜨리듯이, 앞에서의 '조그만 차이'를 실천한 결과는 각각의 삶의 크기를 좌우한다.

포드 자동차 회사를 설립한 헨리 포드가 자동차 회사에 입사할 때의 일이다. 입사원서를 낸 경쟁자들의 스펙과 학력이 높다는 사실을 알게 된 포드는 합격 할 가망이 더욱 어렵다고 느꼈지만, 일단 시도는 해보자는 심정으로 면접장으로 향했다. 면접 장소로 들어가려던 포드는 바닥에 떨어져 있는 휴지가 눈에 띄었고, 즉시 휴지를 주워 근처의 쓰레기통에 버리고 면접장으로 들어갔다.

"이번에 지원한 포드입니다."

"자네는 이미 채용되었네."

어리둥절한 포드는 면접 시작도 전에 합격한 이유를 물었더니,

"다른 사람의 학력과 스펙은 자네보다 훨씬 높았지만, 사소한 일에

는 관심도 없더군, 큰일만 보고 작은 것을 경시하는 사람은 성공하지 못 한다네."

포드는 모두가 외면한 사소한 일을 했을 뿐인데도 그 덕분에 합격의 영광을 누릴 수가 있었다.

내가 하는 일의 가치는 역할 및 규모의 크고 작음에 있지 않다. 사소한 일도 전체에서 보면 퍼즐의 한 조각이다. 자신에게 주어진 일에 열정과 책임을 다하고 작은 실수라도 예방하려는 자세를 취한다면, 그것은 그만큼 자신의 일을 중요하게 여긴다는 것을 의미한다. 사소한 일이라도 소홀히 여기지 말고 정성을 기울인다면 어느 순간 그 조직에서 성공한 사람이 되어 있을 것이다.

당신이 성공하려면 기꺼이 일을 떠맡아라

당신에게 프로젝트가 떨어진 순간, 그 일을 맡을 준비가 되어 있어야 한다. 현재 당신이 맡은 일 이외에도 추가적인 업무를 처리할 수 있다는 믿음을 보여 주지 못하면 상사는 당신에게 더 많은 책임과 권한을 주지 않는다. 높이 올라갈수록 스트레스도 심하고 훨씬 복합적인 업무를 진행해야 한다. 회사는 적은 인원으로 보다 많은 업무 효과를 내야 하기 때문에 이런 상황에서 다른 일이나 프로젝트에 자발적으로 참여하면 회사는 당신을 관심있게 지켜볼 것이다. 상사가 과제 프레젠테이션을 주도적으로 맡아서 해보라고 했을 때, 부정적인 의향을 표한다면 어느 누가 좋아하겠는가? 만약 지금 당장 해야 한다면 당신의 우선순위를 바꿔서라도 그 일을 처리해야 한다.

대개 직원들은 자신이 많은 일을 하고 있다고 생각하기 때문에 추가 수명 업무를 맡고자 하지 않는다. 하지만 회사는 직원이 자원해서 추가 업무를 하면 그의 현재의 직책보다 더 능력이 있다는 증거로 받아들이고 그 직원이 회사의 가치와 필요를 우선시하는 신뢰할 만한 직원이라고 생각한다. 또한 이것은 업무 평가에도 반영되어 승진에도 영향을 미치게 된다.

부서 내에 아무도 자원하지 않는 프로젝트가 있다면 기꺼이 그 일을 맡겠다고 나서라. 아무도 원치 않는 일을 성공시키면 그런 직원은 높이 평가되고 보호된다. 너무 시급한 업무여서 당신에게 맡겨지지 않더라고 당신의 의도는 상사에게 전달된다.

당신이 다른 직원들에 비해 많은 일을 한다고 생각하더라도 그에 대한 결과와 행동은 나중에 충분히 보상받을 것이다. 자청해서라도 어려운 업무에 도전하라. 최소한 지시받은 업무만큼은 무슨 일이 있어도 받아들여라. 일단 시작하면 일이 뜻밖에 쉽게 풀릴지도 모른다!

직 원들의 자기 계발 비용을 일부 혹은 전부를 부담하는 회사도 많다. 온라인이나 오프라인의 교육 강좌 같은 것은 어지간한 회사면 다 있다. 주어지는 환경을 이용해서 자기계발을 게을리 하지 말아야 한다. 사회 초년생이라면 이미 확보한 기술을 향상시킬 수 있다. 그 기술을 필요로 하는 사람들이 당신에게 더욱 주목하게 되어 당신의 가치는 증가한다.

비록 MBA가 예전처럼 성공으로 가는 지름길은 아니더라도 여전히 상사에게 깊은 인상을 남길 수는 있다. 개최하는 컨퍼런스에 참가하거나, 컴퓨터를 통해 온라인상으로 교육받거나, 전문분야의 과정을 듣거나 세미나에 참석할 수 있다. 인터넷은 다양한 자기계발 기회를 갖고자 할 때 가장 편리하게 최상의 자료를 제공한다. 필요한 모든 학위와 자격증을 취득하고 스폰지와 같이 정보를 흡수하라. 늘 시간에 쫓기거나 끔찍하리만큼 집중력이 떨어진다 하더라도 독서에 시간과 노력을 투자하라. 필요하다면 당신이 속한 분야에서 반드시 읽어야 하는 목록을 인터넷 도서 사이트에서 제공하는 서비스를 통해 구독할 수도 있다.

내가 있던 회사의 아산2캠퍼스 제조부서에서는 사원들에게 기증을 받아 한 공간 전체의 사면을 자기계발서, 교양, 리더십 등의 도서로 채워 놓고 직원들이 중간 중간 쉬면서 책을 볼 수 있도록 해 놓았다. 무의미하게 앉아 커피를 마시며 잡담을 늘어놓던 분위기에서 점차 이곳을 애용하는 직원이 늘어났고 바쁜 일상 속 정서적인 측면에서도 인기가 있었다. 이것은 지적 함양뿐만 아니라 심리적인 측면에서도 효과를 주어 마음의 안정을 가져다주었다. 회사에서 비용을 지불하든 그렇지 않든 당신의 미래에 투자한다고 생각하고 책을 뒤적이며 자기계발에 힘쓰면 당신에게 성공의 기회는 또 한 번 찾아올 것이다.

중국의 역대 명군 중 한 명인 당태종 이세민은 신하들에게 질문을 했다.

"창업과 수성, 어떤 것이 더 어려운가?"

충신의 대명사인 위징이 대답했다.

"창업을 했더라도 그것을 유지함에 있어서 조금만 자기관리에 실패하고 방심하게 되면 왕조는 무너집니다. 따라서 창업보다는 수성이 더욱 어렵습니다."

이 말을 직장인에게 대입한다면,

"회사에 입사하는 것과 입사 후 생활하는 것 어떤 것이 더 어려운가?"

아마도 입사 후에 회사생활을 유지하는 것이 더 힘들다고 할 사람이 많을 것이다.

회사 내의 승진자 수가 입사자보다 훨씬 적기 때문에, 회사가 지속 성장을 하지 않는 한, 승진 경쟁은 동료나 비슷한 선후배들 사이에서 이루어지고, 누군가는 누락이 불가피 하다. 이 같은 현상은 직급이 올라갈수록 더하다.

현실이 이러하기에, 직장인은 회사에서 승진과 생존을 위해서 자기계발에 힘을 쏟아야 한다. 하지만, 대부분은 불안한 마음에 계획 없이 하는 바람에 시간과 돈만 낭비한다.

자기계발을 하더라도 주변의 환경을 종합적으로 고려해서 자기계발을 해야 몸과 마음이 고단하지 않을 뿐더러 직장에서 수행하는 일도 지장을 받지 않는다. 자녀의 나이가 어릴수록 가정에 투자해야 하고, 자녀가 어느 정도 컸다면 직장 내의 환경을 고려한다. 내가 직장에서 키 멤버로 인정받는 핵심 인재라면, 한두 번 일에 실수가 있다고 해서 평가가 추락하지는 않지만, 그렇지 않은 사람이라면 열심히 일해도 좋은 평가를 받기 어렵다.

핵심 인재라면 회사의 임원을 목표로 자기계발을 하고. 평범한 사람이라면 회사에서 강조하는 어학보다는 퇴직 후의 생활에 대해 고민하고 집중해야 한다.

미국 대통령 벤저민 프랭클린은 젊음과 늙음의 기준을 몸의 노화가 아닌 "꿈이 있느냐, 없느냐"에 두었다. 비록 나이가 많더라도 이루고 싶은 꿈과 목표가 있고 의욕이 충만하면 청춘이라고 의미를 둔 것이다.

신체의 나이는 숫자에 불과하다. 우리가 진정으로 두려워해야 할 것은 나이를 먹는 것이 아니라 의욕 상실이다. 의욕을 상실하면 어떤 것도 할 수 없다. 사람들이 책을 읽거나 여행을 가는 것은, 내 인생을 의미 있게 보내고 여유로운 인생을 즐길 수 있는 더 나은 삶을 바라기 때문이다. 현재에서 발상의 전환을 하고 관점을 바꾸기 위해, 우리는 끊임없이 자기 자신에게 투자해야 하고, 내 연령대와 주변 환경에 맞도록 자기계발 목표를 세워야 한다.

장기적으로 가치 있는 직원이 되기 위해서는 특정 분야에서 전문성을 지니는 동시에 위기 상황을 구할 수 있는 광범위한 능력이 필요하다. 어느 누구도 일반 가정의한테 뇌수술을 받으려 하지 않는다. 뇌수술과 같은 전문분야의 수술을 할 때는 아이비리그 같은 추천서를 걸어놓고 있는 의사에게 생명을 맡기려고 한다. 바로 이 모습이 당신이 추구해야 하는 모습이다.

그렇다면 전문성은 어떻게 개발할 수 있을까? 당신이 맡고 있는 분야에 대해서는 해박한 지식을 갖추어야 한다. 욕심껏 관심을 갖고 그 모든 것에 대해 전문성을 키워라. 이미 보유한 기술을 개선하면 당신이 속한 분야에서는 당연히 전문가로 통할 수 있다. 기술을 계속 배우고 익혀서 당신의 분야에서 남들보다 앞서 나가라. 만약 당신의 업무가 신기술과 관련이 있다면 새로운 기술을 누구보다 먼저 받아들이고 습득하라. 결정적인 분야에서 진보적이고 전문적인 지식으로 무장한다면 당신은 어떤 상황에서도 그 자리를 사수할 수 있다.

또한, 전문성과 함께 중요한 것이 구성원들과의 소통이다. 구성원들과의 소통이 원활해야 일이 즐겁고 조직 내에서 자신의 능력을 발휘할 수 있다. 이것이 바로 유능한 직장인이다.

배움은 나이와 상관이 없다

인생은 끝없는 배움의 연속이다. 늘 배우는 자세로 돌아가 하루하루의 삶을 새로운 지식과 깨달음으로 채우기 위해 힘써야 한다. 새로운 것을 배우려는 의지와 노력이 없다면 행복은 기대할 수 없게 된다. 무슨 일이든 배우려는 자세로 임할 때 적극적인 자세를 갖게 된다. 사실 배움이란 나이가 들수록 더 절실한 것이다. "구르는 돌에는 이끼가 끼지 않는다."는 속담처럼 인간의 두뇌 역시 마찬가지이기 때문에, 쓰지 않는 기계가 쉽게 고장 나는 것처럼 인간의 두뇌와 재능 역시 자꾸 갈고 닦아야 더욱 빛을 발할 수 있는 것이다.

스스로 매너리즘에 빠지는 것을 경계하고 날마다 자신의 두뇌를 계발하기 위해 노력하라. 낡은 지식은 과감히 흘려보내고 끊임없이 새로운 지식으로 자신을 채워 마침내 큰 강으로 발전해 가라. 그런 사고는 행복을 일깨워 준다. 정말 안타까운 것은 모르면서도 배우지 않는 것이다. 새롭게 배우려는 열정만 있다면 차츰 채워갈 수 있지만, 그런 열정이나 의지조차 없다면 정말 희망이 없는 것이다. 어학이든 업무와 관련되는 지식이든 배우기 위해 쏟아 부은 시간은 언젠가 당신이 필요할 때 도움이 될 것이라 믿는다.

책과 신문에서 습득하라

조선말기 서양학의 선구자 최한기는 전 재산을 모두 책을 사는데 썼다.

"책을 지은 사람을 만나기 위해서는 천 리라도 가야 하지만 , 책을 통하면 아무 수고도 하지 않고 가만히 앉아서 만날 수 있다."

책을 읽고 사물을 생각하는 사람과 그렇지 않은 사람은 첫 인상에서 분명한 차이가 있다. 책을 많이 읽은 사람에게서는 품격이 느껴진다. 말을 안 해도 얼굴과 몸짓에서 인생의 깊이가 느껴진다.

한국 직장인의 한 달 평균 독서량은 한 권에서 세 권 사이이다. 그러나 성공하는 사람은 일반인보다 훨씬 많은 책을 읽는다. 일반인들은 독서를 통해 순간적인 카타르시스를 느끼는 반면, 성공하는 사람은 독서를 통해 얻은 지식을 현실 속에서 적절히 활용한다. 대화를 할 때 활용하기도 하고, 일상생활 속으로 끌어들일 수 있는 부분은 최대한 끌어들여 적용한다.

현대인은 TV와 컴퓨터 앞에서 많은 시간을 보내지만, 주로 무료한 시간을 보내는데 활용될 뿐이다. 성공한 사람 가운데는 이와 같은 것을 즐기는 사람은 드물다. 그들은 남는 시간에 여러 방면의 책을 읽는다. 그래서 대화를 하다 보면 블랙홀 속으로 빨려 들어가는 것처럼 그 사람에게 끌리게 된다. 책은 때론 현실의 축소판임과 동시에 확대판이기도 하다. 성공하려면 책속에서 지식을 습득해야 한다. 혼자서 공부하면 십 년은 걸릴 것을 단 사흘 만에 해주니 얼마나 편리한가. 책을 읽고 진화해 나간다면, 정보화 시대에서의 성공은 그 사람의 몫이다.

아리스토텔레스는 인간을 "모방의 동물"이라고 했다. 인간은 여러 가지 의미로 타인을 흉내 내며 성장한다. 자기 혼자서 처음부터 끝까지 새로운 것을 창조해갈 수는 없다. 사람은 여러 사람들과 만나 대화를 하고 인간관계를 형성하는 과정을 통해 스스로를 향상시키고 인간적으로도 성숙해진다.

모든 뉴스가 포털 사이트에 무한정 제공되고 실시간 검색어에 일희일비하는 시대이지만, 활자는 그만이 가진 독특한 매력 때문에 절대로 사라지지 않는다고 할 수 있다.

빌 게이츠는 "정보를 가진 자와 못 가진 자로 부의 척도가 나뉠 것"이라고 말했다. 정보가 힘인 요즘, 좋은 정보와 지식을 고르는 눈과 능력을 갖추려면 종이와 친해져야 한다. 신문도 마찬가지다. 책이 인간의 영원한 스승이라면 신문은 인생의 동반자라고 할 수 있다.

실제로 당대의 유명인사의 강연을 들으려면 비용은 물론이거니와 현실적으로도 불가능하다. 그렇지만 현재를 들여다보는 가장 좋은 도구인 신문을 통해서 미래를 스케치 할 수 있다. 재테크에 관심이 있는 사람에게 최상의 교재는 경제신문이다. 경제신문을 읽으면 얻을 수 있는 장점은 첫째로 자산 관리 정보에 따른 재테크, 두번째로 세상 돌아가는 뉴스들과 원리를 배우고 관찰 할 수 있고, 세번째는 과거 현재에 대한 정보의 습득이다.

직장인들에게 매일 아침 경제신문을 읽는지를 물어보면, 반 이상이 읽지 않는다고 말한다. 더욱 충격적인 것은 그들 대부분이 경력이 얼마 안 된 신입사원들이었다. 예전엔 세계의 경제를 이해하고 경제의 움직임에 따라가려고 매일 아침 경제신문을 구석구석까지 철저히 읽었는데, 지금은 경제신문을 안 읽었다고 해도 창피하게 생각하지 않는 분위기다.

미국의 비즈니스맨은 대부분 나이에 상관없이, 돌아가는 시장 상황을 실감하기 위해, 반드시 매일 아침 경제신문을 정독한다. 장래에 회사를 끌어나갈 젊은 사원들은 글로벌 경제의 상황을 체득하기 위해서라도 경제신문과 가까워져야 한다. 경제신문을 읽지 않으면 글로벌 비즈니스 세계에서 결코 살아남지 못한다.

경제신문은 경제에 관련된 것에 대해서는 방송이나 일반 신문보다 다양하고 깊이 있는 기사가 많다. 커다란 이슈가 있을 때는 배경과 해설, 전문가의 반응 등에 대해서 상세히 설명해 준다. 신문도 독자들의 주의를 끌기 위해 자극적인 제목을 뽑기 때문에 제목이나 타이틀만 보고 판단하지 말고, 처음과 끝을 확인해 정확한 정보를 판단해서 기사의 끝에 있는 추후 전망 등을 참고한다.

평소에 관심이 있는 사항이나 개인적인 일에 도움이 되는 자료를 스크랩 하는 습관을 들인다면 나중에 이러한 것들만으로도 좋은 자료가 된다. 또한 신문의 사설코너도 잘만 이용한다면 사회의 큰 이슈를 한 번에 접할 수 있다.

무책임한 사람은 일이 발생했을 때 책임을 모면하려고 한다. 자신이 한 일, 행동 혹은 관계에 대해 책임을 지지 않으려는 사람은 '책임'이란 단어가 무얼 뜻하는지도 모르며, 위기가 닥쳤을 때 몸을 숨기는 사람이다. 그렇다고 주변에서 두서없이 벌어지는 모든 실수와 비난을 짊어지라는 얘기가 아니다. 그러한 행동은 결코 현명하지 못한 일임을 당신도 알 것이다. 다만, 지위고하를 불문히고 당신이 한 일에 대해 처음부터 끝까지 그리고 온전하게 책임지라는 것뿐이다.

책임감을 갖고 일하면 당신이 맡은 일을 마치 자신의 비즈니스처럼 대하게 되고 자연히 모든 결과에 대해 관여하게 된다. 스스로의 선택과 행동, 이를 결정하는 방향성이나 관계 등에 대해 책임을 질 수 있을 때 성공할 기회가 당신에게 찾아올 것이다.

트루먼 대통령(미국의 33대 대통령)은 자신의 책상 위에 "책임은 내가 진다"는 액자를 올려놓고 자신의 행동을 통제했다. "남에게 비난을 돌리거나 변명을 늘어놓지 마라. 당신이 성공을 이루면, 그것은 당신의 몫이다. 그러나 실패 역시 당신의 몫이다."

무책임한 행동은 대개 사람들이 다른 사람의 잘못한 부분을 떠올리며 자신의 잘못을 회피하려는 데에서 시작된다. 자신에게 귀 기울이고 스스로 책임지는 길을 선택한다면, 당신이 모든 결과를 통제할 수 있는 길이 보이기 시작할 뿐만 아니라 더 좋은 결과를 얻을 수 있다. 그러므로 책임진다는 것은 자신이 한 행동에 대하여 그 결과로 인한 이익, 불이익을 스스로 감수한다는 것이고, 결국은 자신의 일을 사수할 수 있는 이로운 전략이다.

물질에는 세 가지 종류가 있다고 한다. 불에 가까이 대면 타는 가연성 물질, 불에 가까이 대도 타지 않는 불연성 물질, 스스로 잘 타는 자연성 물질이 그것이다.

일본이 낳은 대표적 성공한 기업가인 교세라 그룹의 이나모리 카즈오는 이에 빗대어 부하 직원들에게 종종 이렇게 말했다고 한다.

"불연성 인간은 회사에 없어도 좋다, 여러분은 스스로 탈 수 있는 자연성 인간이 되었으면 한다, 그렇지 않다면 최소한 자연성 인간의 옆에서 함께 잘 탈 수 있는 가연성 인간이라도 되었으면 좋겠다."

다른 사람이 시켜야 일하고, 지시가 떨어지고 나서야 움직이는 사람은 절대로 일을 성취할 수 없다. 스스로 탈 수 있으며, 그 에너지를 주위에 나눠 줄 수 있는 사람만이 일을 성취할 수 있다. 결론적으로, 인정받는 사람은 어떤 지시가 떨어지기 전에 먼저 솔선수범하고 주위 사람들의 모범이 될 수 있는 능동적이고 적극적인 사람이다.

회사가 당신을 채용한 것은 자발적으로 뭔가 일을 벌이라는 뜻이다. 지금 당신이 혹, 지루하고 재미없는 일을 맡고 있다면 다시 한 번 생각해 보아라. 기회가 당신 앞에 놓여 있는지도 모른다. 일에 심취한다는 것은 정말 매력적이다. 그 일이 팀장의 관심을 끌고 그보다 윗선의 임원들의 관심까지 끌 수 있다면 더욱 좋고, 아니면 관심을 끌 수 있도록 노력하면 된다. 아마 팀장은 그걸 바라고 있을지도 모른다.

당신은 무의미한 하루를 보내려고 출근하는 게 아니다.

자신의 내면과 외면을 가꾸는 일에 힘쓰고 남을 위한 여유를 가져라.

마음에 여유가 있으면 행동에도 여유가 생기고, 행동에 여유가 있으면 마음에도 여유가 생긴다. 이는 긍정적인 사고가 좋은 결과를 낳고, 좋은 결과가 더욱 긍정적인 사고로 이어지는 사이클과 비슷하다. 우선은 마음가짐이나 사고를 바꾸고 다음으로 행동을 바꿔 간다. 새로운 마음가짐으로 행동하기 시작하면 그 다음은 선순환이 생기기 때문이다. 문을 열고 건물로 들어갈 때나 좁은 통로를 지나갈 때, 상대에게 길을 양보할 수 있는 마음가짐이다. 양보하는 마음은 반드시 상대에게 전해진다. 양보를 받은 상대는 감사를 표하며 답례로 길을 양보해 준다. 이렇듯 상대방을 생각하는 마음은 반드시 전해지기 때문에 사람들과의 인간관계가 자연스레 원활해진다.

　외국인들의 대부분은 이러한 남을 위한 배려의 정신을 가지고 있다. 식당이나 주차장이나, 엘리베이터나 일상에서 벌어지는 모든 상황에서 상대방에게 양보한다. 남성이 여성에게만 양보하는 레이디 퍼스트뿐만이 아니라 여성끼리, 남성끼리, 이성 간에도 이러한 양보는 빈번하게 볼 수 있다.

　이러한 정신이 철저히 배어 있는 까닭은 어렸을 때부터 남에게 양보하는 정신을 배워왔기 때문이다. 우리에겐 다소 낯설게 느껴질 수 있는 이런 문화인 상대에게 배려하고 양보하는데 신경쓰지 않는다면 기본적인 인간관계를 맺는 일조차 어려워진다.

　사람의 일생 중 출생을 제외한 모든 시간은 끊임없는 선택의 연속이다. 어떤 인생 역정을 걷게 될지, 생의 귀결점이 어떨지 등은 모두 자신의 순간의 선택으로 결정된다. 성공적인 인생은 성공적인 선택에서, 실패한 인생은 실패한 선택에서 비롯된다.

　자신이 의지할 수 있는 것은 결국 자기 자신뿐이라는 것을 알아야 한다. 일을 하다 보면 끊임없이 새로운 문제에 부딪히게 되고, 문제에 따라서는 임기응변도 해야 하는데 언제까지나 남이 도와 줄 것을 기대할 수는 없는 것이다. 스스로 하다 보면 문득 깨달음을 얻는 순간이 올 것이다. 스스로가 전심 전력을 다하다 보면 성공적인 미래를 열어 갈 수 있을 것이다.

직장생활을 함에 있어서, 먼저 자신의 내면이 진정으로 추구하는 것이 무엇인지 찾아내야 한다. 자신에 대한 깊은 분석과 이해를 바탕으로 앞으로의 발전 방향을 모색해야 한다. 많은 사람이 현재의 자리가 지내기 편하다는 이유만으로 그 자리가 가장 좋은 자리라고 착각하지만, 그보다 훨씬 좋은 자리가 얼마든지 있음에도 그것을 찾으려고 하지 않는다. 도전의식이 부족하기 때문이다.

목표가 너무 멀면 자신을 효과적으로 자극할 수 없다. 손에 닿을 만큼 가깝고 작은 목표부터 달성해 나가야 자신감을 키워 나갈 수 있으며, 결국은 큰 목표에도 이를 수 있다. 자신이 달성하고 싶은 목표가 있다면 더욱 효과가 있다. 자신이 노력해야 하는 동기가 생기고 그것을 실현하기 위해 자신을 담금질하게 되므로, 시간이 지남에 따라 목표 실현 능력이 증가되고, 이를 통해 사고와 업무 능률이 향상되게 된다.

소중히 여기는 가치가 있다면
그것을 지켜내는 것 또한 중요하다.
그중 하나는 다음 세대에 전하는 것이다.
그러므로 기억하라. 내일은 너무 늦다.
　　　　　－ 이사도르 샤프 (Isadore Sharp)

사람은 나이를 먹고 지위가 올라가더라도 자신을 가꾸어야 한다. 대학을 졸업하고 사회에 나온 지 10년 정도 지났다면 직장에서도 어느 정도 자리를 잡고 업무 능력면에서도 인정받을 수 있는 시기이다. 이 시기가 되면 조직에서도 어느 정도 그의 능력을 파악하고 있을 뿐만 아니라 본인 역시 자신이 조직 내에서 어느 정도까지 올라갈 수 있을지 예측할 수 있게 된다. 이런 의미에서, 직장 10년 차의 이 시기는 본격적인 인생의 첫 관문이라 할 수 있겠다.

바로 이 시기에 평사원이나 중간관리직에서 머물게 될지, 아니면 더 높은 지위에 오를 수 있을지 대략 결정된다. 그리고 이에 따라 앞으로 어떻게 살아갈 지 인생의 방향이 어느 정도 정해진다고 말할 수 있다.

경쟁에서 살아남아 더 높은 지위에 오르고자 한다면, 자신에 대한 자각이 필요하다. 이와 반대로 평사원이나 과장의 자리에 머무르면서 일보다는 가정이나 취미 생활을 통해 보람을 느끼는 사람도 있다. 이 둘 중에서 어떤 삶의 방식이 더 좋다고 말할 수는 없지만, 삶의 방식에 따라 타인에게 자신을 표현하는 방법에도 차이가 난다. 즉, 30~40대 정도가 되면 자신이 처한 사회적 입장에 따라 삶의 방식과 방향이 정해지며 자신을 표현하는 방법도 변하는 것이다. 이런 점을 의식해서 자신의 스타일이나 표현을 바꾸어가는 노력이 필요하다.

처음에는 전혀 그 지위에 맞지 않는 것처럼 보이는 사람이라도 지위가 사람을 만든다는 말처럼 어느 정도 시간이 지나면 바로 그 지위에 딱 맞는 사람처럼 보인다. 어느 정도 사회적 지위에 오르면 그에 맞는 스타일을 의식하기 때문에 그 나름의 표현이 가능하게 되는 것이다. 의식적으로라도 그렇게 보이도록 노력하지 않으면 자신에게 지위에 맞는 능력이 없다는 사실을 드러내는 것밖에 안 된다.

도요토미 히데요시의 예에서도 지위가 사람을 만든다는 사실을 알 수 있다.

히데요시는 가난하고 천박한 농사꾼 출신이었지만 오다 노부나가의 총애를 얻어 지위가 오름에 따라 인간적으로도 큰 인물이 되어간다. 그리고 노부나가를 죽인 아케치미츠히데를 무찌르고 일본을 통일하여 전국시대 일인자의 자리에까지 올랐다.

소설 등의 작품에는 그의 모습이 원숭이나 쥐와 비슷하게 볼품없이 등장하지만, 히데요시가 살아 있는 동안에는 그의 사후에 권력을 잡게 되는 도쿠가와 이에야스조차 도요토미에게 정면으로 대적하지 못했다. 그만큼 히데요시의 권위는 누구도 감히 범할 수 없을 정도로 드높았다.

사람은 누구나 자신이 어떤 지위에 있다는 자각을 가지면 그에 어울리는 능력을 발휘하고 또 그에 어울리는 행동을 하기 위해 노력한다.

만약 노부나가가 살아 있었다면, 히데요시 역시 노부나가가 휘하의 수많은 무장 중에서 중간의 영토를 지닌 무사가 되려는 야심밖에 가지지 못했을지도 모른다. 그러나 뜻밖에 노부나가가 피살됨으로써 일인자의 자리에 오를 기회를 얻었고, 마침내 그 기회를 살려 제일인자로 부상했다. 이렇게 일인자의 자리에 오른 뒤에는 일인자로서의 자각도 생기고 능력도 발휘되었다.

이러한 것은 기업이나 다른 세계에서도 마찬가지가 아닐까?

운동경기에서도 마찬가지다. 선수가 타이틀을 획득하면 자신감이 생김과 동시에 이를 어쩌다 얻은 요행으로 만들고 싶지 않다는 의식이 싹튼다고 한다. 그러한 의식 때문에 타이틀을 두 번, 세 번 획득하기 위해 더욱더 노력하게 된다는 것이다. 이 역시 지위가 사람을 만든다는 이론에 설득력을 더하는 것이라 할 수 있다.

Tip **직장인의 능력**

- 인간관계 능력: 조직 구성원들과의 교제 능력이 뛰어나 업무를 떠나서까지도 좋은 인간관계를 유지할 수 있는 능력
- 정보 수집 능력: 전문 영역은 물론 기타 영역까지 포괄할 수 있는 능력

- 대응 능력: 상대방의 입장과 논점을 정확히 이해하고, 양자의 입장에서 두루 사물을 관찰하고 파악하는 능력
- 문제 파악 능력: 다른 사람에게 무엇이 문제인지 묻기 전에 먼저 스스로 문제를 분석하고 파악하는 능력. 객관적인 시각으로 사물을 분석
- 판단력: 개인의 감정적 요소를 배제하고 이성적이고 과학적인 사고로 판단하는 능력
- 결단력: 위기에 부딪혔을 때 책임감 있게 신속히 판단할 수 있는 능력
- 업무 처리 능력: 효율적인 시간 배분으로 완벽하고 신속하게 업무를 해결하는 능력
- 표현 및 전달 능력: 복잡한 내용을 짧은 시간 안에 상대편에게 쉽고 간결하게 전달, 설득시킬 수 있는 능력

직장인들 중에는 늘 자신은 능력이 부족한 사람이라고 자포자기 하는 사람들이 있다. 하지만 이들은 단지 다른 사람들과 생각이 조금 다를 뿐, 업무와 관련해 조금 다른 관점을 가지고 있거나 일하는 방식 등이 달라 종종 상사와 직원 간에 충돌을 빚는 것일 뿐, 문제의 원인이 꼭 자신의 능력 부족에 있는 것은 아닐 수 있다.

실패에서 배워라

영국의 저술가 스마일스는 "우리는 성공보다 실패를 통해 더 많은 것을 배운다. 하지 말아야 할 것을 발견함으로써 해야 할 것을 발견하게 된다."라고 말했다.

실패한 사람은 이러저러한 이유를 내세우지만 그것은 부수적인 것에 지나지 않는다. 실패의 가장 큰 원인은 스스로 실패했다고 인정하고 새로운 도전을 하지 않는 데 있다. 그러나 스스로 실패를 인정하지 않는 한, 실패는 있을 수 없다.

크라이슬러사의 아이아코카는 "역경에 빠졌기 때문에 오히려 행운을 얻게 되는 경우가 있다. 사람은 옴짝달싹도 할 수 없는 지경에 이르러서야 자신의 운명과 진지하게 대결하려 들기 때문이다."라고 말했다.

기업 경영의 실패는 기업에 있어서 치명적인 요소다. 실패가 알려지면 기업 평판이 나빠지고 담당 직원은 실패자로 낙인찍히기 십상이다. 하지만 극심한 불황이 실패를 보는 시각을 바꿔 놓고 있다. 자신의 실패를 인정하고 오히려 반전의 계기로 삼으려는 흐름이다. 〈실패학〉은 오히려 혁신의 기반이 되고 있다. 실패(failure), 실수(mistake), 잘못(error)을 분석해 활용하는 길을 열기 위해서다.

첫째는 왜 실패했는지를 분석해 재발을 막는데 초점을 맞춘 사후 분석이고, 둘째는 비약적 발전을 위해 '예상되는 실패'를 미리 예측하는데 초점을 맞춘 혁신 차원의 실패 연구다. 이것을 '창의적 실패'로 정의한다.

예를 들면, 독일의 자동차 BMW가 대표적이다. 실패에 대한 질타를 두려워한 조직 문화를 바꾸기 위해 회사는 두 가지 행동규범을 만들었다. 하나는 "누구나 실패해도 좋다. 다만 회사에 터무니없는 손상을 입히지는 말자"이고, 두 번째는 "미리 계산된 리스크는 허용하자"는 창의적 실패에 두려워하지 않는 조직 문화를 유도하였고, 이는 실패가 예상되면 예전에는 도전도 하지 않았던 일들에 도전하면서 경쟁력이 급속도로 강화되었기 때문이다.

〈실패학〉은 80년대부터 본격적으로 응용되었고, 제조업의 품질관리(QC'quality control)가 중시되면서 등장한 전사적 품질관리, 6시그마 같은 결점 줄이기 노력으로 이어졌다. 시장을 주도하는 세계적인 기업들이 제품을 개발하거나 품질을 개선할 때 실패분석 보고서를 만들고 있는 이유다. KAIST 이민화 교수는 "이런 과정을 통해 실패의 원인을 분석하고 개선책을 찾아내어 혁신의 원동력으로 삼을 수 있다"고 말했다. 이런 노력은 제품이나 시스템의 신뢰도를 향상시켜 안전, 생산, 비용, 소비자 만족도에 영향을 미칠 수 있는 잠재적 문제점을 미리 걸러내는 장치가 된다. 기업의 연구개발(R&D)은 '예상되는 실패'를 줄이는 과정이라고 볼 수 있다.

"어떤 사람이 나타나 당신에게 1만원을 준다. 그러면서 게임 참가를 제안한다. 동전을 던져서 앞면이 나오면 받았던 1만원을 도로 내놓고, 뒷면이 나오면 2만원을 더 준다. 최악의 경우 받았던 돈을 도로 내놓고, 운 좋으면 모두 3만원을 챙긴다. 사람들은 어떤 반응을 나타낼까. 십중팔구 게임 참가를 거절한다. 주머니 안에 들어 있는 1만원을 지키기 위해서이다."

대니얼 카너만(Daniel Kahneman)손실회피성향(loss aversion)실험

대니얼 카너만(Daniel Kahneman)에 따르면 인간은 불확실한 이익보다는 확실한 손해를 더 크게 체감한다. 한 고비만 넘으면 성공이 보일 수도 있는데 실패가 예상되면 도전을 멈추기도 한다. 실패를 원천적으로 피하면 최소한 현상유지는 할 수 있다는 생각에서다. 이 같이 실패를 본능적으로 회피하려는 성향을 극복하고, 실패에 대한 공포심을 떨쳐내고 위험 요인을 제거한다면 실패는 성공의 열쇠가 될 수도 있다. 기업에서도 이 같은 손실회피심리를 극복하기 위해 실패 경험을 지식화 하는 추세다.

세계적인 기업이 된 삼성그룹도 초기에는 실패의 연속이었다. 1953년에 시작된 제일제당의 설탕제조와 제일모직의 첫 제품도 실패작이었다. 삼성의 스마트폰도 마찬가지다. 애플이 아이폰을 개발해 선두로 치고 나

가자 삼성전자는 독자적인 기술로 스마트폰 시장에 뛰어들었지만 기술 격차가 컸다. 첫 작품은 실패작이었지만 갤럭시 시리즈를 내놓고, 더 나아가 필기가 가능한 대형 화면의 노트 시리즈를 먼저 출시하면서 스마트폰 시장을 주도하였다.

실패의 위기에서 흔들리지 않고 거듭 성능을 향상시키고 화면 크기를 키워 제품을 다양화하면서 소비자들의 마음을 사로잡은 결과다.

이건희 삼성회장도 늘 실패 관리의 중요성을 강조해 왔다. 그는 외환위기 이후 사장단 회의에서 "실패를 완전히 분석한 뒤 자산화해야 한다. 정보의 공유, 실패 사례의 기록화가 안 되니까 과거의 실패를 반복하는 것이다. 실패 경험을 모두가 공유하면 굉장한 자산이 된다."고 강조했다.

이와 같은 지적은 실패 사례의 데이터베이스를 구축하는 계기가 되었고, 살아 있는 위기관리 능력을 보여 주었다.

기록하는 습관을 길러라

언젠가 KAL기가 추락할 때 한 승객이 급박한 상황 속에서 기록을 남겨 화제가 되었다. 절체절명의 상황 속에서 기록을 남긴 걸 보면 평상시의 그의 습관을 알 수 있다. 기록은 좋은 습관이다. 처음엔 어렵지만 일단 몸에 배면 기록을 하지 않을 땐 허전하다. 기록을 하다보면 머릿속이 정리되기도 하고 마음이 가라앉기도 한다.

한때 삼성전자의 부회장을 지냈고, 공학한림원장을 지낸 윤종용 씨는 이건희 삼성회장을 수행할 때면 늘 한손에 필기도구를 쥐고 있었다는 일화는 유명하다. 그러한 메모습관 덕분에 대기업 부회장까지 지낼 수 있었다. 현대인들의 삶은 강 상류에서 급류를 타고 하류로 내려가는 것과 같다. 미처 돌아볼 시간도 없이 모든 것들이 흔적 없이 이내 사라져 버린다. 무언가를 얻고 싶다면 기록하는 습관을 길러야 한다. 책을 읽었다면 감상문을 적어보고, 영화를 보았다면 느낀 점을 간단하게라도 적어 보아라. 보고나서 바로 잊어버린다면 당신은 돈과 시간만 낭비한 셈이다. 느끼는 것도 습관이다. 감동의 눈물을 흘릴 줄 아는 사람이 언젠가는 원하는 것을 발견해낸다. 반성 없는 사람은 발전도 없다. 기록하는 습관을 길러야 그 경험이 어느 쪽으로 가야 빠르고 좋은지 가르쳐 줄 것이다.

나는 신입사원 시절 종종 망각에 대한 지적을 받았다. 그래서 어디에 가든 항상 볼펜과 메모지를 가지고 다녔다. 아이디어나 주의사항이 떠오를 때마다 즉시 메모하지 않으면 잊어버리게 된다.

미국에서는 일류라고 불리는 사람일수록 뭐든지 즉시 메모를 하는 습관을 가지고 있다. 그들은 언제 어디서나 아무렇지 않게 메모지를 꺼내서 아이디어를 적었다. 당신도 실천해 보라. 상사나 주변 사람들은 끊임없이 메모하는 당신의 모습을 보고, 항상 노력하고 신뢰할 만한 사람이라는 이미지를 갖게 될 것이다. 뿐만 아니라 메모하는 습관이 몸에 배면 업무 효율도 깜짝 놀랄 만큼 높아질 것이다.

인간은 망각의 동물이기에, 누구나 깜빡할 수 있다.

자신의 기억력에만 의지하지 말고, 뭐든지 메모하는 습관을 들여라.

하고 싶은 일을 메모하는 것만으로도 뚜렷하지 않았던 목표들이 형태를 띠게 되고 반드시 성공하겠다는 의욕으로 들끓을 것이다. 힘들여 적은 꿈이라 할지라도 그대로 방치해두면 단순한 낙서와 다를 바 없다. 그 꿈을 한시라도 잃지 않으려면 늘 수첩을 휴대하고 다니면서 틈틈이 들여다보라. 꿈들에 우선순위를 매겨서 정리한 후에 '꿈, 인생 피라미드'를 작성하고 그것을 바탕으로 하나하나 달성해 간다. 수첩을 스케줄 관리나 메모에만 이용하고 있다면 제대로 사용하지 못하는 것이다. 수첩은 단순한 비즈니스 도구가 아니라 인생을 매니지먼트해서 꿈을 이루게 만드는 강력한 도구다. 발명왕 에디슨도 길을 가다 떠오른 아이디어를 즉시 적고 나중에 구체화 시켰다.

수첩은 꿈을 실현할 수 있도록 정밀도를 높여주는 기능을 하기 때문에 자주 접할수록 더욱 막강한 힘을 발휘할 수 있다. 소중한 꿈이 가득 적힌 수첩을 항상 가지고 다니면서 수시로 확인하고 잠재의식에 입력하면 자극이 강해지고 행동이 촉진되어 자신의 꿈에 더욱 가까워질 것이다.

상사의 지시사항은 반드시 그 자리에서 메모해라. 실수를 피하는 길은 상사가 보는 앞에서 적어 두는 것이다. 직장에서는 언제나 필기구와 수첩을 손에서 떼어 놓지 않는 게 좋다.

우리가 음식점에서 주문할 때 종업원이 아무런 메모도 하지 않고 머릿속으로만 기억한 채 돌아가면, 제대로 음식을 내올까 불안해지기도 하듯이 상사의 입장도 마찬가지다. 여러 사람의 주문을 한꺼번에 받고 주방으로 돌아간 종업원이 각 손님 앞에 정확하게 음식을 갖다 놓을 확률은 30퍼센트를 넘기가 힘들다. 순서를 헷갈리거나 손님에게 재차 물어보는 경우가 부지기수다. 이미 고객으로부터 점수를 잃고 있는 셈이다. 이후에 정확하게 가져다 놓는다 해도 그 음식점에 대한 인상이 좋게 남아 있을 리가 없다.

또한 지시사항이 분명하게 이해되지 않는 경우는 다시 물어서라도 확인해 두는 것이 좋다. 나중에 문제가 생기는 것을 사전에 방지하기 위한 방법이다. 덧붙여 지시 사항을 이행해야 하는 일정을 포함하여 조치해야 할 사항도 동시에 확인해라. 개략적인 처리 방향에 대한 상사의 의견을 물어보는 것도 일종의 센스 있는 행동이다.

회의가 있을 때면 의례히 들고 가는 것이 있다. 휴대폰과 업무수첩이다.

업무 회의든, 관련 부서 회의든 회의 내용에 대해 이해하고 복기하려면 언제든지 적을 수 있는 업무 수첩을 항상 펼쳐 놓고 있어야 한다. 도중에 질문할 시간도 없이 내용이 전개되기 때문이다.

메모하는 데에는 크게 세 가지의 의미가 있다.

메모하면 회의 도중에 자신도 모르게 다른 생각을 하는 것을 막고, 회의에 집중할 수 있도록 해서 회의 내용을 놓치는 일이 없도록 해준다. 또한, 메모하는 과정에서 내용을 다시 한 번 머릿속에 저장해 놓고 지시나 논의 내용을 정리할 수 있다. 또 메모하는 모습은 상대방으로 하여금 회의에 집중하고 있다는 인상을 준다.

설령, 반드시 메모할 필요가 없는 회의일지라도 반드시 업무 수첩을 들고 참석하는 습관을 들인다. 어떤 상황에서도 자신이 항상 준비되어 있다는 모습을 보여야 하기 때문이다.

인터넷 벤처기업의 열풍을 통해 급성장한 한 회사의 CEO는 한 권의 수

첩으로 자신의 꿈을 실현했다. 그에게 있어서 수첩은 인생을 매니지먼트하고 꿈을 이루게 해주는 강력한 도구라 할 수 있다. 그는 수첩에 꿈을 기록하고 항상 가지고 다녔다.

"한 권의 수첩이 그 사람의 인생을 좌우한다." 이 말은 결코 허풍이 아니다. 실제로 한 권의 수첩이 나의 인생을 바꿔놓았다. 그는 꿈을 이루기 위한 계획을 수첩에 모두 기록했다. 그의 수첩은 수많은 목표와 꿈으로 가득 찼다. "35세까지 내 회사를 설립하고 주식시장에 상장시킨다." 당시의 그의 모습과는 너무도 동떨어진 목표였기에 그것을 들은 주위 사람들은 불가능한 일이라며 웃어넘겼지만, 그는 그런 조소에 아랑곳하지 않고 늘 목표가 적힌 수첩을 가지고 다니면서 들여다보았고, 결국 그로부터 15년이 지난 후에 인터넷 벤처회사를 설립하고 인터넷 업체로는 최초로 주식시장에 상장했다.

당시의 그의 나이는 35세, 모든 사람들이 불가능한 일이라 비웃었던 꿈을 실현해낸 것이다. 그의 수첩은 단순한 스케쥴 관리보다 인생 계획이나 생활방식 관리에 더 큰 위력을 발휘하였고 결국 그로인해 성공 할 수 있었다.

주의와 환기의 관계를 설명하는 '요크스-다드슨(Yorkes & Dodson)의 법칙의 예를 들어보자.

요크스-다드슨(Yorkes & Dodson)의 법칙이란?

새로운 환경에 처음 노출되는 사람들은 주의가 산만해져 쓸데없는 정보에만 신경쓰게 된다고 한다. 이때 판매원이 너무 많은 정보를 주면 짜증이 나지만 어느 정도 시간이 지나 집중 상태가 될 때 판매원이 무관심 하면 화가 나는 심리 메커니즘을 의미한다.

백화점에서 쇼핑을 할 때를 가정해 보자. 손님이 들어서는 즉시, 직원이 와서 무조건 추천하는 것이 아니라, 손님으로 하여금 자유롭게 둘러보게 한 후에, 망설이는 손님에게 슬며시 다가가서 고객이 관심을 갖도록 구매를 유도한다. 이렇게 되면 고객은 자신의 취향에 맞는 것 같고, 지금 구매하지 않으면 물건이 다 팔려 버릴 것 같은 느낌에, 그냥 쇼핑만 하러 왔다가 충동구매를 하게 된다. 더구나 면접시 입을 옷이나 비싼 제품을 구매할 때처럼 중요한 구매일수록, 의사결정시의 긴장감으로 오히려 선택을 잘못하는 경우가 많을 수 있기 때문에, 마케터가 조금만 심리적인 측면을 자극하여 은근히 자신의 경험을 예로 들며 추천을 할 때는 어쩔 수 없이 구매하는 확률이 꽤 높아진다.

소비자들은 좋은 것을 고르려고 과도하게 신경을 쓸수록 도리어 좋지 못한 것을 고르고 후회하기 십상이다. 그러므로 소비자의 입장을 파악하고, 소비자에게 한 번에 많은 정보를 주는 것보다는 만족스러운 판단을 내릴 수 있도록 해야 한다. 소비자가 환기한 시점에 정보와 함께 고객 접대를 하면 소비자가 편안한 분위기 속에서 구매를 하게 되어 구매 후에도 후회하는 느낌을 줄이고 만족감을 높일 수 있다. 이것이 인간의 잠재의식이다. 의식에서는 인식하지 못하지만 우리의 잠재의식 속에는 자신이 무심코 심어놓은 생각들이 부정적인 피드백을 일으켜 긍정적 사고를 방해할 수 있다.

누구나 한번쯤은 머피의 법칙 같은 해프닝을 겪어 보았을 것이다. 해야할 일이 산더미인데 생각지도 못한 일까지 떠맡게 되고, 힘겨운 하루를 마치고 집으로 돌아와 샤워하려는 순간, 온수기가 고장 나는 일이 벌어지기도 한다. 그러나 외부의 예상치 못한 일보다도 나 자신의 행동에 내가 수긍이 안 되는 경우도 많다.

피트니스센터에서 일 년치 회원권을 끊으며 야심차게 시작한 다이어트 운동을 중도에 포기하는가 하면, 요크스-다드슨(Yorkes & Dodson)의 법칙에 충실한 마케터에게 홀려, 백화점을 한 바퀴 돌고나면 양손에 가득

들린 쇼핑백을 보며 어이없어 하기도 한다.

엘든 테일러는 그의 저서에서 이와 같은 현상을, "내면의 잠재의식 속에 여러 개의 요구가 뒤얽혀 있어서 제대로 한 목소리를 내지 못하는 것이다. 이는 어렸을 때부터 주입된 여러 가치관들을 혼합해 자신만의 가치체계를 심어놓았기 때문이다."라고 설명하고 있다. 이 같은 잠재의식의 개념인 무궁무진한 잠재력을 지닌 것이야말로 인간이 동물과 다른 점이다. 인간으로 사는 의미가 여기에 있다. 모든 사람들은 자신의 내면 어딘가에 아직 개발되지 않은 잠재력이 잠자고 있다고 믿는다. 아직 꽃피우지 못한 엄청난 잠재력을 깨워 진정한 자신을 발견하고 가꾸어 나갈 수 있으려면, 지금 이 순간부터라도 목표를 분명하게 정하고 실천해야 한다.

Tip 잠재의식을 일깨우는 3가지 법칙

1.밤에 잠들기 전에 자신이 쓴 암시의 말을, 그것을 이루었을 때의 모습을 마음에 그리면서 암송하라.

2.이런 암시의 말이 마음속에서 완전히 자기 것이 될 때까지 아침저녁으로 반복하여 읽어라.

3.벽이나 천장, 책상, 화장실 등 눈에 잘 띄는 곳에 암시의 말을 몇 군데 붙여두어 항상 자신의 마음을 자극하도록 하라.

이러한 3가지를 실행하는 것이 자기 암시의 힘을 발휘시키는 가장 좋은 방법이다. 중요한 것은 반드시 감정을 깃들여서 행하며, 신념을 가지고 자기 암시를 행하도록 노력해야 한다.

윗사람 위치에서 보면 자신의 팀원들이 설사 보이지 않는 곳에서 일하고 있더라도 머릿속에는 그들이 어떻게 일하는지 대강 그림이 그려진다. 보지 않고도 일이 돌아가는 정황을 짐작할 수 있다는 것이다. 그게 바로 경험에서 우러나오는 능력이다. 상사가 보고 있을 때와 보고 있지 않을 때 일하는 자세가 달라지는 직원들이 종종 발견된다. 남이 보지 않는 곳에서는 노력을 기울이지 않거나 일손을 멈추고 있는 사람은 좋은 성과를 올릴 수 없다.

겉과 속이 같은 사람을 믿을 수 있듯이 일할 때에도 누가 지켜보든 상관없이 늘 한결같은 모습을 보여야 한다. 혼자 있을 때 모습이 바로 자신의 본모습이라는 점을 잊지 마라.

나도 오래 직장생활을 해 왔지만 상사나 동료, 후배로부터 '한결같은 사람'이란 평을 들었을 때가 가장 기분이 좋았다. 최근 퇴직하고 난 후 고교 동창생으로부터 온 짧은 문자에는 "오랜 기간을 한결같은 언행으로 처신하는 게 보기 좋았다."고 쓰여 있기도 했다.

셰익스피어는 "혼자 있을 때에도 누가 지켜볼 때와 다름없이 행동에 아무런 변화가 없는 사람, 바로 그 사람이 무슨 일에서나 성공할 수 있는 사람이고 내가 가장 존경하는 사람이다."라고 했다. "관중이 설령 세 명밖에 없다고 해도 경기에 전심전력을 다해야 한다."고 한 프로 골프계의 황제 잭 니클라우스의 말도 같은 의미이다.

스코틀랜드 속담에 "일이 아무리 힘들어도 사람이 죽는 법은 없다."는 말이 있다. 오스트리아의 정신과 의사이자 철학자이며 정신분석학에 새로운 지평을 연 지그문트 프로이트는 환자를 대상으로 최면술을 적용시켰고 인간의 마음속에 무의식이 존재한다고 주장했다. 그는 "인간 행복의 토대를 이루는 것은 일과 사랑"이라고 말했다.

직장생활에서 자신이 맡고 있는 보직에 대해 만족하는 사람은 소수이다. 대다수는 불만으로 가득 찰 수 있다. 하지만 이런 태도는 별 도움이 안 된다. 지금 맡은 일이 불만스럽다 해도 그 일에 최선을 다해야 한다. 아니 120퍼센트를 이룬다는 각오로 일하라. 그러다 보면 맡고 싶은 자리로 옮길 수 있다.

마이크로소프트의 빌 게이츠 회장은 사회 진출을 앞둔 고교생들에게 그의 '열 한 가지 충고' 중 첫 머리에서 불공평 문제를 거론했다.

"인생이란 원래 공평하지 못하다. 그런 현실을 불평하지 말고 받아들여라.(Life is not fair, Get used to it.)

"자네는 지난 일과 다가올 일을 너무 걱정하고 있네.
이런 말이 있다네.
어제는 역사요, 내일은 미스터리. 하지만 오늘은 선물이다.
그래서 오늘은 선물이라는 걸세."

— 영화 〈쿵후 팬더〉 중에서

제3장

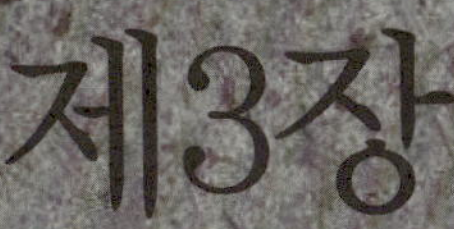

열정과 습관

나는 첫 직장생활을 삼성반도체통신(現 삼성전자)의 통신연구소에서 시작했다. 연구소는 기흥에 있었으므로 서울에서 지방으로의 통근버스로 직장생활을 시작했었다.

1993년 삼성반도체통신이 한국에서는 최초로 메모리 반도체 개발에 뛰어들 때의 이야기를 입사 후 마치 전설처럼 들었다.

얘기를 거슬러 가보면, 삼성전자가 반도체 시장에 진출할 때 이건희 회장은 사운을 걸고 투자를 진행했다. 당시의 상황에서 고 이병철 선대 회장을 비롯한 경영진 모두가 반도체 사업의 성공에 의혹을 느끼며 반도체 사업을 만류했을 때, 이건희 회장은 삼성의 향후 사운이 걸린 대규모 사업을, 홀로 선대 회장을 설득시키며 투자를 감행했다.

이 회장이 투자에 나선 배경은 이렇다. 그가 대학을 일본에서 보낸 유학시절에 전자업계를 면밀히 살피면서, 향후에 모든 전자기기에 반도체가 사용될 것이라고 확신하였던 것이다. 반도체 없이는 우리나라의 미래도 없다고 생각했기에 위험을 무릅쓰고 투자를 감행하였고, 결국 지금의 글로벌 삼성을 만든 토대가 된 것이다. 그와 같은 미래를 내다보는 안목과 혁신이 없었다면, 현재의 삼성의 성장이 가능했을까?

투자가 결정되고 실행에 옮겨질 때, 당시의 직원들은 완전 불모지나 다름없던 무(無)의 공간에서 유(有)를 창조하는 것이니 만큼, 사막에서 오아시스 찾기와 같은 심정이었을 것이다.

삼성의 모든 사업이 그렇듯 반도체 TF(task force)가 결성되고, 산밖에 없었던 기흥의 드넓은 땅에 첫 삽을 뜨며, 사람들은 매일 아침마다 '반도체인의 신조'를 복창했다. "정성을 다하고 숫자로 파악하라", "안 된다는 생각을 버리고 큰 목표를 가져라"는 신조어와 함께, 성공을 위한 64km 행진의 대장정을 돌며 제품개발에 착수한 지 6개월 만에 64메가 디램 개발에 성공했다. 말 그대로 불모지의 반도체 신화를 전설처럼 이루어 낸 것이다.

쉽게 이루어지는 혁신이 있을까? 혁신이란 묵은 조직이나 제도, 풍습, 방식 등을 완전히 바꾸어 새롭게 하는 것이다. "고난은 쓰고 열매는 달다"는 말처럼 성공신화를 이우려면 앞을 내다보는 통찰력과 더불어 뼈를 깎는 고통이 수반된다. 회사가 혁신을 통하여 새로운 비전을 품고 앞으로 나아갈 때, 구성원인 당신도 함께 목표를 설정하고 앞으로 나아가야 한다. 그러면 반드시 그 대가가 돌아온다.

혹시라도 이 책을 읽는 독자가

"내가 근무하는 회사는 직원 수도 별로 없으니, 무슨 비전이 있느냐"라고 한다면 비전이 설정되어 있지 않다면, 당신이 솔선수범하여 새로운 목표를 세우고 비전을 설정해 보는건 어떨까? 비전은 회사 규모의 크고 작음에 있지 않다. 나아가고자 하는 방향에 규모가 무슨 상관이 있는가?

"우리 회사의 비전은 무엇인가요? 그 비전을 갖고 함께 동참하며 노력하고 싶습니다."라고 할 때, 당신 회사의 경영자뿐 아니라 그 누구도 싫어할 사람은 없을 것이다.

더구나 대기업은 조직이 방대해서 개개인이 고위층과 비전을 공유하고 동참하기란 쉽지 않다. 하지만 중소기업이라면 상황이 다르다. 나 자신이 회사의 비전과 미래를 함께 만들어 갈 수도 있기 때문이다.

그렇다면, 중소기업이 더 자신의 재량과 능력을 발휘할 수 있는 매력이 있지 않은가?

사람들이 자신들의 목표달성만을 외칠 때, 당신이 회사의 상황을 분석해서 나아갈 방향에 대한 효율적인 개선을 제안 한다면 경영자가 보는 당신의 가치는 무언중에 상승할 수밖에 없다. 이미 그 순간 당신은 남과 차별화되는 것이다.

회사의 비전을 당신 혼자만이 아닌 모두에게 외치고 공유하라. 그러면 당신은 회사의 중요한 핵심인물이 되어 있을 것이다.

예의 바르게 처신하라

사람들이 직장에서 일으키는 가장 일반적인 문제들은 역으로 하면 가장 쉽게 피할 수 있는 것들이기도 하다. 성적 희롱이나 정도가 지나친 인신공격 등. 이러한 실수를 반복적으로 저지르고 있다면, 당신은 사람들이 당신을 나쁘게 생각하는 것을 염두에 두지 않는 염치없는 사람이다.

직장이란 여러 사람이 모여 단체를 이루는 곳이기에 사적인 감정을 버리고 소통을 통해 관계를 형성해 나가는 곳이며, 고귀한 동료를 만드는 곳이다. 대개 큰 기업은 표준 윤리 강령을 포함한 고용지침서를 마련해 놓고 있으며 입사할 때 동의한다는 사인을 요구한다. 물론 동의하지 않으면 사표를 써야 한다.

또한, 인사는 커뮤니케이션의 하나로, 상대방의 존재를 인식하고 받아들이며 존중하는 중요한 행위이다. 가장 바람직한 인사법은 상대방의 눈을 보고 큰 소리로 하는 것이다. 당신이 인사하는 순간, 상대방은 당신의 팬이 될지도 모른다.

비즈니스에서 가장 강한 사람은 고객이 좋아하는 사람, 고객을 자신의 편으로 만드는 사람이다.

 자기 점검 체크리스트

- 일과 관련되지 않은 주제로 동료와 언쟁을 벌인 적이 있는가?
- 다른 사람을 무시하거나 피해를 주는 농담을 한 적이 있는가?
- 내 말로 인해 다른 사람이 상처를 받은 적이 있는가?
- 동료들 중 마음에서 우러나와 나를 따르는 사람이 있는가?

마음에 없는 겉치레 인사말도 하면 안 된다. 겉치레 인사말은 저항감을 느끼게 하므로 그 사람의 좋은 점을 인정하며 칭찬하는 것이 좋다. 그것은 상대방에 대한 깊은 관심과 따뜻한 애정을 가지고 있지 않다면 상대방을 올바르게 판단할 수 없기 때문이다.

상대방의 성격이나 능력, 용모, 일의 성과 등에 대해 파악하여 그 점을 적절하게 칭찬하면 그 효과는 대단하다. 가끔 상대방에게 충고도 필요하지만, 사람은 역시 칭찬을 받아야 기분이 좋다. 말이란 항상 옳은 말만 한다고 해서 좋은 건 아니다.

다른 사람의 단점만을 말하는 경우는 자신에게 아무런 도움이 되지 않는다. 왜냐하면 단점을 지적하는 것만으로는 아무것도 고칠 수 없기 때문이다. 그보다는 상대방의 장점을 칭찬해준 뒤에 단점을 보완하는 편이 훨씬 효과적이다.

이때 상대방의 기분을 좋게 한 후, 자기 의도대로 움직이게 한다는 점에서 일반적인 칭찬과는 근본적으로 다르다. 상대방의 장점을 인정하고, 그것을 살려주려는 마음이 기본적으로 밑바탕에 깔려야 한다. 이렇게 상대방의 장점을 칭찬하는 것은 가까운 사이일수록 더 필요하다.

누구나 칭찬을 받으면 기분이 좋아진다. 특히 가까운 사람일수록 그의 장점을 칭찬하고 인정해주면, 인간관계는 자연스럽게 원만해진다. 상대방이 없는 곳에서도 그를 칭찬해주면 그 말이 돌고 돌아서 결국 상대방의 귀에도 들어간다.

말하는 사람도 다른 사람을 욕하기보다는 칭찬하는 쪽이 훨씬 기분 좋다. 물론 이야기를 듣는 사람도 마찬가지다. 왜냐하면 다른 사람을 험담하면 잠시나마 속은 시원하겠지만 뒤끝이 영 개운치 않기 때문이다. 또한 이 사람이 나 없을 때 내 험담을 하는 것은 아닌가 하는 생각에 신뢰감도 상실된다. 실제로 싫어하는 사람에 대해 험담을 하면, 듣는 사람 말하는 사람 역시 좋지 않게 생각한다.

무슨 일을 하건 타이밍이 중요하듯이 칭찬도 마찬가지다. 예전에는 대단했다는 등 꾸며낸 것 같은 칭찬의 말은 일부러 하는 말 같아 상대방의 기분을 상하게 한다. 칭찬해야 할 것이 있다면 그 필요에 따라 타이밍을 잘 맞추어 칭찬하는 것이 원칙이다.

믿을 수 있는 사람이 되어라

다른 사람이 믿고 의지할 수 있는 신뢰받는 사람이 되는 것은 직장에서는 필수 요소이다. 당신은 상사와 동료들 사이에서 한 번 약속한 일은 반드시 책임지는 사람이라는 신뢰를 얻어야 한다. 신뢰라는 것은 단 한 번의 실수라도 순식간에 바닥에 떨어지므로 이행할 수 없는 일에 대해서는 그 어떤 약속도 하지 마라.

신뢰할 수 있는 사람이 된다는 것은 일을 제때에 한다는 의미로, 조직 내에서 당신의 위치는 자연스럽게 상승하게 된다. 그러므로 긴급한 상황이 아니라면 약속 일정을 어긴다거나 하는 일 따위는 해서는 안 된다. 정상이 참작되는 이유란 존재하지 않기에 변명을 하는 것은 최악의 책임 전가에 불과하다. 약속을 하고 지키지 않으면 그 사람의 신뢰는 땅에 떨어진다. 그러므로 상사나 동료에게 당신이 가능한 것과 그렇지 않은 것에 대해 정확히 말하지 않고 약속을 지키지 못했을 때, 상대방은 당신의 가치를 평가절하 하게 된다.

다시 말하면, 스스로 어떤 임무를 완수할 수 있을지 현실적으로 판단하고 인정하는 일은, 맡은 업무를 수행하는 것만큼이나 중요하다. 상사나 동료들이 당신을 믿을 수 있도록 확신을 심어주고, 주변 사람들이 자연스럽게 당신을 신뢰하게 만들어라. 사람을 움직일 수 있는 것은 신뢰다.

공로를 동료들과 나누어라

언젠가 케네디 대통령은 국민을 향해 이런 말을 한 적이 있다. "국가가 여러분을 위해 무엇을 해줄지 묻지 말고, 여러분이 국가를 위해 무엇을 할 것인지 물으십시오!"

삶 속에서 이런 정신을 지니고 살아가는 사람이 몇 명이나 될까? 회사에서도 성과에 관계없이 회사에 도움이 되려고 열심히 일하는 사람은 상사의 총애를 받는다. 인정받는 사원과 그렇지 않은 사원은 회사에 대한 공헌도에서 차이가 난다. 어려운 시기일수록 최선을 다해 일하는 사원에게는 신뢰가 느껴지기 때문에, 주변의 상사나 선배들은 곤란해 하는 부분을 발견하고 이를 잘 해결할 수 있도록 가이드 해준다.

직장에서 자신이 성취한 일이 잘 드러나지 않거나 가치를 인정받지 못하면 그에 대해 말하고 싶은 유혹을 느끼기도 하지만, 어려운 시기일수록 동료들과 공을 나누어야 한다. 이것이야말로 당신이 품격 높은 관리 방식을 지니고 있으며 개인이 아닌 팀을 위해 일한다는 것을 보여줄 수 있기 때문이다.

리더는 항상 팀원과 함께 가야한다. 21세기의 리더십은 혼자가 아니라 다른사람과 함께한다. 비록 당신이 프로젝트 성공을 위해 큰 책임을 맡고 있으면서 동료들의 노력과 지원 덕분이라고 공을 돌리더라도, 당신은 상사로부터 겸손함까지 갖춘 사람으로 인정받을 수 있다. 이는 결국 그룹 내에서 신뢰와 존중하는 마음을 불러일으킨다.

이와 반대로 책임을 전가하는 사람은 공로를 빼앗는 사람과 마찬가지로 비열한 사람으로 낙인찍힌다.

공로를 나눌 때는 성공을 위해 함께 노력한 동료들에게 공개적으로 감사를 표하고, 팀의 성과를 알리는 글을 메일로 유포하고, 스스로도 동료들과 공을 나누는 것이 정당하다는 믿음을 가져야 한다.

어떤 일에 대해 자신이 성취한 부분을 그룹의 공으로 돌리는 당신의 행동은 현명하고 품위 있는 일로서, 진정으로 그 대가를 가져다준다.

Tip 피터 드러커의 아랫사람이 갖추어야 할 덕목

첫째, 아랫사람은 윗사람을 유명하게 만들고 공을 세우도록 도와야 한다. 그러면 자신에게 이롭다. 그러자면 수시로 윗사람과 경험 및 정보를 공유하는 기회를 가져야 한다.

둘째, 윗사람의 장점과 단점, 한계 등을 알아서 사전에 대비하라.

셋째, 조직의 방향과 윗사람이 기대하는 것, 어떤 목표에 집중해야 하는지를 확실히 설정하라.

시간은 삶이 우리에게 준 재산이며
유일한 재산이다.
그것을 어디에 쓸지 결정하는 사람도
우리 자신뿐이다.
그러니 그 재산을 우리 대신 다른 사람들이
써 버리지 않도록 늘 조심하라.

— 칼 샌드버그(시인)

IBM의 창업자 토머스 왓슨은 열정에 대해 다음과 같이 말했다.

"연인을 마음에 간직하듯 진솔한 마음으로 일을 생각하고 그 일을 최선을 다하여 열정적으로 하라. 그러면 그 열정이 당신을 큰 성공으로 이끌 것이다."

성공적인 리더십의 자기 관리는 실패의 상정없이 성공만을 향해 최선을 다하는 열징에서 이뤄진다. 실제로 역사를 돌이켜보면 열정에 휩싸인 사람들이 남겨 놓은 수많은 흔적을 발견할 수 있다.

이것은 특별한 사람만의 전유물이 아니고 누구나 강렬하게 원하면 가질 수 있는 것이 바로 열정이다. 그러나 이 열정을 삶에서 행동으로 옮기는 사람은 극히 적다. 열정을 잃어버리면 모든 것을 잃어버린다. 그것은 꿈을 잃어버리는 것과도 같다.

제아무리 능력이 있다 하더라도 모든 일을 설렁설렁 해서는 기회를 성공으로 이끌어낼 수 없다. 매사에 최선을 다해야 하고 민첩한 행동력과 뛰어난 집중력을 발휘해 기회를 성공으로 연결시켜야 한다. 땀과 열정 그리고 철저한 헌신이 있을 때 비로소 이루고자 했던 일들을 초과 달성할 수 있다. 엄청난 성과도 열정을 가진 사람들의 전유물인 것이다.

잭 웰치는 뛰어난 인재가 되기 위한 자질을 변화를 두려워하지 않는 에너지, 활기를 불어넣는 능력, 단호한 결단력과 실행력, 열정으로 정의했다. 이중 특히 중시했던 것은 열정이었고, 인재의 가치를 결정하는 가장 큰 차이를 열정이라고 역설했다.

불은 자신을 태워 물을 끓이고, 주위에 열을 전하며 열의 기운으로 주변을 변화시킨다. 마지막까지 모두 다 연소시킨다는 각오가 있을 때 그 사람은 반드시 성공한다.

〈포브스〉라는 경제 전문지로부터 '아시아 최고의 부자'라고 인정받은 홍콩 재벌 리자청은 "내가 도매상 판매원으로 일할 때 회사에는 나보다 뛰어난 판매 실적을 올리는 직원이 무려 일곱 명이나 있었다. 그래서 다른 사람들이 8시간 일할 때 나는 16시간 일했다. 1년 후 나는 판매 파트의 책임자로 올라설 수 있었다"라고 말했다.

시키는 일만 적당히 해서는 좋은 결과를 내기 어렵다. 주인의식과 함께 열정을 갖고 회사의 발전에 필요한 일을 집중적으로 파고든다면 반드시 그에 따른 성과도 분명히 나타날 것이다.

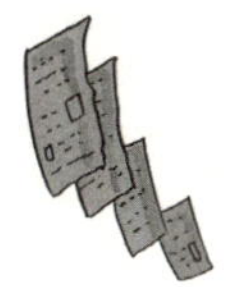

• **명함 주고받을 때의 매너**

비즈니스의 세계에서 첫 인상만큼 중요한 것도 없다. 첫인상은 3초~7초 사이에 결정되며 한번 결정되면 쉽게 변하지 않는다. 상대방이 굉장히 바쁜 사람일수록 첫 인상의 중요성은 더욱 커진다. 두 번 다시 만나지 못하는 일도 적지 않다. 대부분의 승부는 처음 만난 순간 결정된다.

모든 매너의 기본은 '상대의 입장'을 배려하는 것이다. 명함 매너를 들어보자.

비즈니스에서 명함은 목숨과도 같으며 명함이 없는 것은 무사에게 칼이 없는 것에 비유할 수 있다. 자신은 미처 명함을 챙기지 못했는데 상대방은 갖고 있다면, 승부는 이미 끝난 것이나 다름없다. 또, 상대의 눈앞에서 명함을 꺼내기 위해 지갑을 뒤지는 것은 예의가 아니며 명함지갑은 가장 꺼내기 쉬운 위치에 두도록 한다. 명함을 단순이 주고받으면 그것으로 끝이라고 생각하기도 한다. 하지만 명함 예절에는 '주고받고 챙기는' 단계가 있다. 명함을 주고받을 때 윗사람이 먼저 명함을 건네고 윗사람이 악수를 먼저 청하는 것과 같은 맥락이다. 그러나 여러 명이 만날 때는 정신 없이 명함을 주고받게 되어 예절을 챙기기가 어려울 수도 있지만 이럴 때도 상대에게 정성을 보이는 것이 좋다. 두 손으로 받고, 받은 뒤에는 바로 넣지 말고 천천히 성의 있게 훑어 보고, 테이블 한쪽에 올려놓도록 한다. 윗사람 혹은 갑의 위치에 있는 사람도 마찬가지다. 명함을 제대로 들여다보지 않고 명함지갑에 바로 넣는 건 예의가 아니다.

명함을 받고 그 사람이 보는 자리에서 명함에 메모하는 것도 대단한 실례다. 명함은 곧 그 사람을 대표하는 것이기에 아무렇게나 다루는 모습을 보여서는 안 된다.

명함을 자세히 들여다보면 첫 만남에도 어색하지 않게 말이 이어진다. 날씨와 함께 어색함을 없애주는 최고의 소재가 명함이라는 사실을 잊지 마라. 명함은 개인이 속해 있는 기업의 이미지를 함축적으로 담고 있는 대외 홍보 수단이다. 명함을 받고 이름을 제대로 기억 못해 명함지갑에 다시 손을 대는 순간 상대의 마음은 식어버린다는 사실을 명심하라. 탁자에 아무렇게나 명함을 올려놓았다가 바닥으로 떨어지게 하거나, 상대의 명함을 손에 쥐고서 탁자를 두드리는 경우도 있다. 첫 만남에서 절대로 해서는 안 되는 행동이다.

명함을 상대방의 분신으로 생각하고 다루어야 한다. 입장을 바꿔서 상대가 이런 행동을 한다면 당신의 기분은 어떨지 생각해 보면 이해가 될 것이다.

또한, 조직사회에는 존칭의 계급이 숨어 있다. 언젠가 과도한 존칭어가 이슈가 된 적이 있었다. 사물에까지 존칭을 하는 경우는 눈살을 찌푸리게 한다. 예를 들면 "부장님, 과장님이 지시하셔서서 업무를 진행했습니다." 여기서 '지시하셔서서'는 잘못된 표현이다. 마주하고 있는 상대방보다 높은 위치의 사람을 표현할 때는 존칭을 쓰고, 상대방보다 낮은 위치의 사람에게는 존칭을 붙여서는 안 된다.

존칭에 관한 예의는 사소한 문제로 볼 수도 있지만 결정적인 순간에 특히, 회사 내에서 이러한 행위는 본인의 이미지에 타격을 입을 수 있다.

• 올바른 통화 매너

좋거나 혹은 나쁜 이미지를 심어주는 업무의 기본 중의 기본은 통화 매너다. 그런데 이러한 기본이 사라져 가고 있다. 직장생활할 때 처음에는 전화를 받고 우물쭈물하거나 끊고 나서 누구와 통화했는지 이름조차 기억나지 않을 때가 많았다. 그래서 생긴 버릇이 큰 목소리와 재확인이다. 군대에서도 명령사항을 재확인하도록 복명복창한다. 전화는 보이지 않는 상대방에게 오로지 목소리로만 모든 것을 전달해야 하기 때문에 좀 더 배려하는 마음가짐이 필요하다.

거래처나 협력업체와의 관계라면 더욱 신경 써야 한다. 연차 좀 됐다고 거래처에 전화해서 자기소개도 없이 사람을 찾는 행동은, 아무리 자기 회사가 '갑'이라고 해도 정도를 넘은 행동이다.

부재중인 직원을 찾는 전화가 오면 회사명, 부서, 이름, 연락처 등을 받아 책상 위에 놓아 주는 것도 좋다. 주위를 보면 할 말만 하고 전화를 끊거나 다른 일을 하면서 전화 받는 사람이 많다. 전화통화는 자신의 인격이 그대로 묻어 있는 제2의 대화임을 명심하자.

자신도 모르는 사이에 스스로의 평판을 판단하는 요소로 작용하는 통화 매너는 사내에서의 자기관리에 중요한 영향을 끼친다.

올바른 통화매너는, 첫째로 밝은 목소리로 인사하고, 존댓말을 쓰고, 상대의 이야기를 듣고 있다는 것을 느낄 수 있도록 하고, 용건을 확인한 후에 인사로 마무리 하도록 해야 한다.

• 복사 등 기본적인 업무를 볼 때

복사의 경우 분량이 아주 많고 중요한 일이라면 아침 일찍 혹은 퇴근 시간 직후, 사원들의 사용이 없는 시간에 하는 것이 최선책이다. 많은 양을 복사할 계획이라면 두세 장 복사를 하러 온 사람을 위해서 잠깐씩 양보하는 것이 좋다.

• 업무상 이메일을 주고받을 때

업무상 이메일을 주고받을 때는 반드시 답신을 보내도록 한다. 사적인 용도로 회사의 이메일을 주고받는 것은 삼가야 한다.

• 엘리베이터 예절

출근하면서 맞닥뜨리는 에티켓이 엘리베이터를 타고 내리는 것이다. 자신이 가야 하는 층의 단추를 누른 뒤, 가능하면 안쪽으로 들어가서 다른 사람들을 위한 공간을 남겨둔다. 엘리베이터 내에서는 고객의 비즈니스나 그 밖의 기밀사항을 말하지 않도록 한다.

• 모바일 비즈니스 매너

회의시 휴대전화를 테이블에 놓지 말고 휴대전화 벨소리는 무음 또는 진동으로 해두고 강도를 낮은 단계로 조절한다.

전화를 꼭 받아야 할 경우, 사전 양해를 구하고 외부로 이동해서 받는다.

• 인간관계에서의 매너

유능한 관리자는 자기 아랫사람을 인격적으로 존중한다. 위협이나 강요가 더 이상 통하지 않는다는 사실도 알고 있기에 직원들의 사기를 북돋우기 위해 격려와 칭찬의 말 한마디로 직원들의 사기를 높이거나 상대가 무안하지 않도록 직접 메시지를 써서 당사자에게 전하기도 한다. 이런 메시지를 받으면 직원들은 상을 받은 것처럼 잊지 않을 것이다. 아무 때나 마구 칭찬을 늘어놓는 행위는 자신이 하는 말의 가치를 떨어뜨린다는 사실도 염두에 둬야 한다.

회사 내에서 뒷공론의 희생양이 되는 것을 피하려면 평소에 자신의 행동거지를 살피자. 만약 자신이 뒷공론의 대상이 되었다면 근원지를 추적하기보다 발원자에게 이야기의 진실성에 대해서 이의를 제기함과 아울러 사실여부를 명확히 이해시켜야 한다. 당장의 감정을 추스르지 못하고 분노하는 것은 해결에 도움이 되지 않기에 분노보다는 우려의 목소리로 사실 왜곡에 대한 진실을 전하고 스스로 소문을 취소하도록 유도한다.

• 직장 내의 바람직한 의사 표현 매너

슬기로운 의사 표현은 자신이 말한 후에 제3자가 말할 수 있도록 유도하고 남의 의견에 반대를 표할 때는 정중하게 하는 것이다. 반대의견을 낼 때도 "사실 그 문제에 대한 내 생각은 다르지만 당신의 견해를 더 듣고 싶다"라는 식으로 표현하는 것이 적절하다.

불만사항을 표현할 때도 불만의 이유를 논리적으로 뒷받침하고 원하는 최선의 결과와 불만을 제기하기에 알맞은 시기는 언제인지를 고려한 후에 불만사항을 전달한다.

• 성희롱

직장 내 성희롱은 다음과 같은 상황에서 발생한다.

1. 성이나 섹슈얼리티에 대한 언급을 할 때

2. 거슬리는 행동이 의도적이고 반복될 때

상기와 같은 요건을 다 충족한다면 먼저 성희롱 가해자 쪽에 자신의 행동을 돌아보고 바꿀 기회를 주도록 한다. 상황이 개선되지 않으면 상대를 고발할 수 있다는 점을 명확히 전달한다.

우리는 얼마나 많은 것들에 대해 주관적인 시선으로 판단하고 단정하는가.

잘 알지도 못하는 일을 사실인 것처럼 상대방의 사생활에 대해 이러쿵저러쿵 떠드는 것은 범죄에 가까운 행위이다. 그 사람의 상황과 심정에 대해 제대로 알고 있다고 장담할 수 있는가. 말할 때 필요한 것은 상대에 대한 막연한 추측이 아닌 배려가 포함된 대화이다.

예컨대, 주변에 결혼 적령기를 훨씬 넘긴 동료를 어렵지 않게 만난다.

서로 간에 편하다고는 하지만 좋은 말도 자꾸 들으면 짜증나지 않겠는가.

"혼자 사시니 돈 많이 버셨겠네요. 취미도 좋지만 이제 정착하셔야죠?"

회사에서 종종 접하는 풍경이다. 어찌 보면 그리 나무랄 일도 아니라고 할 수 있지만, 당사자는 어떻겠는가. 보통 명절에 고향에 가면 이런 소리가 듣기 싫어 잘 내려가지 않는 사람도 적지 않다고 한다. 본인의 의사와는 별개로 주변의 시선이 부담스러운 것이다. 나중에 알고 보니 그 사람은 결혼을 신경 쓰지 않는 게 아니라, 결혼 정보회사에 거금을 주고 가입을 해서 몇 번이나 맞선을 보았는데 상대가 자꾸만 조건을 거는 것에 짜증이 나서 계약한 맞선 횟수 10번을 채우지도 않고 포기하였다고 한다.

걱정반 우려반으로 얘기했겠지만 이런 배려 없는 관심은 이들에겐 또 다른 슬픔일 수도 있지 않을까?

진심어린 축하조차 맘대로 할 수 없다면 무슨 재미로 사느냐고 탄식할 수도 있겠지만 직장에서의 커뮤니케이션의 핵심은 듣는 것이 말하는 것보다 우위에 있다. 아무리 선의를 갖고 말해도 듣는 이의 상황에 따라서 오해를 불러일으키거나 기분을 상하게 한다. 사생활에 대한 언급의 중요성은 아무리 강조해도 지나치지 않는다.

직장뿐만 아니라 사회에서도 주식으로 대박이 난다면 자랑하고 싶어 안달이 날지도 모른다. 하지만 대부분 이러한 정보는 숨기는 것이 좋다. 직장생활을 오래 해본 사람일수록 이러한 회사업무와 무관한 일로 관심의 대상이 되는 것이 결코 자신에게 득이 되지 않는다는 것을 잘 알기 때문이다. 더구나 이런 말들이 사실이 아니고 부풀려진 것이라면 더욱 낭패다.

매년 연말이면 인사발표에 모두의 관심이 집중된다. 승진이 예측되는 사람이 있다면, 미리 축하하는 분위기도 형성된다.

"승진하시고 승진 턱 내세요."

하지만 인생은 막판 역전극의 묘미인가? 당연한 승진이라고 여긴 사람이 명단에서 누락되는 일이 벌어질 가능성은 많다. 단순히 성과 한 가지만으로 결정되는 것이 아니기 때문이다. 그러므로 신중하게 생각하고 말하자.

현대의 직장인들이 하루 24시간 중에 가장 많은 시간을 보내는 곳이 직장이다. 그러다보니 직장동료들이 가족처럼 느껴져서 직장생활과 사생활을 구분하기가 어렵다. 하지만, 동료에게 자신의 사생활을 얘기할 때는 수위를 조절해야 한다. 흔히 자녀의 교육문제를 시작으로 개인사, 결혼생활이나 경제적 문제까지도 동료와 공유하기도 한다. 동료에게 있는 그대로의 모습을 보여 주는 것도 좋지만, 이런 행동은 직장에서 의외로 자신의 입지를 약화시키는 부메랑이 되어 돌아온다. 직장에서 공유한 개인적인 정보 때문에 승진에서 누락되거나, 요주의 인물로 찍힐 수도 있다.

사석이라도 쓸데없이 입을 놀리지 마라. 유명 인사나 혹은 뉴스에 나오는 사람들에 대해 자신의 의견을 피력한다면 이러한 주제들은 당신에 대해 좋지 않은 편견을 심어주게 된다. 미국의 유명 앵커도 사석에서의 한마디 말로 인해 평생 쌓아온 이미지가 한순간에 무너졌음은 물론이다. 당신이 다른 사람들에게 쇼크를 제공하는 사람이 되어서는 안 된다.

또한 연봉도 마찬가지다. 연봉은 동기라 할지라도 고과 평가에 따라 개인적으로 다르기 때문에 인사비밀에 속한다. 연봉을 주제로 토론하는 것은 직장에서 독과 같은 주제이다. 언어구사도 중요하다. 욕설을 즐기는 것은 상사나 동료에게 당신의 인격을 포함한 질적인 가치를 떨어뜨리는 행위다. 손짓 또한 단속 대상이다. 당신이 대화가 끝날 때마다 상대방을 터치하는 따뜻하고 친근한 성격을 지녔다 하더라도 아무 뜻없는 순진한 육체적 접촉이 성희롱으로 번지게 될 수도 있다. 행동을 주의하라. 세심하게 주의하는 것은 직장에서 갖추어야 할 미덕이다.

직장동료와 비밀을 공유하되 그가 알아도 경쟁에서 사용할 수 없는 비밀만으로 한계를 분명히 하라. 직장에서는 모든 것을 감추면 음흉한 사람이 되고, 모든 것을 털어놓으면 어리석은 사람이 된다.

직장동료는 평소에는 친구가 될 수 있지만, 경쟁의 장에 들어서면 적이 될 수도 있다. 누구라도 결정적인 경쟁의 순간이 오면 자신이 가진 모든 능력을 사용해 이기려는 마음이 발동한다.

직장에서 완벽하게 커리어를 유지하고 싶다면, 주변의 그 누구에게도 엉망진창인 당신의 사생활을 알게 해서는 안 된다. 오직 일을 통해서만 당신을 알려야 한다. 그러나 당신의 사생활을 상사에게 털어 놓아야 하는 경우도 있을 수 있다. 상사와 좋은 관계를 유지하기 위해서는 서로 간 알아가야 하는 게 사실이다. 하지만, 이런 경우에도 서로 약간의 사생활만으로도 충분하다. 개인적인 문제가 너무 버거우면 주변 사람들에게까지 영향을 미친다. 사적인 문제란 한 사람의 동료에게만 털어 놓아도 당신의 사생활에 대한 문을 열어주는 것이나 마찬가지며 이는 당신에게 안좋은 인상을 심어줄 수도 있다. 사적인 작은 일조차 처리하지 못하면 큰 문제를 어떻게 처리할 수 있는가? 동료들과의 관계에서는 스스로 엄격히 통제하여 사적인 문제를 공적인 문제로부터 보호하라.

단, 예외가 있다면, 수상을 했거나, 자신의 능력을 인정받았을 경우엔 주변 사람에게 알리는 것이 좋다. 별도의 학업을 이수했거나, 업무와 관련된 자격증을 따는 등 자신의 이미지를 강화할 수 있는 내용들이라면, 가능한 한 많은 사람들에게 알리는 것이 좋다.

이메일도 주의하는 것이 좋다

이메일이 단순히 개인의 통신 수단이거나 사생활이라고 생각하는 것은 잘못된 것이다. 회사 내의 인트라넷만을 얘기하는 것이 아니다. 회사에선 보안상 당신이 대내외적으로 발송하는 모든 이메일을 볼 수 있다. 그렇기에 이메일을 지나치게 쉽게 생각하고 부주의하게 사용한다면 커다란 난관에 봉착하게 된다. 개인적으로 소소하게 보내는 메일들, 일에 대한 불평이나 회사 정책에 대한 불평불만, 상사의 험담이나 조직에 관한 내용을 담은 이메일이 회사에는 중요한 소스가 될 수 있다. 이것은 결국 당신에게 치명적인 약점으로 작용할 수 있다.

언젠가 회사 개선방안에 대한 제안을 개인 메일을 통해 대표께 보냈더니 어떻게 알고 인사팀에서 연락이 온 적도 있었다. 평판이 좋은 회사조차도 정기적으로 이메일을 체크할 필요성을 느낀다. 한 회사는 고객에게서 온 이메일을 분석하는 과정에서 사내의 회계 관련 직원의 공금 횡령 사실을 발견했다. 이러한 일이 있은 후로 회사에서 이메일에 대한 감시를 강화한 것은 당연한 것이다.

이메일은 단지 편리한 통신 수단만이 아니다. 불합리한 내용이 있을 경우, 앙심을 품은 동료가 사내 게시판에 올려놓을 경우 그 파장은 엄청나다.

무심코 메일을 쓰고 개인 주소록이나 잘못된 수신인을 입력하고 전송 버튼을 눌러 실수 하는 경우도 많다.

한번은 사내의 개발 모델의 진행 방향과 문제점에 대한 회의록을 참석자들에게 일괄 전송하는 사건이 발생했다. 메일 전송자가 수신처에 일부 동명이인을 확인하지 않고 추가하는 바람에 그룹의 다른 회사로 메일이 전송되는 사건이 있었다. 결국 담당자가 시말서를 쓰는 선에서 마무리가 되었지만, 만약 경쟁사로 전송되었다면 문제는 커졌을 것이다.

또 한번은, 상사와의 문제로 고민하던 직원이 고민 끝에 지인에게 조언을 요청하는 메일을 보냈다. 그동안 자신과 상사 사이에 있었던 문제점들과 그에 따른 고충들을 구체적으로 나열하며 당사자를 비판한 내용을 담은 메일이었다. 그런데 메일 전송 버튼을 누르는 순간, 머릿속을 맴돌던 당사자인 상사의 이름을 클릭하여 메일을 보냈다는 것을 깨달았다. 무슨 일이 있어도 그 이메일을 봐서는 안 되는 당사자에게 보내고 만 것이다. 그는 당황하여 발송된 이메일을 취소하려 했지만, 이미 물은 엎질러진 상태였고, 그가 안절부절하며 시간을 보내는 사이에 그 상사는 메일을 개봉한 것이다.

그는 남이 알아서는 안되는 사실을 이메일이라는 도구를 사용하여 빼도 박도 못한 증거를 남기게 되었고, 결국 견디지 못하고 사표를 제출했다. 이런 경우가 단지 그 사람만의 일일까?

아마 눈코 뜰 새 없이 바쁜 직장에서는 아마도 한두 번은 이러한 이메일 전송의 실수가 있었을 것이다. 눈깜짝할 사이에 돌이킬 수 없는 실수를 할 수 있기 때문에 메일 발송시 언제나 주의해야 한다.

회사에서 이메일을 사용하여 소통을 할 경우 부작용도 많다. 직접 대면하는 것에 비해, 면전에서는 하지 못할 말을 메일로 하기에 오해를 사는 경우도 있으며, 감정이 들어가 있지 않기에, 잘못하면 친절한 이메일도 받는 사람에 따라 부정적으로 보일 수도 있는 것이다. 이메일이 대립을 피할 수 있는 효과적인 방법이라고 생각하면 이는 착각이다.

이메일을 통해 상대에게 화를 내거나, 이의를 제기하거나, 불만을 토론하는 것은 결코 안전하지 않다. 직접 면전에 대고 얘기하는 것보다 훨씬 부작용이 심하다. 직접 얘기하게 되면 상대의 표정을 살피며 이야기의 수위를 조절할 수 있지만, 이메일은 일방적이기 때문에 사안이 엉뚱한 방향으로 확대될 수 있다.

이메일을 보낼 때 주의할 점은, 이메일이 타인에게 오픈될 수도 있음을 생각하고 비밀스러운 내용은 피하고, 부정적이거나 선동적인 글은 쓰지 말아야 한다.

이메일은 중간에 가로채일 수도 있고, 회사 게시판에 오를 수도 있다. 그리고 누군가의 컴퓨터에 저장되어 의도치 않게 쓰일 수도 있다. 많은 직장인들이 대수롭지 않게 생각하다가 난처한 일을 당할 수 있다.

또한 메일을 받는다면 받은 메일의 회신 속도가 당신을 평가한다.

예를 들어 정신없이 업무를 처리하던 중 급한 메일을 보내기 위해 메일함을 연 당신의 눈에 새로 들어온 메일 한 통이 들어온다. 발신자를 확인하니 누군지 모르기에 당신은 당장 보내려고 한 메일만 재빠르게 보내고 메일함을 닫는다. 그리고 바로 잊어버리고 만다. 이런 상황은 바쁜 업무 속에서 흔하게 벌어지는 일이다. 이러한 낯선 메일은 새로 폭주하는 메일에 묻혀버리고 점점 확인하기가 어려워진다.

메일을 아침에 확인하고 오후 늦게 회신하거나 때로는 며칠씩 확인하지 않기도 한다. 그러면 메일을 보낸 상대가 당신을 원망하며 얼마나 간절한 마음으로 회신을 기다릴지는 생각도 못하게 된다.

이렇게 대부분의 사람들은 덜 중요하다고 생각되는 메일은 회신을 늦게 한다. 하지만 인정받는 사람일수록 회신 속도가 현저하게 빠르다. 발신자가 누구냐에 상관없이 어떤 메일에도 빠르게 회신한다.

한번은 내가 있던 회사에서 어떤 개발 이슈에 대한 보고를 하기 위해 수

신처에 관련담당자와 대표이사와 팀장을 포함하여 메일을 보낸 적이 있었다. 그런데 메일 개봉 확인을 해보니 뜻밖에도 가장 먼저 개봉한 사람이 대표이사와 팀장이었고, 또한 가장 빨리 회신을 한 사람 또한 그 분들이었다. 시간이 많아서가 아니라. 고위 임원일수록 중요한 결정을 제때에 내리기 위해 습관적으로 메일을 즉시즉시 수시로 확인하는 것이다. 메일이 쌓여 있으면 마치 굉장히 바쁜 것 같은 착각에 빠져 있는 사람에 게 경종이 될 것이다.

하루에 수신하는 메일이 100통씩 일정하다고 가정해 보자, 회신을 바로 하든, 3일 후에 하든, 수신하는 메일 수는 변함이 없다. 그렇다면 바로 회신하는 평이 상대방에게는 좋은 인상을 주고, 자신의 눈앞에서도 빠르게 일거리 하나를 처리하게 된다. 결과적으로는 자신에 대한 평가가 올라간다.

나 같은 경우는 이런 일을 방지하기 위해, 급한 일로 인해 당장 회신이 어렵다고 판단되면 나 자신에게 재전송을 한 후에 여유 있을 때 확인해서 처리하곤 한다.

그러면 최소한 메일을 빠뜨리는 일은 없지 않을까?

Tip 메일 회신시 주의할 포인트

1.회신 속도는 보이지 않는 당신의 명함이다.

발신한 사람이 수신인의 개봉 여부를 확인하기가 어렵고 만약 촌각을 다투는 경우라면 그 피해는 심각하다.

2. 회신에 시간이 걸린다면 양해를 구하는 메일을 먼저 보낸다.

출장 중이거나 급한 회의가 있다면 회신기한을 정하여 통보해준다.
장기 출장이라면 자동 응답 기능을 사용하여 출장중 임을 알린다.

3. 생각을 정리할 시간이 필요하다면 하루가 지나고 회신한다.

중요한 내용이 들어가는 경우라면 섣불리 하지 말고 여유를 갖고 보낼 내용을 확인하고 나서 보낸다.

명언

생각을 수확해서 행동의 씨를 뿌려라.
행동을 수확해서 습관의 씨를 뿌려라.
습관을 수확해서 인생의 씨를 뿌려라.
　　　　　　　－ 스티븐 코비(성공하는 사람들의 7가지 습관의 저자)

습관은 모든 일의 시작이다

스티븐 코비는 「성공하는 사람들의 습관」이라는 책에서 "남의 말을 많이 듣고 자신의 말을 가장 적게 하는 습관"을 가장 실천하기 어려운 것으로 꼽았다. 남의 말을 듣고 이해하고 나서 자신의 이야기를 한다는 것은 정말로 쉽지 않은 일이다.

삼성그룹의 이건희 회장은 상대방의 말을 잘 경청하며 자신의 말을 아끼는 분으로 유명하다. 그는 고 이병철 회장이 붓글씨로 써준 '경청'이란 휘호를 벽에 걸어놓고 늘 지켜보며, 스스로를 깨우치려고 노력했다고 한다.

사람의 행동은 습관의 영향을 받고, 그 습관은 그의 품성과 연결되기에 나쁜 습관은 빨리 고쳐져야 한다. 나쁜 습관을 좋은 습관으로 바꾸려면 반드시 굳은 의지와 노력이 병행되어야 한다. 노력 없이는 좋은 습관도 없다.

마이크로소프트의 빌 게이츠 회장은 창의적인 생각, 새로운 도전 의식을 가진 사람들의 좋은 습관을 찾아서 그것을 배우고 익히며 자신의 습관으로 만들었고, 결국 그것을 기반으로 세계 최고의 갑부가 되었다. 스타벅스의 하워드 슐츠 회장은 매일 점심 때마다 다른 사람들과 식사를 했는데 이것은 인간 중심의 경영을 실현하는 습관이 되었다.

투자의 귀재 워렌 버핏은 독서광으로서 매일 아침 사무실에서 책과 자료를 읽고 저녁에 읽을거리를 집으로 가져와 또 읽었다. 정보가 중요한 핵심이 되는 주식시장에서 그가 성공할 수 있었던 것은 지독한 독서 습관에서 정보를 습득했기 때문이다.

오프라 윈프리는 타고난 사교성으로 사람을 만나면 사회적 지위에 상관없이 쉽게 다가가 포용하며 상대를 편안하게 해주는 습관이 있다. 쇼 프로그램의 출연자들과 포용하는 그녀의 습관은 토크만으로는 풀 수 없는 정서적 교감을 이루어 냈고 결국 그녀를 '토크쇼의 여왕'으로 만들어 주었다.

한 사람의 운명을 바꿔 놓는 것은 원대한 비전과 열정에만 있는 것이 아니다. 작고 사소한 습관 하나만 좋게 바꿔도 당신의 인생은 얼마든지 달라질 수 있다. 성공한 사람들은 하나같이 좋은 습관을 가지고 있는 경우가 많다. 대충주의와 적당주의를 완전히 탈피하고 바로 지금 자신이 하는 일부터 세심하게 꾸준히 실천하는 것, 그것이 바로 성공으로 가는 가장 확실한 길임을 알아야 한다.

좋은 업무 습관은 어떤 영역에서건 성공의 보증수표다. 훌륭하고 믿음직한 직원이 되는 것이 상사의 관심을 끄는 가장 빠른 길이고 일하는 방법에 따라 성과의 질과 양이 결정된다. 효율성, 평판, 업무 만족도 등은 일하는 방식에 따라 결정된다.

인생이 달라지길 원한다면 지금 당장 나쁜 습관을 좋은 습관으로 바꿔서 매일 실천하라. 그것이 인생의 성공으로 가는 지름길이다.

성실한 직장인 대부분이 일찍 일어나지만 그렇지 않은 경우도 많다. 갈수록 아침에 일어나기 어렵고 잠을 많이 잤다고 생각해도 몸이 개운하지가 않다. 술자리가 아니더라도 24시간 케이블 방송에 빠져 들다가 새벽이 되어서야 잠자리에 드는 사람들이 많다. 사람에게 가장 좋은 수면 시간은 밤 10시에서 2시 사이라고 한다. 이때가 인체 면역에 필요한 호르몬이 많이 분비되는 시간이란다. 시간이 없다면 이 시간만 지키고 2시에 일어나도 몸에 무리는 없다.

일찍 일어나는 새가 먹이를 더 많이 먹게 되는 것처럼, 일찍 자면 숙면을 취하게 되고 자연스럽게 일찍 일어나게 되어 남들보다 출근 시간에 여유가 생겨 신문 읽기, 커피 한 잔의 여유까지 누릴 수 있다. 오늘 할 일과 급한 일 등의 하루 스케줄을 떠올리면 업무효율도 높아져 야근을 하지 않아도 된다. 술을 마신 날이라면 집에 가서 그냥 뻗지 마라. 샤워가 귀찮다면 양치질이라도 해라. 또한 자기 전에 물을 최대한 마시자. 몇 시간 후면 몸의 신호로 깰 수 있다. 잠들기 2시간 전에는 음식을 입에 대지 말고. 바쁘더라도 아침은 꼭 챙겨 먹자. 최대한 간편하게 먹고, 시간이 없다면 우유라도 마시자.

저녁에는 살 뺀다고 생각하고 무조건 움직여라. 몸, 허리, 발, 손 등 아무데나 움직여라. 텔레비전을 보면서 움직여도 되고 코미디 프로를 보고 실컷 웃는 것도 좋다. 그렇게 하고서도 잠이 안 올 경우엔 가볍게 와인을 한잔 마시고 잠자리에 드는 것도 괜찮다. 정 피곤하다면 점심을 먹고 토막잠으로 하루를 버틸 수 있다.

지각과 결근도 습관이다

만약 여타의 이유를 불문하고 지각과 결근이 반복된다면 그 사람의 자리는 아마 누구나 예상하듯이 보장받지 못할 것이다. 과중한 업무와 강도 높은 일을 계속 반복하다 보면 어쩔 수 없이 면역력이 떨어져 감기에 걸리는 일이 발생할 수도 있다. 책임 있는 일을 하는 사람은 그만큼 하루하루 건강관리를 확실하게 해야 한다는 의미이기도 하다.

하물며, 전날 회식을 하고 과음했다는 이유로 다음날 지각이나 결근을 한다면, 함께 회식에 참여한 인원을 포함한 누구에게라도 공감을 얻지 못할 것이다. 이런 것을 지키는 것은 나 자신과의 약속이며 조직 생활의 기본이다.

비즈니스 세계에서는 무지각, 무결근이 더더욱 당연한 기본 원칙이다. 물론 사람의 몸 상태는 매일 변한다. 몸이 나른한 날이 있는가 하면, 열이 나는 날도 있다. 감기 기운이 있거나, 수면 부족으로 몸이 개운하지 못한 날도 있다. 매일 최상의 컨디션을 유지하라는 현실 불가능한 주문을 하는 것이 아니라, 매일매일 몸 상태가 변한다는 점을 인정하고 이를 전제로 해서 부정적인 영향을 최소한으로 억제하려는 노력이 필요하다.

충분한 수면은 건강관리의 기본이자, 최상의 컨디션으로 업무의 효율성을 높이는 기본 수칙이다. 식사, 손 씻기, 예방 검진 등은 자기 자신을 위한 것이다. 마스크 착용은 자신의 건강을 관리한다는 의미보다는 타인에게 바이러스를 옮기지 않으려는 배려의 표현이다. 원활한 업무진행을 위해서라도 주위 사람들에 대한 배려는 반드시 잊지 말아야 하는 항목이다.

변화는 새로운 기회이다

인간은 현실에 안주하려는 본성을 가지고 있다. 징기스칸의 거대한 몽고제국도 현실에 안주하다 무너졌다. 그러나 본성에 발이 묶여서는 기회란 변화의 물결 위에 떠다니게 마련이다. 예전에도 그랬고, 지금도 그렇고, 미래에도 그럴 것이다.

고 정주영 회장이 현대라는 대기업을 세울 수 있었던 것도 변화에 적극적으로 대처했기 때문이다. 아무리 이재에 밝다고 해두 시골에서 농사지으며 대기업을 세울 수는 없다.

세계에서 가장 뛰어난 투자자 중 한 명으로 손꼽히는 워렌 버핏은 변화 그 자체를 즐기는 사람이다. 그가 변화의 물결에 몸을 싣기를 주저했다면 그토록 많은 재산을 축적할 수 없었을 것이다. 자신을 변화시키기 위해서는 전혀 반대되는 측면에서 생각하거나 관점을 바꾸어 볼 필요가 있다.

정원의 단풍나무의 단풍이 붉게 물들 때는 예쁘지만 그 잎이 떨어져 쌓이면 보기 흉하다고 해서 정원에 상록수만 심는다면 정원이 아름답겠는가! 여러 종류의 식물을 심어서 조화롭고 아름다운 정원을 만드는 게 훨씬 보기 좋을 것이다.

한 가지 방향에서가 아니라 다른 각도에서도 생각해보는 창의적인 문제 의식을 갖는다면 어떤 문제라도 그 해결책을 찾을 수 있다.

미국에서 한 목동이 양을 치고 있었다. 그 당시 목장 울타리는 굵은 철 사로 되어 있었는데 양들이 울타리에 대고 몸싸움을 해서 울타리가 벌어 져 구멍이 뚫리면 많은 양들이 도망가는 경우가 발생했다. 하루는 목동이 송곳을 만지다가 손을 찔려 피가 흘렀다. 그 때 마침 양들이 울타리를 뚫 고 무리지어 도망치기 시작했으나 목동은 손쓸 틈이 없었다. 화가 난 목 동은 어떻게 하면 울타리를 뚫지 못하게 할까 하고 궁리하였다. 그런데 도망치는 양들은 어느 한쪽으로는 도망치지 않기에 이상하게 여겨 여기 저기 자세히 관찰해본 결과 그곳에는 뾰족한 가시가 많은 나무들이 서 있 었다. 순간 목동의 머리를 스쳐가는 것은 '양들이 가시나무 때문에 이곳으 로는 접근을 못 했구나' 하는 것이었다.

목동은 철사를 잘게 잘라 굵은 철조망에 가시나무와 같이 뾰족하게 매달 아 보았다. 예상했던 대로 양들은 그곳으로는 아예 접근조차 하지 않았다.

이것이 바로 철망이 생겨난 이야기이다. 이 예화는 평소 생활 속에서 흔히 있는 불편함을 고쳐보려고 궁리하는 태도에서 아주 우연하게 훌륭 한 발명이 이루어진 경우이다.

세상일은 전혀 다른 각도에서 생각하면 방법이 있으며, 그것은 창의적 인 사람이나 목적에 따라서 다르다는 것을 자각하는 것이 중요하다.

사르트르는 "우리들은 항상 자기 자신에게 묻지 않으면 안 된다."라고 말했다. 이것은 우리들이 무엇인가를 생각할 때 크게 도움이 될 만한 사고방식이다.

"실패하는 사람에게 변화는 두려움이지만, 성공하는 사람에게 변화는 곧 기회이고, 변화에 따른 위기를 성공의 기회로 바꾸는 것이 그들의 차이점이다."

성공하는 사람은 앉아서 기회를 기다리지 않고, 기회가 오지 않으면 스스로 변화를 시도해서 기회를 만들어낸다. 지금 자신의 모습을 돌아보라. 오랫동안 타성에 젖어서 일을 해오지는 않았는가, 마지못해서 일을 하고 있는 건 아닌가. 그렇다면 더 늦기 전에 나를 바꾸기 위한 변화를 시도해야 한다.

"기회는 모든 이들에게 공평하게 주어지지는 않는다. 오직 준비된 사람에게만 주어질 뿐이다."

직장생활은 단거리 달리기가 아니다. 길게는 20, 30년을 해야 하는 마라톤이다. 쉼 없이 앞만 보고 무작정 달리기만 하다가는 결국 지칠 수밖에 없고 그 종점은 자신의 기대와는 전혀 다른 곳일 수도 있다. 직장에서 근무하는 동안 적어도 한 번은 자신에게 휴가다운 자유를 허락하자. 하고 있는 일로부터 멀찌감치 떨어져 객관적으로 스스로를 점검하고 자신이 제대로 된 길로 가고 있는 것인지 되짚어보자.

요즘처럼 취업 자체가 힘든 세상에 어영부영 시간만 때우는 식으로 직장생활을 했다가는 살아남기 어렵다. 하지만 그저 현실에 충실한 것만으로 미래가 보장되지는 않는다. 미래는 적극적으로 개척해야 할 대상이다. 더 늦기 전에 현실에 급급해 별다른 비전 없이 살아가고 있는 것은 아닌지 스스로를 돌이켜 보자. 미래는 그냥 주어지는 것이 아니라 우리가 꿈꾸는 대로 이루어진다. 마치 타임머신을 타고 미래로 날아가기라도 한 것처럼 자기가 꿈꾸는 스스로의 모습을 생생하게 그려보자. 그리고 그 모습을 실현하기 위해서 먼저 자신의 삶에 휴식을 주자.

하루의 거의 대부분을 보내는 직장생활은 삶의 현장이지만 늘 갇혀 있
다는 생각을 지우지 않을 수 없다. 그래서인지 우리 직장인들은 언제나
떠나고 싶어 한다. 햇살이 쏟아지는 날, 업무로 외출을 나올 때면 이대로
운전대를 돌려 바닷가로 달려가고 싶고, 회사 일이 안 풀려 머리가 복잡
할 때에는 커피 한 잔 들고 사무실을 벗어나 무작정 거리를 서성이고 싶
다. 또 컴퓨터 바탕화면에 펼쳐진 파아란 하늘을 보고 있노라면 어느새
마음은 그 풍경 속 어딘가를 헤매고 있기도 한다. 이제껏 지나온 날을 뒤
돌아보면 가장 깊은 추억으로 남는 것은 여행에서의 장면들이다.

한번은 회사 동료들과의 출장길에서 있었던 일이다. 그때의 여행의 기
억은 꿈에서도 예상을 못했던 기적 같은 일이었기에 앞으로도 잊혀지지
않을 것 같다.

언젠가 아일랜드의 첫번째 화산이 터져 화산재로 인해 유럽 전역의 항
공 길을 폐쇄시켜 버린 사건을 기억하는 독자들이 있을지 모르겠다.

지금도 유럽 여행의 기억을 잊을 수 없다.

그 때의 여행은 나에게 새로운 눈을 뜨게 해 주었던 것이다.

회사에서의 내 업무가 TV개발팀의 유럽과 중국 담당의 PM(Project
Manager)일 때의 일이다. 유럽에서의 여러 고객과의 프로모션 기술 미팅
을 위해 몇 명의 동료들과 함께 유럽 출장길에 올랐다. 날씨는 화창했지
만, 간만의 유럽 출장은 여행 기분보다는 이번 프로모션의 중요성을 다시
한 번 상기하는 것으로 시작되었다. 여정은 독일을 거쳐 덴마크와 벨기에

그리고 다시 독일로 이어지는 5일 간의 강행군이었다. 인천공항을 이륙한 비행기는 창공을 가르며 프랑스 파리 공항으로 착륙한 것을 시작으로 기차 교통편으로 독일로 이동했고, 드레스덴에서 첫번째 숙박을 했다. 드레스덴은 과거에 도시 곳곳에 세워졌던 바로크 양식의 건축물들과 예술품들 덕분에 '독일의 피렌체'라고 불릴 만큼 아름다운 도시이다.

일행 중에 사진 찍는 것을 좋아하는 후배가 있어서 전문가용 카메라를 갖고 왔는데, 후배와 함께 남들보다 아침 일찍 일어나서 아침도 거르며 업무 전까지 둘이 거리 곳곳을 돌며 유적지를 배경으로 한 아름다움을 카메라에 담았다. 그 덕분에 유럽 여행의 추억을 많은 사진으로 잊지 않고 기억하고 있다.

독일에서의 고객 미팅을 끝내고 덴마크로 이동했다. 덴마크에는 유명한 아이들과 어른들을 위한 레고의 나라 레고랜드가 펼쳐져 있었다.

레고랜드는 정체되어진 동산이 아니라 독일의 '노이슈반슈타인성'을 비롯한 각 나라의 도시의 특징을 모아 놓았고, 운하를 낀 도로변을 비롯해 강을 따라 지나가는 범선도 레고로 만들어 놓았으며, 항구엔 크고 작은 범선들과 콘테이너선이 정박해 있고, 터널을 통과하는 레일 위의 기차도 실제로 돌고 있는 등 모든 것이 레고로 움직이는 하나의 미니랜드였다. 하지만 이런 것을 즐길 시간이 없었기에 담 밖으로만 둘러보고 정문에서의 사진을 끝으로 그 자리를 떠나는 아쉬움을 남겼다.

장시간의 승용차로 유네스코 세계문화유산에 등재된 벨기에의 브뤼헤로 가서 고객 미팅을 하고 숙박을 했는데, 사건은 이때 터졌다.

당초 계획은 숙박을 한 다음날 독일의 프랑크푸르트 공항을 통해 귀국하는 여정이었다. 하지만 다음 날 일어나보니, 전 항공의 비행기가 이륙을 하지 못한다는 것이었다. 아일랜드에서 갑자기 터진 화산에서 재가 분출되어 유럽의 전 항공망을 마비시킨 것이다. 화산재가 떠있는 상태에서 비행을 하면 엔진 속으로 화산재가 유입되어 엔진에 문제가 생겨 커다란 위험을 초래할 수 있다는 우려로 비행을 금지시킨 것이다.

그 와중에 유럽에 출장 중인 삼성의 모 사장은 많은 돈을 들여 스페인의 마드리드를 통해 육로의 교통편으로 귀국했다는 얘기도 들렸지만, 우리와는 딴 세상의 얘기였기에, 다른 방안을 강구하지 않을 수 없었다. 우리들은 유럽 각 공항의 상황을 체크한 결과 스위스의 취리히 공항에서 비행기를 띄운다는 사실을 확인하고, 급히 기차로 스위스로 이동하여 수소문 끝에 숙박을 하였으나, 다음날 아침에 들려온 소식 역시 취리히도 비행이 금지되었다는 소식이었다. 이에 따라 특별한 일정이 없었던 우리 일행은 이것도 운명이라 생각하고, 여기까지 온 김에 각자 사비를 들여 세계 5대 관광지인 스위스의 융프라우에 오르기로 의견의 일치를 보고 즉시 행동에 옮겼다.

그린델발트(Grindelwald) 역에서 기차를 타고 출발했다. 산밑에서 정상까지 기차를 총 3번을 타야 융프라우에 오를 수 있었다. 그날따라 하늘도 우리를 도와서 일 년에 100일간만 날씨가 맑다고 하는 이곳의 날씨는

춥지도 않고 화창했다. 모두들 양복에 넥타이로 정장을 하고 올라가니, 주위사람들의 호기심 어린 시선을 본의 아니게 받게 되었다. 스키를 어깨에 메고 올라가는 사람들, 스키를 타고 질주하는 사람들을 보면서 관광으로 왔으면 얼마나 좋았을까 하고 순간 생각해 봤지만, 이것도 감지덕지라고 여기며 시원하게 펼쳐진 또 다른 세계를 느꼈다.

높이 올라갈수록 풍광은 그 아름다움을 더해 갔고 마침내 산마루에 올라 저 멀리 굽이굽이 펼쳐진 산맥을 바라보고 감동의 절정에 다다라 할 말을 잃고 말았다. 마치 손으로 찍으면 묻어날 것 같은 새하얀 눈가루는 부드럽게 산맥의 허리를 두르고 있었다. 뉴스나 신문에서 본 사진을 통해 막연히 참 멋지다고만 생각해 왔었는데 실제로 내 두 눈앞에 펼쳐진 알프스는 내 심장을 벌렁벌렁 뛰게 할 만큼 생생하게 살아 숨 쉬고 있었다.

나는 왜 이런 걸 모르고 살았을까? 직장이나 집안 문제로 이제껏 내가 해온 고민들이 얼마나 보잘것없는 것이었나를 절감하면서 이런 풍광을 여태껏 즐기기 못하고 살아온 자신이 참 한심스럽게 느껴졌다.

정상에서의 1시간 여의 관광과 올라가고 내려오는 길의 산마다 한 폭의 그림처럼 모여 있는 언덕의 마을들을 보며 동화 「알프스의」 소녀의 한 장면을 떠올리지 않을 수 없었다. 정말 혼자 보기 아까운 정경이었다. 다시한번 꼭 찾고 싶은 융프라우의 황홀함을 뒤로 하며 독일로 이동하였고, 독일법인에서 업무를 하며 매일매일을 하늘길이 열리는 날을 체크하며 나날을 보냈다. 보름여가 지나고 하늘길이 열리자마자 첫 비행기 비즈니스석으로 급거 귀국을 하였다.

나중에 들은 이야기지만, 그 당시 유럽에 발이 묶인 삼성그룹 임직원의 인원수를 확인해 보라는 이건희 회장의 지시에 따라 확인해 보니 약 200명이 묶여 있었고, 공항 폐쇄가 장기간으로 이어질 경우 삼성 전용기를 띄우는 것도 검토하라는 이 회장의 지시도 있었다고 한다. 삼성에서 일하며 업무 목적으로 스위스로 출장가는 경우는 거의 없기에, 이번 여행은 말 그대로 하늘의 보살핌으로 간만의 업무에서 해방감과 함께 기쁨을 맛보았던 정말로 뜻깊은 여행이었다.

이 일은 한동안 우리 사이에 유쾌한 이야기로 회자되었다.
그 때의 사진을 지금도 카톡의 스토리 배경으로 애용하고 있다.
이 자리를 빌어서 전문가용 사진으로 추억을 만들어준, 후배에게 고마움을 전하고 싶다.

「혼자 놀기」란 책의 저자 강미영은 "가고 싶을 때 가고 싶은 곳으로 떠나면 되는데, 내 마음대로 하면 되는데 이보다 쉬운 일이 어디 있겠는가? 아무 때나 모든 걸 놓아둔 채 떠나는 일만큼 쉬운 것도 없다. 그동안 우리가 지고 떠나는 배낭이 무거웠던 이유는 한꺼번에 모든 걸 뒤집어엎으려 했기 때문이다. 사표를 써야만, 몇 박 며칠 휴가를 받아야만, 가족들과 시간을 맞춰야만 벗어날 수 있다고 규정해 두었기 때문에 아무것도 해보지 못하고 일상 안에 갇혀 있었던 것이다."라고 말했다.

그토록 현실에 답답해 하면서도 그로부터 벗어나지 못한 것은 어떤 계기가 있어야만 떠날 수 있다고 생각하는 고정관념 때문이었다. 별다른 채비 없이 즉흥적으로 떠난 산행에서도 삶에 있어 큰 자신감을 얻을 수 있다.

어딘가 먼 곳이 아니라도 좋다. 꼭 유명한 곳이 아니어도 좋다. 매일같이 반복되는 직장생활에 지치고 그런 현실이 미치도록 갑갑하다면 무작정 가방을 챙겨 훌쩍 떠나보자. 특별한 준비를 하지 않아도 그저 작은 결심만 있으면 우리는 삶을 즐거운 여행으로 만들 수 있다.

당신은 당신 안의 잠재력에 대해 생각해본 적이 있는가?
눈에 보이진 않지만 당신 안에 분명히 존재하는 것.
당신과 함께 태어나 조금씩 자라는
바로 그것을 느껴본 적이 있는가?

– 존 맥스웰

나만의 패밀리를 만들어라

직장생활이란 여러 개인이 모여 하나의 집단을 이루는 곳이다. 그러하기에 마음이 잘 맞는 동료들과 함께 일하게 되는 것은 직장생활에 있어 큰 복이다.

내가 신입사원으로 입사해 사회생활을 처음 시작했을 당시 우리 부서는 팀워크가 탄탄했고 선배 팀원 모두 좋은 사람들이었다. 그들과는 업무적으로도 친했지만 일과 후에도 스스럼없이 어울릴 만큼 터놓고 지냈고, 1년에 한두 번 정도는 팀원 전체가 1박으로 여행을 다녀오기도 했다. 그러다 보니 주변의 동기들이나 친구들이 소속부서의 팀 동료들에 대한 불만을 털어놓을 때 공감하기가 어려웠다. 하지만 세월이 흘러 그 선배들이 자리를 옮기고 나 역시 다른 부서로 옮겨다니다보니 그런 사람들을 동료로 만났다는 것이 얼마나 행운이었는지를 새삼 깨닫게 되었다.

혹시 직장에서 사석만큼은 형, 오빠라고 부르는 마음편한 선배가 있는가? 아니면 나를 그렇게 부르며 잘 따르는 후배가 있는가? 친한 친구처럼 마음과 마음이 통하고, 언제든지 고민을 털어놓을 수 있고, 어려울 때 손을 내밀어 끌어줄 수 있는 그런 사람 말이다. 경험해 본 사람들은 잘 알겠지만 직장에 이런 동료가 있으면 큰 힘이 된다. 그 사람이 같은 부서에서 일하고 있다면 서로의 업무에 도움을 주고받으며 신바람 나게 일할 수 있고, 다른 부서에서 일하는 사람이라면 업무를 처리하기가 훨씬 수월하다. 이를테면 필요한 정보를 쉽게 얻을 수도 있고, 공문을 보내야 도움을 청할 수 있는 일을 전화 한 통화로 처리할 수 있기도 하다.

회사 내에 자신이 직장생활을 해나감에 있어 언제든 주저하지 않고 도움을 청할 수 있을 만한 인적 네트워킹이 되어 있는지 돌아보자. 이해를 따지며 의식적으로 인간관계를 조성할 필요까지는 없지만, 현재 시점에서 내 주변 사람들과의 네트워킹을 정리해두면 앞으로 직장생활을 하는 데 큰 도움이 된다. 특히 지금 다니는 직장에서 좀 더 높은 위치에 오르고 싶다면 내 패밀리의 역할은 중요하다.

한번은 급히 처리해야 할 업무가 있는데 컴퓨터의 사내 네트워크 연결이 되지 않아 사내 정보도움방에 전화를 걸었더니 나와 같은 곤란을 겪는 사람이 많아서인지 장 시간을 기다려야 한다고 했다. 그래데 컴퓨터 매니아인 후배에게 전화를 했더니 간단히 문제를 해결해 주었다.

이렇게 내게 도움이 될 나름의 특기를 가진 패밀리의 역할은 내게 커다란 도움이 된다. 업무적으로 뿐만 아니라 사적인 영역에서도 찾을 수 있다.

사내 동료 중에는 와인이나 자동차 등의 분야에 전문가 수준의 지식을 가진 이들이 있어 때때로 큰 힘이 된다. 회사에 막 입사해서 아무것도 모를 때, 직장 상사와의 불화로 고민할 때, 그리고 이런 위기를 겪을 때 네트워크는 정말 큰 힘이 된다. 그들에게 위안을 받고 마음을 가다듬을 수 있기 때문이다.

이를 통해 만난 사람들은 내게 든든한 동지이자 서포터가 되어 주었다.

이처럼 유용한 자신만의 네트워크를 유지하기 위해서는 나 또한 그들에게 조력자가 되어주어야 한다. 나는 한때 팀 간사를 맡으며 새로 나온 책이라든지 꼭 읽어야 하는 자기 계발서나 역사, 교양서적 등을 이 년 반 동안에 300권 정도를 읽었고, 팀원에게 추천과 포상을 위해 구매를 해서 지급한 적이 있다. 이때에 집중적으로 책을 읽은 것이 도움이 되어 주변 사람들에게 독서 코치의 역할을 해주거나 글쓰기에 도움을 주고 있다. 이것 또한 글을 쓰겠다는 생각에 한 줄기의 도움이 되지 않았을까?

네트워킹의 매력은, 혼자서는 도저히 해결할 수 없는 일도 여러 사람의 도움을 받으면 의외로 쉽게 풀리곤 한다. 관우, 장비, 유비처럼, 아서왕과 원탁의 기사들처럼 자신만의 패밀리들과 상부상조하며 동료들과 함께함으로써 누릴 수 있는 직장생활의 즐거움을 느껴보자.

가깝거나 친하다고 생각하는 친구를 떠올려 보자. 아마 어린 시절부터 한동네에서 자란 친구, 학창시절 철없던 사춘기를 함께 보낸 친구의 얼굴이 먼저 떠오를 것이다. 그것은 이해관계를 초월하여 많은 시간을 함께 공유했기 때문이리라.

그렇다면 성인이 되어 사회에서 만난 상대방과 거리를 좁히고 싶다면 어떻게 해야 할까? 역시 함께 시간을 공유하면 된다. 이때 중요한 점은 만나는 장소와 시간을 바꿔가며 공유하는 것이다.

예를 들어 낮에 만나 점심을 함께한 상대방과는 다음에 만날 때에는 저녁식사를 함께할 수 있도록 자리를 마련한다. 업무 현장에서 한 번 만났던 사람과는 일과 상관없는 장소에서 만나고, 정장 차림으로 명함을 교환한 상대라면 다음에는 편안한 차림으로 만나 보길 권한다.

다른 환경에서 시간을 공유하는 것이 왜 중요할까? 그 이유는 다양하게 공유한 시간과 공간에 대한 기억이 즐거운 추억이 되어 둘의 관계 속에서 차곡차곡 쌓이기 때문이다. 그리고 이러한 기억은 서로의 기억을 좁혀 준다.

내가 신사동의 서울 사무소에서 근무하던 시절, 상사는 자기 집에서 종종 홈 파티를 열어 프로젝트 멤버들을 초대하곤 했다. 별도의 다른 환경에서 이야기를 나누는 회사 동료의 모습은 우리가 평소 사무실에서 보던 모습과 사뭇 달랐다. 평소 사무실에서 엄격한 모습만 보이던 상사는 의외로 가족들에게 무척 다정다감한 가장이었다. 이러한 경험은 새롭게 시작하는 프로젝트를 앞두고 동료 의식을 강화시켜 주었다. 비단 회사에서만 어울리는 동료가 아니라 소중한 가족을 함께 만나고 정을 나눈 돈독한 사이가 된 동료들은 더욱 단결된 마음으로 프로젝트를 수행했고 그 결과 더 좋은 성과를 낼 수 있었다. 그리고 몇 년의 시간이 지난 후 각자 소속이 달라진 후에 다시 재회할 기회가 있었다. 그때 우리는 마치 오랜 동지나 전우를 다시 만난 듯 매우 반가워하며 자연스레 서로 가족들의 안부까지 묻는 사이가 되었다.

지금도 그때의 프로젝트 멤버를 만나면 다른 동료에 비해 좀 더 친밀한 사이라는 느낌이 든다.

1박2일로 함께 여행을 갔던 경험, 맛있는 한 끼 식사를 위해 멀리까지 이동했던 시간들, 주말마다 정해놓고 멤버가 함께 등산을 했던 시간… 이런 추억이 차곡차곡 쌓일수록 사이는 가까워지고 관계는 돈독해진다.

항상 같은 곳에서, 같은 멤버가, 같은 시간대에 모인다면 색다른 추억이나 서로에 대한 새로운 발견은 불가능하다. 게다가 모처럼 공유한 시간도 소중한 추억으로 쌓이지 않는다. 사회인이 되고 나서 만난 사람과 특별한 관계로 발전시키고 싶다면 의식적으로 다양한 환경에서 시간을 공유해야 한다.

네트워킹이란 당신의 경력에 영향을 끼칠 사람들을 만날 기회를 적극적으로 만들어 가는 것이다. 다시 말하면, 회사에서 생존하고 발전해 가는 일은 당신이 전문직 동료들을 얼마나 확보하고 있느냐에 달려 있다고 해도 과언이 아니다. 네트워킹에서 중요한 또 하나는 당신의 마음 상태이다. 처음 만난 사람에게 마음을 열고 얼마나 지속적으로 다가갈 수 있느냐에 대한 마음가짐을 늘 유지하고 관리하는 일이야말로 인맥을 형성하는데 결정적인 요소가 된다. 인맥관리는 당신만의 닫혀진 울타리에서 벗어나 새로운 사람들에게 다가가 창조적으로 상호관계를 맺는 일이다. 상대방에게 먼저 다가가 악수를 청하는 인맥관리의 핵심은 경력이 쌓임에 따라 장기적으로 가치 있는 인간관계를 형성하는 것이다.

인맥을 쌓는 일은 다양한 사람들과 관계를 형성한다는 의미이며, 당신이 속한 업계이든 아니든, 직장 내이든 밖이든 모든 것을 포함한다.

컨퍼런스에 참석해 수집한 명함은 명함일 뿐, 사람을 파악하여 시간과 관심을 투자할 가치가 있는지 없는지를 판단하라. 관계형성이 가능한 사람 중에 가까운 거리라면 점심이든 간단한 차든 좀 더 깊은 대화를 나누는 기회를 가져라. 그런 후, 한 달에 한 번 정도 안부를 전하여 관계를 지속적으로 이어나가고 만일 멀리 떨어져 있다면 이메일을 이용한다. 평상시에 소홀히 대하다가 필요할 때 도움을 요청하면 그는 이미 거기에 없다.

인맥 형성이란 양방향 커뮤니케이션임을 기억하고 도움이 될 것 같은 사람들에겐 당신 역시 도움을 주어야 한다. 공감대를 형성하고 그들에게 도움이 될 수 있는지를 생각하고, 평균보다 나은 집단에 적극 참여하여 서로 도움이 될 수 있도록 기회를 창출해야 한다.

인맥 내의 누군가를 돕는 일은 회사 사람들이나 동료들에게 그들을 소개하는 일에서부터 누군가에게 필요할거라고 생각되는 정보를 파악하여 기회를 제공하는 일까지 다양하다. 누군가가 도움을 요청할 때까지 기다리지 말고 다른 사람들에게 도움이 될 만한 정보를 수집하여 오피니언 리더로서 사람들을 이끌며 씨앗을 뿌릴 방법을 찾아라. 위기시에는 언제라도 도움을 요청할 수 있는 사람으로 여기도록 다른 사람을 돕는 일이야말로 자신을 돕는 일이나 마찬가지다. 당신이 형성하고 있는 인맥 내의 사람들 사이에서 열정적이고 믿을 수 있는 사람이란 평판을 받도록 하여라.

일의 참 맛을 느껴라

직장인의 삶은 다람쥐 쳇바퀴 돌 듯 매일같이 반복된다. 아침에 눈 뜨자마자 출근해서 일을 하다 점심을 먹고 난 후, 또 일하다 퇴근하여 저녁을 먹고 잠자리에 든다. 이런 패턴이 월요일부터 금요일까지 반복된다. 오로지 밥벌이를 위해 마지못해 회사에 다닌다고 생각하면 일이 재미있을 리가 없다. 이러한 현실은 적극적인 행동을 하지 않는 한 변하지 않는다.

직장은 두 가지의 의미를 지닌다. 우선 밥벌이 수단으로서 우리는 그곳에서 일한 대가를 통해 생계를 유지한다. 이를 해결해주지 못한다면 제대로 된 직장이라 할 수 없다. 하지만 직장이 밥벌이에만 그친다면 결국 지치고 지겨워질 수밖에 없다.

직장의 두 번째 의미는 자기실현의 장이다. 인간은 스스로의 가능성을 실현하고 이를 인정받을 때 행복감을 느낀다. 직장인이라면 바로 자신의 일터에서 그 능력을 찾아내 발휘해야 한다. 요컨대 직장은 단지 밥벌이를 위한 수단을 넘어 행복을 보장하는 삶의 터전이어야 한다. 이는 저절로 이루어지지는 않는다. 스스로가 목표한 바를 이루어내는 능력을 향상시켜야 한다. 하지만 대부분의 사람들은 목표를 자신의 능력보다 낮게 잡는 경향이 있다. 그들은 결과가 아니라 노력 자체에 몰두한다. 사람은 자신이 스스로 설정한 목표에 따라 성장하는 법이다. 능력은 목표를 높게 잡고 이를 이루어내는 과정을 통해 향상된다. 그렇게 스스로를 성장시켜 나갈 때 직장인은 비로소 '일하는 재미'를 느끼게 된다. 목표를 성취해가며 능력을 향상시키고 일의 재미를 느끼는 선순환 구조가 조성될 때 직장생활을 비로소 즐겁게 할 수가 있다.

무에서 유를 창조하거나 무언가를 이루기 위해서는 '열심히 그리고 꾸준히 일하는 것'외에는 달리 방법이 없다. 일은 요리조리 피하고 동료들과 어울려 일상의 재미만 찾아다녀서는 발전을 기대할 수 없다. 세계적인 혁신 전문가 세스 고딘은 "딱 일주일만 가장 일찍 출근하고 가장 늦게 퇴근해 보라"고 권한다. 반드시 시간의 문제라기보다는 그런 자세로 일해 보라는 충고이리라. 내일 아침 출근길부터 한번 시도해 보라. 뭔가 달라지는 느낌이 들 것이다.

제4장

오늘을 사는 우리가
행복한 이유

소통

자신을 사랑하는 법을 배워라

아시아 최고 부자인 중국 알리바바 그룹 회장인 마윈(馬云)의 말이다. 자신을 존중해야 자신의 능력과 기회가 보인다는 의미다. 대만 중시전자보(中時電子報)에 따르면 그는 대만 타이베이(臺北)에서 열린 '2014 양안 기업인 회의' 기조연설에서 자신의 인생 역정을 소개하며 10가지 성공의 비결과 가치관 등을 밝혔다.

그는 우선 "젊은이들을 믿어야 국가의 미래가 밝다"고 강조했다. 15년 전 중소기업에 불과했던 알리바바가 오늘날 이렇게 성장한 것은 시대와 사회·국가가 젊은 자신에게 기회를 줬기 때문에 가능했다는 것이다.

둘째, 그는 "진융(金庸)의 무협소설에서 나이가 들수록 무공이 높은 것으로 묘사됐는데 이는 잘못된 것"이라고 지적했다. 디지털 시대엔 오히려 젊은이들이 큰일을 할 수 있다는 것이다. 그는 "지난 15년간 대만에서 성공한 젊은 기업인이 나오지 못한 것은 기성세대가 그들에게 기회를 주지 않았다는 시각에서 반성할 필요가 있다”고 지적했다. 이는 올해 50세인 그가 그룹 경영보다는 사내 젊은 경영인 육성에 힘을 쏟는 배경이다. 젊은 시절 그는 진융의 무협소설에 심취해 그 속에서 기발하고 창의적인 아이디어를 얻어 알리바바를 일군 것으로 알려져 있다.

셋째, 그는 “성공한 사람은 자신의 잘못을 반성하지만 실패한 사람은 왜 사람들이 자신에게 기회를 주지 않느냐고 불평한다”고 했다. 자신 역시 수많은 좌절과 고통·방황이 왔을 때 불평보다는 반성을 하고 무엇을 할 것인가를 생각했다는 것이다.

넷째, “상사에게 인정받지 못하거나 무시당하면 좌절하지 말고 자신을 사랑하는 법을 배우라”고 충고했다. 그러면서 그는 “만약 당신이 나처럼 명문대를 나오지 않았다면 더더욱 사랑의 눈빛으로 자신을 먼저 보라”고 권했다. 세상을 보는 각도나 깊이는 사람마다 다르며 따라서 모든 세대 모든 개인에게는 각각의 다른 기회가 있다는 것이 그의 지론이다. 마윈은 항저우(杭州) 사범대학을 졸업했다.

다섯째, 그는 인생에는 3개 등급의 기회가 있다고 했다. 젊었을 때는 가진 게 없으니 주변의 모든 것이 기회이며 어느 정도 성공했을 때는 기회가 뭔지 알기 때문에 주변에 보이는 모든 것이 기회라는 것이다. 마지막 기회는 성공한 이후 자신의 기회를 남에게 줄 수 있는 기회라고 그는 강조했다. 인생 후반기에는 베풀어야 한다는 얘기다.

여섯째, 그는 현대 사회는 정보기술(IT)에서 디지털 기술(DT)로 이동 중이며 DT는 ▶남을 이롭게 하고 ▶같이 나누며 ▶투명하고 ▶책임지는 특성이 있다고 분석했다. DT시대엔 원원하는 기업만이 살아남을 수 있다는 뜻이다.

이밖에 ▶세계가 불만에 가득 차 있을 때 그들의 불만 해소 방법을 생각하면 그게 바로 기회이며 ▶사소한 일에 완벽해야 성공할 수 있고 ▶내가 변해야 세상이 변하며 ▶오늘의 고통은 미래의 행복이라고 강조했다.

자신과의 대화를 통해서 사랑하라

늦은 퇴근길, 집 앞을 비춰주는 골목길 외등 아래 내 그림자 속에서 순간적인 외로움을 느낄 때는 없었는가? 나날이 반복되는 직장의 일상 속에서 문득 '나는 누구인가?', '바쁘게 살아가는 것이 내 삶인가?' 하고 자문하며 우울해질 때가 있다.

그러나 대부분의 사람들은 자신을 돌아볼 시간조차도 없이 바쁜 삶을 살아가고 있다. 생각은 있어도 늘 나중으로 미룬다. 직장인들은 구조조정으로 퇴직을 하거나 병가로 인한 휴가를 낼 때에야 비로소 자신을 돌아보며 "너무 늦었다."라는 단발마의 탄식과 함께 지난 세월을 후회한다. 이것이 현실이다. 그렇다고 직장생활을 등한시 하라는 것이 아니다. 삶에서 무엇을 중심에 둘 것인지 생각해 보자는 것이다. 목적도 없고 중심도 없이 자꾸 흔들리면 인생이 피곤해진다. 시간에 매여 사는 일상에서 잠시 도피해 보자.

기한을 두지 말고 무계획적으로 잠시 나를 내버려 두자. 아무 생각 않고 터벅터벅 길을 걷는 것도 방법이다. 이런저런 생각에 잠겨있다 보면 어느새 자기 자신과 대화하고 있는 모습을 발견할 수 있을 것이다. 가끔씩 이런 시간의 선물을 나에게 주자. 그러면 새로운 에너지가 충전될 것이다. 우리는 치열한 생존 게임에서 살아남기 위해 끊임없는 담금질을 해왔다. 이러한 무한 담금질은 경쟁력의 원동력이다. 하지만 외부의 평가와 시선을 개인의 노력으로 관리하는 것은 한계가 있다. 겉으로는 남의 눈을 의식하지 않는다고 하지만 외부평가에서 한순간에 무너지기도 한다. 최악의 경우 "나는 이렇게 열심히 일했는데 왜 내 노력을 알아주지 않지?" 하며 세상을 원망하기도 한다.

이것은 자신에 대한 마음의 여유가 없기 때문인 것이다. "그래, 실패할 수도 있어. 다른 것으로 이번 결과를 만회할 수도 있는 거야"라는 말로 자신을 위로할 수 있는 마음의 여유와 배려가 부족한 것이다.

가끔은 자신에게도 선물을 주자. 남에 대한 배려도 중요하지만 자기 자신에 대한 배려도 중요하다. 힘들 때 마다 스스로를 위로하고 내면에서 들려오는 소리에 귀 기울여야 한다. 자신을 컨트롤 하는 것도 중요하다. 자기연민에 빠지는 사람들은 자기 컨트롤이 안되는 사람들이다. 자기연민에 잘못 빠지면 나만 상처받고 나만 외롭다고 생각하며 스스로를 가두게 된다. 누구나 한 번쯤은 실패와 좌절을 맛보며 그 억울함 때문에 가슴 깊이 뜨거운 울음을 토하고 싶을 때가 있다. 이럴 땐 그냥 울음을 토하자. 울음도 위안이 된다. 한바탕 시원하게 울고 나면 마음에 쌓인 응어리가 풀리고 한결 시원해진다. 한바탕 울어보는 시간도 자신과의 대화라는 사실을 명심하자.

자신과의 대화를 통해서 스스로를 사랑하자.

• 상사의 입장에서 생각하라

상대를 배려하는 마음을 갖는다는 것은 그 만큼 중요하다. 훌륭한 낚시꾼은 자신의 입장에서가 아니라 고기의 입장에서 생각한다는 말이 있다. 유능한 투우사는 투우의 입장에서, 유능한 세일즈맨은 자신이 아니라 고객과 구매자의 입장에서 생각한다는 말도 마찬가지다. 유능한 직원이 되려면 자신의 입장이 아니라 언제나 상사의 입장에서 생각할 줄 알아야 한다. 상사에게 바라는 바를 생각하기 전에, 상사가 바라는 바가 무엇인지를 생각하는 습성을 들이도록 하라.

구기 종목의 운동경기에서 감독들은 "공이 있는 곳이 아니라 공이 향하는 곳으로 가라"고 말한다. 이는 하나의 해결 방안이 된다. 다른 자리에서 상사가 고민하는 내용을 언뜻 들었다면 그의 관심이 '그곳'에 있다는 것을 짐작할 수 있다. 그러면 대처가 어느 정도 가능하지 않을까. 상사가 공을 어디로 보낼 것 같은지 예측하는 능력을 평소에 길러라. 그가 하는 혼잣 말 속에 그 방향성이 숨겨져 있을 수도 있다.

세일즈맨에 대한 가장 훌륭한 조언자는 다름 아닌 고객이다. 그러므로 자신의 장단점에 대해서는 고객이 가장 잘 가르쳐 줄 것이다. 이와 마찬 가지로 자신의 현 위치를 알고 싶다면 먼저 상사에게 솔직한 답변을 구해 야 한다. 두세 달에 한 번씩은 상사로부터 자신에 대한 피드백을 받을 수 있도록 대화의 장을 만드는 것도 필요하다.

"좋은 상사를 만나면 그 자체가 복이고, 그가 하는 것을 따라 배우면 된 다. 만일 나쁜 상사를 만나면, 그가 하는 것을 교훈삼아 나중에 자신은 그 렇게 하지 않도록 노력하면 된다. 좋은 상사든 나쁜 상사든 내게는 모두 선생이다."

아무리 나쁜 상사라도 이처럼 나름의 가치가 있는 법이다. 직장인은 때 로는 좋은 상사를 만나기도 하고, 때로는 힘든 상사를 만나기도 한다. 간 단한 진실은 주어진 환경에서 최선을 다해야 한다는 것이다.

자신의 생각이나 의견에 집착하지 말고 상사와 함께 호흡하는 법을 배 워라. 상사와 같은 편에 서서 화합해라.

물론 상사와 같은 입장에 서려면 그와 이야기할 기회를 자주 만들어야 한다. 상사도 혼자서 할 수 있는 일이 많지 않기 때문에 대화하길 원할 수 있다. 상사라고 조직이 돌아가는 모양을 다 파악할 수는 없다. 그 틈새를 메워 준다면 상사도 무척 고마워할 것이다.

Tip 상사에게 좋은 인상을 심어 주는 방법

1. 프로 정신

- 인내심과 의지력을 갖고 업무에 임한다.

- 근면 성실하게 일함과 더불어 효율적인 업무 처리에도 유의한다.

- 상사에게 자신이 노력하고 있음을 느끼게 한다.

2. 협조 정신

- 적극적으로 상사와 협력해 업무를 진행한다.

- 상사가 지시한 업무가 어려워 다른 사람들이 주저하고 있을 때 대담하게 나서서 용기와 능력을 펼쳐 보인다.

- 대부분의 상사는 일일이 업무를 지시하기 전에 직원들이 스스로 깨우쳐서 능동적으로 해주기를 원한다.

3. 독립적인 업무 처리 능력

- 자신만의 견해를 갖는다.

- 중대한 업무는 혼자서라도 끝까지 해낸다.

4. 상사에 대한 존중

- 상사의 착오나 실수를 면전에서 곧바로 지적하지 않는다.

- 외부에서 상사에 대한 불평이나 험담을 늘어놓지 않는다.

- 상사는 부하가 자신을 무시하는 것을 싫어함을 명심한다.

상사도 칭찬이 필요한 존재다

칭찬이란 '장점을 찾아 말해 주는것' 이라고 요약할 수 있다. 상사가 성과를 거두었을 때는 칭찬에 인색하지 마라. 사장 앞에서 개발 업무 계획에 대한 보고를 훌륭히 마쳤을 때, 까다로운 고객의 품질문제를 깔끔히 해결했을 때는 칭찬을 아끼지 마라. 그런 계기가 없다면 하다못해 그날의 복상 스타일에 대해 칭찬하라. 윗사람에 대한 칭찬을 아첨이라고 좁게 생각하지 말고, 적절하게 피드백을 주어 그가 더 발전할 여지를 제공한다고 생각해라. 상사도 피드백이 필요하고 동기를 부여받아야 한다. 우리는 누구나 칭찬으로 인해 하고자 하는 의욕이 생긴다. 상사도 예외는 아니다. 상사에 대한 칭찬을 아끼지 마라. 사람은 타인으로 부터 자신의 존재를 인정 받을 때 성공적인 인간관계를 형성 했다고 받아들인다.

누군가 부족하더라도 그를 믿어주고 칭찬해 주면 실제로 그렇게 된다고 한다. 그것이 바로 피그말리온 효과이다. 상대방을 인정해주고 중요한 존재로 느끼게 만드는 힘, 이것이 바로 칭찬이다.

회사라는 조직에서 벌어지는 일은 당신 혼자만의 성과가 아니다.

예를 들어보자. 프로젝트 매니저로 업무를 진행하던 박 과장은 처음부터 철저한 계획과 리더십을 발휘해 중요한 프로젝트를 성공적으로 마쳤다.

회사에 순이익을 많이 내게 해준 만큼 CEO가 직접 박 과장을 불러 수고를 치하했다.

"이번 프로젝트는 초창기에 성공할까 반신반의 했는데, 아주 결과가 좋았네. 경쟁사의 저가공세도 만만치 않았다고 들었는데 자네가 고객사의 요청사항을 효율적으로 대응하고, 납품기일도 잘 맞춘 덕분이네."

"이번 프로젝트에서 가장 어려웠던 것은 중국의 국경절에 맞추기 위한 고객의 무리한 일정단축 요구였지만, 생산과 품질 등 관련부서가 한 몸처럼 움직였기에 고객의 요청일자에 대응이 가능했습니다, 이런 분들의 지원이 없었다면 본 프로젝트의 성공이 어려웠을 겁니다,"

당신이 임원이라면 이런 대답을 한 사람을 다시 쳐다보지 않을까? 자신의 공을 타인에게 돌리는 겸손함이 느껴지는 쪽에 점수를 주고 싶지 않은가? 이처럼 회사의 업무성과나 결과를 두고 누구의 역할과 공이 많았는지를 따져야 하는 일이 많이 일어난다. 이럴 때 상사가 그 일에 단 몇 %라도 도움을 주었다면, 그것을 말로 표현하라.

"수석님의 도움이 없었다면 만족한 결과도 없었을 겁니다, 감사합니다,"

이런 말을 들은 상사는 그때의 그 일을 결코 잊지 못한다. 자신이 공을 세우고도 그 공을 상사에게도 공유해주는 사람은 오래도록 곁에 두고 싶은 법이다. 그러나 실제로 자신의 공만으로 간직하려는 사람들이 훨씬 더 많은 것이 현실이다.

기왕 같은 배를 탄 상사이고, 또 다른 프로젝트를 같이 해 나가야 하는 상사라면 갈등을 일으키고 미워해서는 득이 되지 않는다. 반대로 상사의 마음을 얻어서 나의 성과를 높이는 것이 더욱 현명한 처사이다.

새로운 상사를 맞으면 대부분의 사람들은, 자신들이 해오던 방식에 새로 부임한 상사가 적응하길 바라지만, 오히려 기존 직원들이 그의 방식에 적응하고 맞춰야 한다. 새로 부임한 상사에게 당신은 처음부터 자신을 증명해야 한다. 원점에서 시작하는 것이다. 대체로 이전 상사가 선호하던 업무 방식을 새로운 상사는 바꾸려고 한다. 새로 부임한 상사는 대개 의욕이 넘쳐 기존의 방식을 바꾸고, 모든 것을 가능한 한 빨리 쇄신하려고 한다. 이런 상황에서 당신은 그를 지원하고 돕는데 힘써라. 그가 쉽고 빠르게 업무를 파악하고 업무를 진행할 수 있도록 돕고, 그가 시도하는 변화에 협조한다면 당신은 그의 오른팔이 되거나 동지가 되는 것이다. 기존에 하던 방식을 새로운 방식에 맞춰 바꾸는 것은 결코 쉽지 않지만, 가능한 한 빠르고 원활하게 상사에게 맞추어 일하는 것이 직원들의 의무다.

새로 부임한 상사에게 정보나 도움을 줄 때는 조언보다도 있는 그대로의 상황을 설명하는 것이다. 어떤 조언도 의견도 삼가고 원하는 것을 협조하라. 만약 상사가 당신의 의견을 구한다면 개인적 의견을 배제하고 사실만을 말해서 그 스스로가 결론을 내리도록 하라. 새로운 상사의 신임을 받는 것은 좋은 일이지만 그는 당신의 친구가 아니고 인사권자라는 사실을 명심해야 한다. 관리자는 새로운 팀을 맡을 때 편안하게 업무를 시작할 수 있도록 협조한 직원을 기억한다.

이러한 기회를 놓치지 말고 지속적으로 유대관계를 유지하는데 힘써라.

선배, 상사와의 술자리를 피하지 않는다

술자리에서의 친목도모는 사회생활에서 매우 중요하다. 사무실에서 벗어나 선배나 상사와 함께 시간을 보낼 수 있는 귀중한 기회이기 때문이다.

선배나 상사는 자신의 업무 역량을 높여 주는 가장 좋은 멘토인 만큼 그들에게 적극적으로 조언을 구해야 한다. 그들로부터 조언과 정보를 이끌어 낼수록 자신의 성장 속도가 더욱 빨라지게 되기 때문이다.

윗사람의 입장에선 자신이 좋아하는 후배나 부하 직원에게 프로젝트를 진행할 때 주의해야 할 부분을 그때마다 피드백해 주려고 한다. 때로는 자신의 경험을 바탕으로 후배에게 가치 있는 조언을 해주기 위해 기꺼이 시간과 노력을 아끼지 않을 것이다.

그러면 선배나 상사에게 피드백을 받는 관계를 구축하려면 어떻게 해야 할까? 가장 좋은 방법은 자신이 먼저 선배나 상사를 따르는 것이다. 반대의 경우 후배나 부하직원이 어려움에 대한 상담을 요청한다면 자신을 믿고 따르는 후배에게는 저절로 마음이 열릴 것이다.

사회에 첫 발을 내딛고 정신 없이 일을 배우던 시절. 외부 미팅을 끝내고 오는 길에 저녁식사를 하는 자리에서 성과가 좋았기에 상사에게 칭찬의 말을 들었다.

"이번 프로젝트에서 나름대로 자네가 자신의 역할을 잘 해준 덕에 잘된 것 같아."

평소 사무실에서는 엄한 모습으로 일관하던 상사였기에 그의 칭찬의 한마디는 내게 자신감을 불어넣어 주었다.

그런 자신감으로 일에 대한 즐거운 마음이 생겼다. 사회 초년생으로서 실수투성이로 자신감이 위축되어 있던 시기의 상사의 한마디는 사회인으로서의 자리를 잡는데 토대가 되었다고 생각한다.

사실 지금 돌이켜 보아도 칭찬을 받을 만큼 일을 잘했다는 생각은 들지 않지만, 자신감이 없는 모습으로 일하고 있는 내 모습을 지켜본 상사가 용기를 북돋우어 주기 위해 한 말이었다고 생각한다.

컴퓨터를 보고 있거나, 자료를 만들고 있거나, 전화를 하는 경우가 대부분인 사무실에서 커뮤니케이션이 이루어지는 시간은 의외로 적다. 한정된 시간이기에 필요한 대화만 간단하게 나누는 것이다. 이러한 공간에서는 함께 지내면서도 커뮤니케이션이 충분히 이루어지지 못한다. 그렇기 때문에 사무실이 아닌 다른 공간에서의 대화는 소중할 수밖에 없다.

가끔은 사무실을 벗어나 서로에게 귀중한 시간의 일부를 공유해 보자. 회사에서 어렵다면 술자리에서 만큼은 조금 더 편안하게 긴장감을 풀고 말할 수 있다. 그만큼 서로의 신뢰가 강화되는 계기가 될 것이다.

회사생활을 하며 이런 술자리에서의 대화는 선배나 동료 상사와 교류할 수 있는 매우 소중한 기회다. 이런 자리에서 들은 귀중한 조언은 당시나 지금이나 내게는 소중한 자산이다.

산을 오른다. 짐승처럼, 망설임도 없이.
땀범벅이 되어 오직 정상을 목표로 오를 뿐이다.
오르는 동안 눈부시게 아름다운 풍경이 펼쳐질 테지만
오로지 높은 곳을 향하는 것 외에는 알지 못한다.
사람은 그같이 우매한 짓을 때때로 저지른다.
마음의 여유를 잃고 이해타산적인 행동만을 중시한
나머지 오로지 그 관점에서 인간적인 것조차
모두 쓸모없는 짓이라 간주한다.
그리고 결국에는 자신의 인생 자체를 잃게 되는 일이
빈번히 자행되고 있다.

– 프리드리히 니체

기업에 입사했다고 좋아하던 때가 엊그제 같은데 나도 벌써 고참이 되었다. 그렇지만 나는 아직도 나를 따르는 많은 후배들과의 소통에 아무 지장이 없을 만큼 합리적인 사람일까, 언제부터인가 긍정적인 자세로 의욕을 보이는 후배에게 더 많은 호감과 믿음이 생기기 시작했다. 능력이 비슷하다면 당연히 생각이 긍정적인 사람과 함께 일하는 것이 즐겁다. 그렇다고 내가 아부하는 사람을 좋아한다는 것은 당연히 아니다.

예를 들어, 당신의 의견에 사사건건 "No"라고 하는 후배가 있다면, 당신의 기분은 어떤가? 공사를 확실히 구분하는 사람도 자신의 의견을 매번 거절하는 사람을 좋아할 수는 없는 법이다. 자신을 따르는 사람에게 관심이 가는 것은 인간의 본능이다. 더구나 회사라면 두말 할 필요가 없을 것이다.

인기 영어강사 유수연 씨는 자신의 저서에서 말한다.

"전 사연 많은 사람들이 싫어요, 남에게 변명을 해서 나쁜 것이 아니

라 그들 자신을 스스로 나약하게 만들고 있기 때문입니다. '차가 막혀서', '어제 술을 많이 먹어서', '친구 생일이라서' …

하지만 저는 믿지 않아요. 그리고 세상은 변명하는 사람을 무시하죠. 변명을 믿어서가 아니라, 그 말을 하는 사람이 어차피 도태될 거니까 무시하는 겁니다."

유수연 씨뿐만이 아니다. 회사는 부정적인 언어를 '변명'으로 보고 무시해 버린다. 말보다는 그 사람을 무시해 버리는 것이다.

부정적인 말을 하지 않는 게 능사는 아니다. 회사의 중요한 목표에 대해서도 '되는 이유 하나'를 말하려고 노력해야 한다. 안 되는 이유는 굳이 당신이 나서지 않아도 모두들 알고 있다. 해결책, 즉 가능하도록 하는 개선책을 상사는 기대하는 것이다.

그렇다면 상사들은 부하들의 '할 수 있다'는 말을 왜 좋아할까? 당신이 그들의 입장이 되어보면 이해하게 될 것이다. 모든 회사들이 그렇겠지만, 삼성의 경우 신경영 선언 당시의 이건희 회장의 어록이 유명하다.

"마누라와 자식 빼곤 전부 바꿔라", "회사가 수익이 많이 났을 경우에도 방심하지 말아라." '회사가 상황이 좋을 때나 그렇지 않을 때나 위기가 곧 기회이다'등. 경영자의 입장에서는 한시도 위기 아닌 적이 없다. 언제부터인가 모든 경제 상황이 비상체제에 놓여 있고 까딱 잘못하다간 하루아침에 파멸로 곤두박질하는 세상이 되었다. 날마다 위기상황이고 비상사태이다. 그러니 회사에 평화로운 시기가 매년 며칠이나 있겠는가 생각해

보라. 당신은 지시를 따르면 될 뿐이지만, 당신의 상사는 당신 같은 사람을 수십, 수백 명을 앞으로 이끌고 가는 사람이다. 안 되는 것도 되게 하는 것이 당신이 할일이다. 이런 상황을 조금이라도 인식하고 있다면 회사와 당면한 문제에 대해 한번이라도 생각하고, 어떠한 해결책이 있을지 고민하려고 한다면, 당신은 앞으로 전도가 유망할 것이다. 회사가 어려울수록 개발 모델이 많아지고, 문제가 많을수록 회의의 횟수는 많아지는 법이다. 시장 상황이 안 좋을수록 경쟁률은 치열해지는 법이고, 제품의 수익률은 격감하기에 그만큼 제품개발자는 원가를 절감하기 위한 VE(Value engineering) 활동을 치열하게 전개하는 것이다. 일은 점점 어려워지고, 해결책을 찾는 길은 그만큼 힘든 것이다. 보통 상사가 직원에게 어려운 일을 주문할 때면 내심 긍정적인 답을 원하는 경우가 많을 것이다. 설사 어려운 것을 상사가 모르지는 않겠지만, 회사가 원하는 당신의 자질은 긍정적인 자세이다. 해보기도 전에 어렵다고 하는 것과, 어렵겠지만 성공시키겠다고 하는 답은 천지 차이인 것이다. 기왕 몸담고 있는 회사라면 부정보다는 긍정의 희망을 회사에게 안겨주길 바란다. 그리고 이왕 줄거라면 아낌없이 흠뻑 줘라. 어떤 일을 지시할 때 '잘 할 수 있다. 꼭 해내겠다.'라고 자신 있게 받아들이고 선언하라. 의욕이 넘치는 당신의 노력이 돋보인다면 설사 결과가 좋지 않더라도 당신은 성공한 것이다.

자존심이 상하더라도 회사와 맞춰 가는데 필요한 과정이라고 여기면 좋을 것이다. 차라리 근거 없는 자신감이 나을 때가 있는 법이다. 평생 함

게 살아갈 배우자 앞에서 솔직하고 당당하게 "볼수록 별로다."라고 말함
으로써 얻어질 것이 무엇인가. 차라리 당신이 제일 예쁘다고 말하는 것이
인생을 편하게 사는 방법이다. 부디 하찮은 말 하나, 습관적인 말투나 행
동으로 회사를 화나게 하지 않길 바란다.

부디 긍정적인 답변과 말투로 회사에 꼭 필요한 사람으로 인정받을 수
있는 사람으로 커가는 것이 회사를 위해서도 당신을 위해서도 바람직한
일이다.

자신의 잘못을 변명하지 마라

직장 내에서 같은 부서든 다른 부서든 사람과의 마찰을 빚을 때가 있
다. 이런 격앙된 분위기를 해소하는 가장 좋은 방법은, 최대한 간단하게
상황을 설명하고 냉정을 유지하는 것이다. 흥분하지 말고 상대의 말을 경
청해야 한다. 이렇게 하면 빨리 불편한 상황을 빠져 나올 수 있을 뿐만 아
니라, 당신의 이미지의 향상도 꾀할 수 있다. 이런 상황을 쉽고 효율적으
로 대처하는 직원을 바라보는 상사의 눈에는 긍정의 신호가 보일 것이다.

언젠가 개발팀 회의 중에 다혈질이고 감정의 기복이 심한 관련부서의
직원과 맞닥뜨리게 되었다. 그는 씩씩대며 당장이라도 싸울 듯이 다가와
목소리를 높였고, 감정이 격앙된 상태에서 같은 말을 반복하고 있었다.
나는 그의 말을 멈추게 한 뒤, 내가 이해한 것이 화나게 된 논점과 맞는지
확인시켰고, 상대가 정확히 논점을 이해하자 더 이상 공격의 필요성을 상

실하여 상황은 마무리 되었다.

"당신이 생각한 것과 내가 알고 있는 것이 내용이 다른데, 나도 재확인해 볼테니까 다음에 다시 얘기하죠. 혹시 다른 문제가 있으면 말해 주세요."

내가 차분히 논점을 갖고 대응하자 그는 사과하며 사무실을 떠났다. 예전 같으면 한바탕 말싸움을 하고 격앙된 감정으로 하루 종일 일이 손에 안 잡혔을 텐데 그날은 바로 종료되었다. 그 후로는 그와 문제가 있을 때 재삼 확인하며, 공격적인 어투가 줄어들었음은 당연한 일이다.

상대와 함께 감정적으로 같이 대응하면 내용이 변질되며 사태가 커진다. 한 발 물러서서 먼저 감정을 추스린 사람이 그 상황의 주도권을 쥐게 된다. 상대가 당신보다 윗사람이라도 침착한 사람이 상황을 리드 하게 된다.

자신의 행동을 변명하지 말고 문제의 정황에만 집중한다면, 문제에 감정이 아닌 이성적으로 대처하고 사려 깊은 대안을 조치하는데 도움을 준다. 중요한 것은 문제를 빨리 처리하는 게 아니라 효율적으로 처리해서 재발을 막는 것이다. 사내에서 의견 충돌은 흔히 있을 수 있는 일이기 때문에 슬기롭게 대처하는 능력이 직장생활을 성공적이고 효율적으로 할 수 있는 필수 조건인 것이다.

상황 대처의 예

상대가 자신의 입장만 되풀이하고 당신은 말 한마디 못하게 하는 경우에는, 일단 대화를 멈추게 하고 이성을 찾게 해야 한다. 상대가 격앙된 상태이므로 백 마디가 필요 없다. 서로의 논점을 재확인 하고 차분히 생각할 여유를 갖는다. 이런 방법은 상대에게 여유를 줌으로써 만족한 결론에 도달할 수 있다.

상대가 당신에게 큰 소리만 질러대고 고함을 치는 경우에는, 상대적으로 낮은 목소리로 이성적으로 얘기하는 것이다. 상대가 목소리를 높일수록 부드럽게 응대한다면, 어느덧 상대방은 자신의 목소리가 지나치게 높다는 것을 깨닫고 은연중 목소리를 낮출 것이다. 이 순간 당신이 상황을 주도하고 있음을 느낄 것이다.

그러나 무엇보다도 가장 강력한 무기는 사과하는 것이다. 상대가 머리 끝까지 화가 난 상태에서 당신에게 원하는 것은 진심어린 사과 한마디이다.

"당신 말이 맞습니다, 내가 생각이 짧았던 것 같습니다, 미안 합니다."

이 말을 들은 상대의 격앙된 감정은 순간 사라지고, 솔직히 자신의 잘못을 시인하는 당신에게 일을 떠나 거꾸로 호감을 느낄 수도 있다.

업무보다 중요한 게 인간관계이다

직장생활을 한다는 것은 사람과 사람 사이의 관계를 맺어가는 것으로 원만한 인간관계는 직장에서 성공의 중요한 요소가 된다.

톨스토이는 단편소설 「세 가지 의문」에서 이렇게 말했다.

"이 세상에서 가장 중요한 때는 현재이고, 이 세상에서 가장 중요한 사람은 현재 만나는 사람이며, 이 세상에서 가장 중요한 일은 현재 자신이 하고 있는 일이다."

현재의 중요성을 강조한 말이지만, 지금 내가 만나는 사람이 얼마나 중요한지를 시사하는 말이기도 하다. 결국 우리는 만나는 사람을 통해 자신의 성장 기회를 갖게 된다고 할 수 있다.

직장생활에서 업무보다 힘든 것은 동료와의 관계에서 생기는 갈등이다. 갈등을 해소하기 위해 대부분의 시간과 에너지를 쏟지만 쉽지 않다. 회사를 이직하는 것을 고려해 본다 하더라도, 새로운 조직에서도 또한 마찬가지의 현상이 발생한다. 인간관계에서 생기는 갈등은 언제 어느 곳에나 존재한다. 퇴사를 하고 싶은 이유 중 하나도 조직 내의 마찰에 있고,

회사를 떠나지 못하는 이유 중 하나도 동료 간의 정 때문이라는 통계가 있는 걸 보면 직장생활을 안정되게 하기 위해 인간관계가 얼마나 중요한지 짐작할 수 있다.

많은 사람이 업무를 마치고 상사나 선배와 술을 마시는 기회를 통해 때로는 토론을 하면서 서로를 알아간다. 인간관계를 구축하려고 노력하지 않으면, 신뢰를 쌓지 못하는 것은 물론 일에서도 성과를 올리기가 어려워진다. 그렇다면 이러한 갈등의 원인은 무엇일까? 직장에서 대인관계란 스스로 꾹 눌러 참기 아니면 맞상대로 대들기라고 말한다. 거의 대부분의 사람들이 자기 자신에게 충실해서 다른 사람의 마음 따위는 헤아리지 못한다. 이른바 소통의 기본인 배려가 부족한 것이다. 타인의 마음을 헤아리지 못함에 따라, 나와 소중하게 관계를 이어가던 사람조차도 자신에게 방해가 되면 대놓고 외면하거나 반감을 품게 된다. 그런 상대방이 야속하기도 하지만, 어쩔 수 없다. 나라고 그러지 말라는 법은 없으니까. 이런 사실을 이해할 수만 있다면 상대방을 미워하는 일도 없을 것이고 설령 아픔이 있다 해도 금방 극복될 것이다.

현명한 사람들은 적을 만들지 않는다. 그러나 그렇지 못한 사람들은 남들에게 세속적인 잣대를 들이댈 뿐 아니라, 정작 자신에게 문제가 있어도 남탓만 한다. 어느 한 사람이 나에 대한 감정이 나빠져서 나를 힘들게 하더라도 당신은 맞대응을 하지 말고 그의 긍정적인 면을 떠올려라. 그러면 그들이 느끼는 감정과 현재의 처지를 이해하게 되고 돕고 싶은 마음의 여유도 되찾게 될 것이다.

남이 나를 따르게 하려면 힘보다 덕으로써 하는 게 효과적이다. 그렇다면 덕으로 따르게 하는 방법은 무엇일까? 먼저 겸허한 마음으로 상대를 배려하고 상대방을 위해 손해도 감수할 수 있어야 한다. 자신보다 먼저 남을 생각하고 아낀다면 따르지 않을 사람이 없다. 잘 되면 내 덕분이고 안 되면 남의 탓이라는 말처럼, 순간을 모면하기 위해 책임을 전가한다면 패착이다. 회사의 업무는 팀워크를 중시하는 공동의 업무이기 때문에 아무리 능력이 뛰어난 사람이라도 동료와 호흡을 맞추지 못한다면 자신의 능력을 최대한 발휘하기가 어렵다. 최악의 파트너, 최악의 동료는 어디를 가든 존재한다. 입장을 바꾸어 생각하면 나도 최악의 파트너가 될 수 있다. 팀워크를 이루어 같이 목표를 향해서 가야 할 동료들끼리 갈등이 깊어지면 일은 더 힘들어지고 목표도 달성하기 힘들어진다.

궁극적으로 업무 능력보다는 원만한 인간관계를 유지하는 사람이 조직에 도움이 된다. 어느 팀장의 말이다.

"조직 내에서 필요한 사람을 고르라면, 나는 업무 능력이 뛰어난 사람보다 원만한 인간관계로 동료들과 유대관계가 좋은 사람을 선택하겠네! 당장의 성과보다도 불협화음을 내지 않고 조직에 활력을 주는 사람이 있다면 그 조직이 결국에는 뛰어난 성과를 내는 것이기에…,"

"잘 되면 내 덕분이고 안 되면 남의 탓"이 아니라 반대로 "안 되면 내 탓이고 잘 되면 당신 덕분"으로 돌리는 그 순간 당신은 조직 내에서 인기가 급상승한 매우 소중한 사람이 되어 있을 것이다.

인간은 서로 알기 전에는 각기 다른 섬과 섬에 불과하다. 그 섬에 다리를 놓는 것이 바로 인사이다.

영업팀에 있었던 직원의 경험담이다. 거래처를 수차례 드나들었어도 거래를 트지 못했었는데 어느 날 그 거래처 방문 후 엘리베이터에 발을 내딛고 문이 닫히는 순간, 황급히 달려오는 사람을 보고 열림 버튼을 누르고 잠시 기다렸다가 인사말을 건넸다. 나중에 알고 보니 그 회사의 부사장이었다. 일 년 동안 드나들고도 거래를 성사시키지 못했던 그 회사와 단숨에 거래를 틀 수 있었던 것은 화려한 미사여구도, 여러 차례의 접대도 아닌 단, 두 번의 인사였다. 이런 기본적인 인사를 아부라고 여기거나 느끼하다고 생각한다면 성공은커녕 사회생활을 하기도 어려울 것이다. 인사는 품격 있는 사람으로 만들어 주는 첩경이다.

인사와 함께 중요하게 생각되는 것은 습관이다. 상대방의 이야기를 진지하게 들어주는 습관, 상대의 입장을 배려하는 습관, 어려움에 처한 사람을 도와주는 습관 등이 모여서 그 사람의 인품을 만든다.

성공을 꿈꾼다면 당장 나쁜 습관은 버려야 한다. 습관을 좋게 만들기 위해서는 제3의 눈으로 자신을 관찰하는 것이다. 좋은 습관이 몸에 밸 때까지 자신의 모습을 지켜보는 것이다. 누군가 자신을 지켜보고 있다고 의식하고 나쁜 습관이 나오면 즉시 수정하면 된다. 한동안은 어색하더라도, 수개월이 지나고 나면 한층 더 멋있고 성숙하게 변해 있는 스스로를 발견하게 된다.

인간관계는 이름을 기억하는 것에서부터 시작된다

상대방의 이름을 기억하고 불러주는 행위 자체가 인간관계를 맺어가는 시작이다. 사실 오랫만에 만난 지인이나 방금 만난 상대가 자신의 이름을 친숙하게 불러준다면 우리는 편안한 마음으로 상대를 대한다. 더 나아가 상대방에 대한 호감을 느끼기도 한다.

상대방이 자신의 이름을 기억해 주었다면 자연스럽게 자신도 상대방의 이름을 기억해라.

성공한 비즈니스맨은 타인의 이름을 아주 잘 기억한다. 누군가 내 이름을 기억하고 불러준다는 사실만으로 자신이 상대에게 중요한 사람이라고 느껴지고 그만큼 상대에게 호의를 느낀다는 것을 잘 알기 때문이다. 이렇게 호의적인 인간관계를 시작으로 많은 성과와 업적을 만들어 간다.

이런 과정을 거칠수록 그 사람의 인맥은 빠르게 확장된다. 물론 이러한 효과를 기대하고 타인에게 관심을 갖는다는 사실이 조금 꺼림칙하게 느껴질 수도 있지만, 결과적으로 서로의 거리를 좁히고 좋은 인간관계를 형성할 수 있다면 모두 승자라 할 수 있다.

상대의 이름을 기억하는 것이 가져다주는 또 다른 유익이 있다. 그것은 이름을 순간적으로 기억하는 사람은 기억력이 좋거나 지적 능력이 뛰어나다는 인상을 준다는 것이다. 이 또한 신뢰감을 높이는 역할을 한다.

인간의 뇌에 무엇을 우선적으로 넣느냐에 따라 기억의 정도가 다르다고 한다. 모든 것을 다 기억할 수 없다면 무엇보다 사람의 이름을 맨 위로 놔야 한다.

Tip 상대방의 이름을 잘 기억하는 세 가지 요령

1.직접 소리 내어 불러 본다.
2.이름을 부르면서 질문한다.
3.헤어질 때도 이름을 말한다.

이름을 기억하는 일에서부터 인간 관계에 큰 도움이 될 인맥 만들기가 시작된다는 점을 절대 잊지 말자.

견사원 시절의 어느 날 나는 폭발할 수밖에 없었다. 실컷 이틀 전에 보고서를 완료하여 팀장에게 올렸더니 전날 오후가 되어서야 다른 대안을 하나 더 보충하라는 것 아닌가? "왜 시간을 촉박하게 이러시냐"고 얼굴을 붉히며 상사에게 항의했지만, 상대는 딴청이나 부리고, 문제는 해결되지 않고 사무실 분위기는 급랭으로 돌아섰다.

마침 중요한 약속이 있었기에 일찍 나가봐야 하는 상황이라 더욱 그 상사가 야속하기만 했다.

시간이 흐르고 조금 진정되고 나니 '내가 왜 그랬지' 하는 후회와 '괜한 짓을 한 건 아닌가?' 하는 두려움이 급물살처럼 밀려들었다.

그렇게 분노가 치솟아 오를 때면 몸에 기운이 쏙 빠지고 머리가 어질어질하거나 손발이 부들부들 떨리지만 상황이 종료되고 며칠이 지나 자신과 주변인 모두 그 일을 잊고 있던 참이면 다시 비슷한 상황이 반복된다.

이쯤 되면 상황의 옳고 그름은 중요하지 않게 된다. 아무리 부당한 상황에서 옳은 말을 했다 하더라도 주변의 질시만 남는 것이다. 본인도 힘들고 주변사람도 피곤하게 만드는 악순환이다. 아무리 뛰어난 능력자라도 이런 성격은 자신의 점수만 깎아먹는 결과를 낳는다. 미국 대통령을 지낸 토머스 제퍼슨의 서재에는 "화가 나면 열까지 세고, 상대를 죽이고 싶으면 백까지 세라"는 글이 붙어 있다. 한 박자 쉬면서 감정을 조절하라는 얘기다.

다음날 이불을 박차고 일어난 나는 문득 분노조절을 어떻게 해야 할까 하는 생각에 머리도 식힐 겸, 요즘 사회의 트렌드도 알아볼 겸 해서 '분노'에 관련된 책을 찾아보고자 서점으로 나섰다. 나는 지금도 휴일에 특별한 일이 없으면 서점에서 하루를 보낸다. 이른바 북쇼핑이다.

날이 풀려서 다들 강으로 산으로 놀러가 한산할 줄 알았는데 서점은 사람들로 북적댔다. 연인들로 보이는 사람들이 다정하게 책을 고르는 모습이 보기에 좋았다.

진열대를 둘러보니 「분노도 습관이다」라는 책의 제목이 눈에 들어온다. 또 고 박완서 작가의 「나는 왜 작은 것에만 분노하는가?」라는 책은 솔깃한 제목의 스테디셀러였다.

이런 책들이 주목을 받는 이유는 누구나 마음속에 크고 작은 분노의 불꽃을 안고 이 세상을 살아가고 있기 때문이 아닐까. 그러다 어느 순간 자신에게 또는 불특정 다수에게 행해지는 '부당함'에 그 불꽃이 피워 올라 순식간에 분노를 자제하지 못하고 폭발하게 되는 것이 아닐까 생각해 본다.

분노는 대상에게 표출되는 것이다. 대상이 없으면 분노가 아니고 짜증이다. 직장 내의 분노의 대상은 대부분 동료나 상사를 향하고 있다.

서점을 나오면서 어제의 생각을 다시 떠올리니 마음이 편치 못하다. 잠시 하늘에 떠가는 뭉게구름을 한참 바라보자니 맘이 차분해지는 것 같았다.

카페라떼 한 잔을 뽑아들고 거리를 나섰다. 분노는 충동적이므로 머리로 생각하고 스스로 이해할 시간이 필요 없는 감정이다. 이때 커피나 초콜릿 같은 단맛은 기분을 좋아지게 하는 효과가 있다. 또, 휴대폰도 효과가 있다고 한다. 친한 친구와 통화하면서 실컷 욕하고 하소연하면 분노했던 감정이 풀린다고 한다.

쿠바의 지도자 피델 카스트로는 피곤할 때 수면 대신 대화와 토론을 즐기는데, 3~4시간쯤 토론을 하는게 예사라 한다. 등산도 정상에 올라 소리쳐 풀어보는 것도 방법이다.

잠시 화가 치미는 순간을 떠올려 본다

보통 화가 치밀어 오를 때는 내가 해놓은 일이 나쁜 평가를 받아 앞으로 더 많은 일을 해야 할 때, 바꿔 말하면 칭찬받지 못했을 때, 시간이 부족할 때, 귀찮은 일에 연루되었을 때 등이다.

조직생활에서 스트레스는 누구에게나 있다. 그러나 입 밖으로 드러내고 안 드러내고, 행동으로 표현하고 안 하고는 개인차다. 정말 힘든 일 싫은 일이 있다. 이럴 때는 끝까지 붙잡고 있어 봐야 해결이 나지 않는다.

꼭 내가 결정해서 잘 이끌어야 한다거나 뭐는 어떻게 해야만 한다는 생각은 자신에게나 남에게나 스트레스다. 괴팍한 상사, 말도 안 되는 요구를 하는 모든 대상에게 반발하지 말고, 그들을 가르치려 하지 말고, 더 나은 결과에 집착하지 말고, 억울해 하지 말고 그냥 시키는 대로 해보자. 마음을 비우는 순간 안정이 찾아온다. 좀 더 발전하면 쾌감도 느끼지 않을까?

사람은 누구나 감정을 갖고 있다. 하지만 감정을 감정으로 푸는 감정적인 사람과 감정을 컨트롤하는 이성적인 사람은 다르다. 지위가 낮고 나이가 어릴수록 상처받기 쉬우며, 감정을 조절하지 못하는 경우가 많다. 감정적인 사람은 대체로 이런 상황을 이성적으로 판단하지 못하고 감정적으로 받아들인다.

친하지 않은 선배가 업무 과실을 지적하면 그대로 받아들이지 않고 친하지 않아서 그럴 것이라고 생각한다. 냉철한 머리와 따뜻한 가슴은 어디서나 필요한 덕목이다. 감정과 이성은 주체가 다르다. 감정은 즉흥적이고 주관적인 반면, 이성은 상대방과 나를 객관적이고 합리적으로 보는 시각이다. 감정을 숨길 필요는 없지만 감정의 강도를 조절하는 노력을 해야 한다. 솔직해지는 것도 한 방법이다. "제가 뭘 잘못했습니까?" 보다 "아까 말씀하신 건 오해가 있는 것 같습니다. 그 점에 대해 말씀드리고 싶어요." 라고 말한다. 무리한 요구를 들었을 때도 "바쁩니다." 보다는 "지금 급히 끝내야 하는 업무가 있으니 급한 일이 아니면 끝나고 난 후에 해드려도 되겠습니까?" 등으로 풀어내는 것이다. 생각을 약간만 바꾸면, 자신의 감정을 표현하면서 상대방이 거부감이나 버릇이 없다는 생각은 하지 않을 것이다.

직장은 각기 개성이 다른 사람이 모여 유기적인 관계를 맺으며 살아야 하는 곳이다. 개성과 사고방식이 다른 사람들이 직장이라는 단체에서 하나의 목표를 갖고 공동생활을 하다보면 상대편은 내가 인지하지 못하는 나의 어떤 행동에 기분이 상할 수도 있다. 나 역시 상대편이 별 생각 없이 한 행동에 큰 오해를 할 수도 있다.

어떤 조직에서 일하든지 적어도 20퍼센트 정도는 도저히 이해할 수 없는 사람이 있을 수도 있다. 일명 '파레토 법칙'이라고 하는 80대 20의 법칙은 지금부터 1백 년 전 이탈리아 경제학자 빌프레도 파레토가 영국의 부와 소득에 관한 연구를 하던 중에 발견한 이론이다.

직장은 밖에서는 잘 보이고 안에서는 잘 보이지 않는 포커스룸 같은 곳이다. 어떤 조직에 가서 일하든 마음에 들지 않는 동료가 있다는 것은 확실하다. 따라서 마음에 들지 않는 20퍼센트의 동료 때문에 공연히 감정을 앞세우면 오히려 당신이 상사에게 나쁜 이미지로 남을 수 있다.

직장에서 주류가 되는 사람들은 이런 현실을 잘 알기에 상대방 때문에 기분이 상해도 감정을 내세워 말싸움을 하지 않는다. 싸우지 않고 앙금을 풀고, 비위 상하게 한 사람과 싸우는 대신, 떡 하나 더 주는 방법을 선택하는 것이다. 내키지 않은 일이라도 반복하면 싫은 사람에게 좋은 말을 하는 습관이 생긴다. 그런 습관이 바로 직장생활을 재미있게 즐기는 방법이다.

말에도 순서가 있다. 이야기의 길고 짧음에 상관없이 하나의 이야기 속에는 순서가 있게 마련이다. 성공하는 사람들의 화술에는 다음과 같은 공통점이 있었다.

첫째로 적당한 시기와 분위기를 선택한다.

같은 말이라도 분위기와 장소에 따라서 듣는 이의 마음이 달라진다. 상대방의 기분과 장소를 고려한다.

둘째, 적당한 유머를 사용한다. 유머는 마음을 느슨하게 한다. 잔뜩 긴장하고 있는 상태를 유머로 풀어주고 편안한 상태에서 대화를 시작한다.

셋째, 칭찬을 한다. 본론에 들어가기 전에 먼저 칭찬을 한다. 인상 쓴 사람보다 웃고 있는 사람을 설득하기가 쉽다.

넷째, 내 말보다는 상대방의 이야기를 듣는다. 내말은 짧게하고 상대방의 말은 더 많이 듣는다. 또한 긍정적인 맞장구도 쳐서 대화를 유도한다.

다섯번째, 생생한 비유를 한다. 지루하고 식상하지 않도록 상대방이 처한 환경과 관련된 생생한 비유를 한다면 쉽게 납득한다.

여섯째, 불가능해 보이는 일도 상대를 감동시키면 간단히 해결된다. 한 번 감동하면 그 사람을 영원히 잊지 못한다.

일곱째, 인간성으로 승부한다. 미사여구만 앞세우는 것보다는 인간성으로 승부해야 진심으로 느껴진다.

직장에서는 친한 사이일수록 예의를 지키고 작은 신세라도 즉각 고마움을 표현해야 한다. 또 작은 실수에도 즉각 사과해야 한다. 사과는 자신의 잘못을 인정하는 행위이며 실수가 고의가 아님을 말하는 중요한 표현이다. 가까운 사람이 좋은 이유는 신세질 필요가 있으면 신세를 지고 또 상대방의 부탁도 들어주며 상부상조할 수 있다는 데 있다. 그러나 친하더라도 일방적으로 신세를 지거나 미안해 하지 않으면 인간 관계는 멀어진다. 아무리 뛰어난 사람도 실패나 실수를 할 수 있고, 신세질 일이 있다. 그럴 때 친하다고 해서 고마움이나 미안함의 표현을 생략하는 것은 인맥을 훼손하는 행위와 같다.

비판에도 기술이 있다

비판도 잘 하면서 상사도 만족시킬 수 있어야 하고, 무한한 애정을 담은 조언과 예의를 지키는 것이 중요하다.

내가 팀의 간사로 있을 때 직장생활의 애로사항에 대해 상담 중에 이러한 질문을 자주 받았다.

"상사 지시가 내 생각과 다를 때 어떻게 해야 하나요? 내 생각을 얘기하면 부정적이란 핀잔을 듣고, 가만히 있자니 답답하고 비굴해진 느낌마저 듭니다.”

흔히 겪는 직장생활의 어려움 중 하나다.

사실 회사에서 비판은 위험하다. 이 세상 모든 상사는 이른바 ‘지적’을 싫어하고, 누구에게나 약은 입에 쓴 법이다. 물론 비판도 잘하면 상사를 만족시킬 수 있고, 동료들의 지지를 받을 수도 있다. 그러나 이는 ’기본기’를 갖춰야 가능한 일이다. 비난을 위한 비판은 분위기를 헤친다.

사람은 자기가 뻔히 잘못을 저지르고도 그것에 대해 지적받으면 불쾌해진다. 직장동료가 아니라 형제에게서 지적을 받아도 싫은 법이다. 그런데 모든 면에서 유능함에도 불구하고 이렇게 단순한 사실을 깨닫지 못한 듯, 비난에 강하고 칭찬에 인색해 불필요한 미움을 받는 사람이 있다.

우리 사회에는 지적하는 사람도 필요하고 감싸는 사람도 필요하다. 그러나 감싸는 사람은 사랑받고 지적하는 사람은 항상 손해 보기 일쑤다. 감싸는 사람은 주변에 사람이 많아 풍요롭다. 특히 타인의 협조로 업무를 처리해야 하는 직장에서는 혼자만의 능력으로 성과를 올리기가 쉽지 않다.

실력을 갖춘 독설가는 어느 수준까지는 지위가 올라갈 수 있지만 최고의 자리에까지는 올라갈 수 없는 법이다. 직장의 주류가 되는 사람은 독설가가 아니라 지적할 일은 삼키고 칭찬은 늘어지게 할 수 있는 사람이다. 사람은 타인의 지적을 받아들여 태도를 고치는 것이 아니라 불쾌감만 기억하기 때문이다. 진정으로 시정할 내용을 말해주는 독설이라 할지라도 마음을 열고 순수하게 받아들일 사람은 별로 없다.

당신도 성공하는 직장생활을 하고 싶다면 지금부터라도 비난은 삼키고 칭찬은 늘어지게 하는 방법을 찾아보라.

직장에서 짜증나는 기분으로 말을 습관처럼 내뱉으면 스스로를 가두고 더 불행하게 만들 뿐이다.

마틴 로이드 존스는 「영혼의 우울(Spiritual Depression)」이란 책에서 "인생 대부분의 불행은 자신에게 능동적으로 말을 걸기보다 자신이 하는 말을 가만히 듣고 있기 때문에 생긴다."라고 말했다.

이 말은 자신에게 좋은 이야기를 하며 스스로를 격려하며 살아야 한다는 말이다. 잘 우려낸 차 맛이 좋은 것처럼, 말도 마음에서 우러나오는 진심이 깃들어야 감동을 받는다. 내가 하는 말은 내가 누구인지를 드러낸다. 말하는 습관은 곧 그 사람의 인격이다. 말은 자신의 미래를 예언하는 것이다.

회사에는 많은 불평거리가 존재한다. 너무 긴 회의 시간, 불분명한 지시 방법, 업무 시간의 비효율적 배분으로 인한 잦은 야근과 휴일 특근, 휴가 등의 부자유, 상사의 비합리적 판단으로 인한 업무 중복, 거기다 상사의 인격 모독이 주는 불쾌감, 원색적인 폭언 퍼붓기 등등 이루 헤아릴 수 없이 많다.

그런 일들이 스트레스를 주는 것은 사실이지만 대놓고 상사에게 시정을 요청하는 것은 좋은 방법이 아니다. 회사의 이익이라는 미명아래 듣기 싫은 직언을 서슴지 않는 부하에게 얼마든지 불이익을 줄 수 있기 때문이다. 대부분의 회사는 직상급자가 직하급자의 인사고과를 매기고 그것이 다음 연봉 협상이나 진급 등에 대단히 중요한 자료로 쓰인다.

따라서 직상급자의 태도가 마음에 들지 않더라도 정의로운 직언은 단지 부정적 이미지만 남긴다는 사실을 명심하자. 그렇다고 해서 그 모든 불쾌감을 참으면 정신건강에 해로울 터 사람의 불만은 저절로 소멸되지 않고 내면에 쌓였다가 병을 일으키거나, 엉뚱한 곳에서 통제할 수 없는 방향으로 폭발할 수 있다. 쌓인 불만은 회식으로 술이 거나해진 순간 그동안 상사에게 쌓인 불만을 원색적으로 털어놓는, 회복할 수 없는 갈등 국면으로 빠지게 할 수도 있다.

또한 부당함을 무조건 참으면 상사의 약육강식 본능을 발동시켜 허접한 일만 맡거나 자신의 능력을 폄하당할 수도 있다. 그러므로 불평하지 말고 상사 스스로 잘잘못을 깨닫게 말해야 두 가지 문제를 모두 해결할 수 있다.

추상적 언어는 구체적 언어로 말한다

삼성물산의 김 과장은 부하직원들이 말귀를 못 알아듣고 일을 제대로 처리하지 못해 속 터지는 일이 많았다. 어떤 직원은 입사 3년 차임에도 일

일이 잔소리하지 않으면 스케줄 하나 제대로 결정하지 못하고 허둥대다 주요 업무는 손도 못 대고 시간 낭비만 하기 일쑤다. 심지어 그가 제출한 서류에는 종종 철자가 빠지거나 오자도 발견된다. 일은 제대로 못하면서 조금만 잔소리를 해도 불평한다.

문제는 그런 그 때문에 팀 전체의 일정에 영향을 끼친다는 사실이다. 직장 일이란 팀 단위로 진행되는 경우가 많은데 그가 시간 안에 주어진 업무를 끝내지 못해 팀 전체 업무에 차질을 빚을 때가 많다. 다른 사람들에게조차 피해를 입히는 그를 보고 있으면 짜증이 절로 난다. 중간보고도 자주 하지 않아서 결국 일이 끝난 다음에야 잘못된 것을 바로 잡으려니 시간과 에너지가 너무 많이 낭비된다.

그렇다면 부하직원의 입장에선 어떨까? 그에게는 그 나름대로 충고를 받아들이지 못하고 투덜대는 이유가 있다. 그는 자신이 일을 잘 못하는 가장 큰 이유는 상사의 지시가 불명확하기 때문이라고 말한다. 과장의 지시 내용은 항상 정확하지가 않아 일이 끝나고 나면 자신만 무능력한 사람으로 몰아가는 때가 많다는 것이다. 자신도 입사 3년 차이기 때문에 일하는 요령을 어느 정도는 아는데 말귀를 못 알아듣게끔 지시를 하고는 나중에 가서 엉뚱한 잔소리를 하는 바람에 일할 맛이 안 난다는 게 그의 항변이다.

이 사례에서 서로 절대 만날 수 없는 평행선을 볼 수 있다. 직장상사는 부하직원의 이해 능력이나 업무수행 능력이 부족해서 골치 아프다고 말하고, 부하직원은 상사가 일을 잘못 시켜 일을 제대로 할 수 없다고 말하는 것이다.

부하직원의 80퍼센트 정도가 상사 때문에 직장을 그만두고 싶은 적이 있었다는 조사결과를 본 적이 있다. 당신이 상사라면 이 결과를 눈여겨 보아야 한다. 직장은 상하 간의 의사소통에 균열이 생기면 공멸하게 된다. 따라서 부하직원들이 상사의 말귀를 못 알아들으면 그들만 위험한 것이 아니다. 의사소통이 막히면 부하직원의 잦은 이직, 시간을 축내는 습관 등이 발생해 조직을 병들게 하고 결국 회사에도 영향을 미치게 된다.

무사안일하게 지내다간 당신의 책상이 쥐도 새도 모르게 사라질지도 모른다. 항상 개혁을 하는 조직만이 살아남기 마련이고, 그런 조직이어야 당신의 일자리도 보장받을 수 있는 것이다.

그렇다면 어떻게 해야 부하직원을 일 잘하고 지시에 잘 따르게 만들 수 있느냐 하는 것은 상사가 어떤 식으로 말을 하느냐에 달려 있는 것이다.

직장 내에서 업무에 관한 말을 할 때는 정확하고 구체적으로 해야 한다.

즉, 모든 지시를 간결하고 분명하게 내려야 한다. 특히 지시와 동시에 잔소리를 해서는 안 된다. 지시 그 자체만 해야 한다.

리더십은 말의 파워에서 나온다. 말의 파워는 상대방이 되묻지 않아도 알아들을 수 있게 말해야 커진다. 리더다운 리더가 되려면 칭찬할 때도 "좋았어."라고 단적으로 말하지 말고 "이번 기획은 구성을 참신하게 바

꿨다는 점이 아주 신선했어."라고 콕 집어서 말해야 한다. 사소한 칭찬 한 마디도 부하직원들이 업무에 참고할 수 있도록 구체적으로 해야 하는 것이다.

직장상사란 부하직원들이 손발이 되어 일을 잘해주어야 빛을 보는 사람이다. 부하직원들이 당신 손발처럼 움직여 주기를 바란다면 당신의 어법을 추상적인데서 구체적으로 바꾸어야 한다.

자신의 말에 책임져라

직장에서는 약자를 괴롭히고 조롱하고 빈정대는 일 따위는 용납되지 않는다. 아무리 멍청이 같은 동료라 할지라도 다른 사람 앞에서 사적 혹은 공적으로 그의 단점을 지적하는 것은 잘못된 일이다. 이러한 행위는 당신을 동료들로부터 기피 하고 싶은 사람으로 고립시킨다. 불행히도 이 부류의 사람들은 자신들이 얼마나 불쾌한 존재인지 알지 못한다. 시시껄렁한 잡담이나 동료들을 모욕하는 말을 하는 사람들은 장기적으로 교만한 자로 낙인찍힌다. 타인을 배려할 줄 모르는 이러한 부류의 사람들은 정리해고의 기회가 왔을 때 우선적으로 리스트에 오를 가능성이 있다. 그렇다면 어떻게 처신을 해야 할까?

먼저, 단어 선택에 조심하라. 동료들과 대화를 나눌 때 혹은 상사에게 동료에 대한 얘기를 할 때 부정적이거나 험담하는 단어를 사용하지 않는다. 비판을 해야 하는 상황에서도 긍정적인 부분은 언급해서 "일정을 지킨 것은 좋지만 실수가 좀 많았던 것 같습니다." 라고 간단히 코멘트 하는 것도 좋다.

말이라는 것은 내뱉으면 주워 담을 수 없는 물과 같다. 다른 사람을 깎아내린다고 해서 자신이 올라갈 수 있으리라고는 꿈에서도 생각지 마라. 동료의 잘못을 지적하는 일은 모든 동료 앞에서 당신이 상종할 가치가 없는 인간임을 확인시키는 것이다.

목소리 톤에 주의하라. 소리를 지르는 것은 물론이고 비꼬는 말투나 빈정대는 말투 역시 바람직하지 않은 대화방식이다. 직장에서는 무슨 말을 하든지 주의하고 동료들과 대화를 나눌 때는 주의 깊고 현명하게 대처하라.

회의를 하자고 했을 때 부서원들이 불평하는 이유는 간단하다.

첫째, 상사가 중요하지도 않은 사소한 일까지 회의 소집을 한다. 회의가 너무 많아 업무의 흐름이 자꾸 끊긴다. 시도 때도 없이 하는 회의 때문에 업무에 집중하기도 어렵고, 능률도 떨어진다.

둘째, 회의가 시작되면 주로 상사 혼자 말을 독점한다. 게다가 잡담이 대부분이다. 직원들에게 발언 기회도 제대로 주지 않는다.

셋째, 회의 시작 시간과 종료 시간을 거의 지키지 않는다. 부하들의 시간 개념은 탓하면서 정작 자신은 시간을 지키지 않는다. 그는 사장에게 말할 때나 사보, 기고문 등을 통해 공적으로 말할 때 "직장 경쟁력을 높이려면 회의 시간을 엄수해야 한다."고 주장한다. 그러나 자신은 회의 시작 시간 같은 사소한 시간 약속도 잘 지키지 않는다. 때문에 시급한 업무를 맡은 직원들은 일을 언제 시작해야 할지 감을 잡기가 어렵다.

요즘에는 상사가 지시를 내리면 전혀 액션을 취하지 않고 중간보고도 생략하는 경우가 크게 늘었다. 상사가 부서 외의 일에 쫓겨 중간체크를 생략하면 그 사실을 깨우쳐주는 사람도 없다. 책임질 일이 생길지 모르니 부장이 판단해 주길 바라는 것이다.

요즘의 직장은 부하직원이 단지 상사라는 이유만으로 복종하지 않는다. 부하직원들의 윗사람에 대한 신뢰는 첫째, 언행일치, 둘째, 잘못한 일로 야단은 치되 인신공격은 하지 않기, 셋째, 고위층에서 내려온 지시가 부당할 경우 중간에서 조절해주기 정도면 충분하다.

상사의 경우도 피치 못할 사정으로 회의에 늦어질 것 같으면 미리 부서 원들에게 고지하고 연기된 시간을 알려주기만 해도 된다. 시간 지키기뿐만이 아니다. 사소한 듯 보이는 일상이지만 스스로 한 말을 솔선수범하면 된다. 잘못한 직원에게는 잘못한 일 자체만 가지고 야단을 치고, "입사한 지가 언젠데 그런 초보적인 일도 못하냐?" 등 불필요한 인신공격적인 말을 삼가야 한다.

상사가 해야 할 일은, 부하직원이 판단할 일을 대신 판단해 주고 책임을 뒤집어쓰는 것이 아니다. 그들이 자신의 바른 판단으로 신속하고도 정확하게 일할 수 있는 터전을 만들어주는 것이다.

미국의 성공학자 나폴레옹 힐은 "리더가 부하들이 영위하고 싶은 사람의 모습을 보여 주는 것만으로도 부하직원을 충분히 설득할 수 있다."고 하며, 솔선수범이 리더십의 핵심임을 알려 전 세계의 수많은 지도자들을 성공으로 이끌었다.

당신이 거둔 것으로 하루를 판단하지 말고
당신이 뿌린 것으로 판단하라.

– 로버트 루이 스티븐슨 (Robert Louis Stevenson)

중견사원이었던 시절, PC개발팀으로 서울의 신사동에서 잠시 근무했던 적이 있었다. 약 40여 명의 인원들과 함께 일했던 그 때의 회사생활은 정말 즐거웠다. 4층의 건물에 교환원 2명이 외부전화를 컨트롤 해주던 시절이었다. 길 건너편의 주점에서 있었던 추억도 생각이 난다. 늦은 야근을 하고 동료 한 명과 함께 주점을 찾았는데, 손님도 우리뿐이었고 마침 중간에 전기가 나가는 바람에 촛불을 켜고 여주인과 함께 정태춘의 〈촛불〉을 기타를 치며 부를 때는 젊은시절로 돌아가는 기분이었고 그간의 피로가 저절로 풀리는 시간이었다.

당시는 하나의 프로젝트 개발이 완료되면, 63빌딩에서 먹을 수 있는 뷔페권과 함께 소액의 성과금이 보너스로 지급되었으며, 야근을 하게 되면 시간당 야근비를 행정사원에게 사인을 하고 현금으로 찾아가는 시스템이었다.

내가 총무를 맡고 있었기에 총무의 권한으로 야근비에서 만원 단위 이하의 야근비는 무조건 갹출하여 보관하고 있었는데, 수개월이 지난 후에는 적지 않은 금액이 되었다. 그 돈으로 무엇을 할 것인가 고민하다가 팀원들에게는 조그만 기념품을 선물하고 남는 돈의 사용처를 찾던 중, 팀원들의 동의를 받아 마침 SBS의 창사특집 〈사랑의 스튜디오〉라는 기부프로그램이 눈에 띠어서 즉시 신청하였고, 그 당시에 모은 돈 76만원을 기부하겠다는 의향을 밝혔다. 이 프로그램은 사회자의 진행으로 기부자가 노래도 부르고, 심사위원이 심사도 하는 방식이었는데, 내게도 곡목을 선정해달라는 요청이 와서 김민우의 〈사랑일 뿐이야〉를 선정하고 심사워원 앞에서 노래를 부르는 기회도 가졌다.

음악을 전공한 지인에게 음정, 박자도 괜찮았다는 얘기도 나중에 들었다. 방송의 힘은 대단해서, TV를 본 사람들에게 기부프로그램에 참석한 것에 대해 대견하다는 말도 들었다. 이런 좋은 일을 그룹 홍보팀에 사전 통보라도 했으면 그룹방송에서도 촬영을 나왔을지도 모르겠다.

아무튼, 내게 있어서 남을 돕는 기쁨과 함께 새로운 경험을 한 뜻밖의 선물이었다.

1990년도 초반의 회사생활은 과제를 마치면 팀원들과 함께 숙박을 포함한 주말여행이나 전시회를 자유롭게 가는 분위기였다. 업무나 업무외적으로나 만족했었고, 부서원과의 소통 분위기도 좋아서 회식 후면 어김없이 이태원나이트에서 쌓인 회포를 풀기도 했던 시절이었다.

부서원 회식을 해도 112(1시간 안에 1가지 술로 2시간 이내)를 준수해야 하는 그 때와는 달라도 너무 다른 요즘의 회사 분위기는, 사회생활을 새롭게 시작하는 신입사원들에게 있어서 너무 빡빡한 것 같아서 안타까운 마음이 앞선다. 하지만 나름대로 스트레스를 풀고 즐겁게 생활할 수 있는 방법이 있을 것이기에 너무 걱정할 필요는 없다.

요즘은 회사에서도 봉사를 적극 장려하고 있다. 내가 팀의 간사로 있던 시절, 500명이 넘는 개발인원 전체를 참여시켜 지역 봉사활동을 한 적도 있었다. 지역사회 복지시설에서 '감자 캐기', '지체부자유자 목욕시키기', '청소' 등의 활동에 적극 참여하였고, 여름방학 때에는 〈삼성디스플레이와 함께하는 과학 영재교실〉이라는 체험학습 프로그램을 만들어 개발팀의 전 사원이 돌아가며 지역 아동 복지시설을 방문하여 초등생들과 함께 '거북선 만들기', '로켓 만들기' 등 과학을 주제로 하여 직접 모형을 만들 수 있도록 지도해주며 실습해 보는 시간을 가지기도 했다. 재료 및 간식비용은 회사에서 지원하였음은 물론이다. 체험학습을 종료했을 때 고사리 같은 손으로 쓴 감사의 편지를 받았을 때는 그간의 수고가 보람으로 느껴지는 감동의 순간이었다.

현재 있는 곳에서 시작하라.
멀리 떨어진 곳이 더 풍요롭게 보일지는 모르지만
기회는 항상 당신이 서 있는 바로 그곳에 있다.

- 로버트 콜리어 (Robert Collier)

직장생활이란 대개 가족이나 친구보다도 직장 동료들과 훨씬 더 많은 시간을 같이하게 마련이다. 또 야근하고 회식하는 날은 사실상 자는 시간 빼면 꼬박 하루를 그들과 보내게 되는 것이다. 하지만 그들과 업무 이외의 무언가를 함께하는 일은 극히 드물다. 이따금씩 술자리를 갖고 회사에 대한 불평불만을 털어놓거나 누군가를 험담하는게 고작이었다.

우리 회사는 주간 5일을 사내 TV방송을 하고 있는데 그중 두 번은 그룹 소식이고 나머지는 각 계열사의 행사나 이슈를 중심으로 방송을 한다.

한번은 그룹 사내방송에서 각 부서의 특색 있는 스토리로 시놉시스(작품이 정확히 어떠한 내용을 담고 있는지 보여 주는 것)와 OST송을 만들면 심사를 해서 그룹 계열사인 제일기획의 촬영팀을 지원해 주겠다는 이벤트를 실시했다.

당시 개발팀의 간사를 맡고 있던 나는 우리 팀의 홍보도 하고, 타 부서 사람들이 알고 있는 것처럼 개발인으로서 사는 것이 편한 것만은 아니라는 홍보를 하고 싶어서 무작정 그룹 홍보팀에 신청을 했다. 얼마 후 제일기획에서 당선되었다는 연락과 함께 실무 미팅을 하자고 연락이 왔다.

처음에는 크게 긴장하지 않고 신청을 했는데 덜컥 당선이 되고, 담당 PD와 촬영팀을 지원할테니 실무 미팅을 하자고 할 때에야 비로소 판이 커진 걸 실감했다. 한다고 했으니 안할 수도 없는 상황에서 잠을 이루지 못할 정도였다. 또한 일정도 촉박했는데, 하필 개발팀장도 장기간 해외 출장 중이라 도움을 받을 수도 없었다.

하지만 이미 일은 벌어진 것, 이리 저리 궁리를 하다가 참신한 신입사원 몇 명을 선발하여 함께 OST송을 만들고 대본의 시놉시스를 구성했다.

곡목 선정은 당시의 글로벌 가수인 '싸이'의 '강남스타일'이 크게 유행하였고 패러디 또한 인터넷을 타기 시작한 때였기에 우리의 OST송을 '개발 스타일'로 패러디하고 가사내용엔, 밤낮 없는 회의와 개발 런을 흘리기 위한 샘플준비의 현장과 샘플 제작 장면, 연구원들의 도면을 펼쳐놓고 토론하는 장면, 사무실의 활기찬 모습을 가사의 내용으로 구성하였다.

어느 정도 구성해 놓고, '싸이'의 역할을 할 가수와 현아의 역할을 할 싸이걸을 선발하고 백댄서도 일부 준비하였다. 모든 것을 준비하고 연습에 연습을 거듭하였고, 제일기획의 촬영팀과 7일간을 같이 붙어 다니며 점심 시간을 이용한 강당의 연습 장면과 시놉시스에 의한 중간 중간의 생생 인터뷰를 카메라에 모두 담았다. 또한 서울의 제일기획 음반 스튜디오 안에서 OST송을 녹음하였다. 현아의 미니스커트 장면 연출을 위해 여사원이

가지고 온 미니스커트를 화장실에서 즉시 갈아입는 진풍경을 연출하기도 했으며, 노래의 마지막 장면은 회사의 건물 게이트 앞에서 많은 엑스트라가 주먹 쥔 손을 높이 쳐들고 펄쩍 뛰어오르는 신(Scene)으로 대단원을 마무리 하였다. 참으로 길고 긴 여정이었다.

때로는 출연진과 팀원들을 카리스마로 협박도 하고 달래도 가면서 결국 완성을 하였고, 드디어 사내 TV방송을 하는 날 공중파를 통해 전파를 탔다.

우리 출연진들과 연출진은 자축 파티를 했고, 제일기획에 부탁해서 CD로 제작하여 출연진들에게 선물하였다. 각자의 소감을 들으니 평생의 추억으로 간직하고 싶다고 아우성이었다. 이 지면을 빌어 함께 촬영에 협조한 TV개발팀의 출연진과 연출진에게 감사를 드리고 싶다.

잠깐이었지만, 이러한 행사를 통해 우리는 지금껏 미처 알지 못했던 동료들의 삶을 좀 더 깊이 이해하게 되었다. 그리고 마치 한가족이 된 듯한 훈훈한 기분을 느낄 수 있었다. 이러한 이벤트에 참가한 계기는 우리의 일을 홍보하며 동료들과 함께할 수 있는 재밌는 이벤트가 없을까 하는 고민에서 시작된 것이기 때문이다. 다만 기왕에 하는 것이라면 재미와 더불어 감동까지 전할 수 있으면 좋겠다고 생각했고 결국 뜻밖의 성과에까지 이르게 된 것이다.

늘 희로애락을 함께하는 우리의 소중한 동료들과 함께할 수 있는 이벤트를 찾아보자. 같이 아이디어를 내고 계획을 하면서 새로운 재미를 찾고 그 과정 속에서 서로 잊지 못할 추억거리를 만들 수 있다. 별다른 이벤트 거리가 떠오르지 않는다면 일단 우리가 했던 것처럼, 사내 행사시 적극적으로 참여해 보자.

사람과 사람의 관계는 함께 즐거움을 공유하는 것이 있을 때 한결 친밀감이 더해지게 마련이고, 그렇게 서로를 이해하다 보면 인간관계로 인해 겪는 스트레스를 크게 줄일 수 있을 것이다.

인생에서 성공하는 중요한 비결이 있다면
자기 자신뿐 아니라 다른 사람의 입장에서,
그 사람의 관점으로 사물을 보는 능력일 것이다.

ー 헨리 포드(포드사 사장)

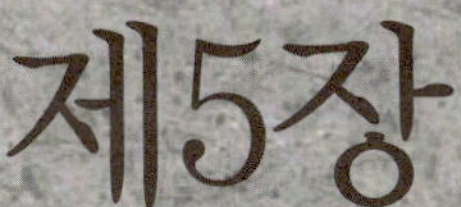

제5장

직장인으로 산다는 것,
그 빛과 어두움

일과 삶의 조화

<h1 style="text-align:center">하루를 계획하라</h1>

효율적인 사람은 하루의 업무를 시작하기 전에 그날 할 일의 순서와 목록을 작성하여, 그에 따라 그날의 일을 하나하나 처리하여 능률을 극대화 시킨다.

회사에 따라 출근 시간은 각기 다르다. 새벽이 될 수도 있고, 8시가 될 수도 있으며, 9시가 넘을 수도 있다. 물론 겉으로 드러난 시간과 실제 출근 시간이 다를 수도 있다. 삼성은 조기 출퇴근제를 통해서 7시에 출근해서 4시에 퇴근한 적도 있고, 최근에는 자율 출퇴근제를 통해서 출퇴근 시간을 본인의 의사에 맡기고 있다. 또한 이러한 회사 방침과 상관없이 교통 정체나 아침 운동을 이유로 아주 일찍 출근하는 사람들도 많다. 요즘은 웰리스 바람이 불어서 헬스장 러닝머신은 자리가 없을 정도다. 어쨌든 늘 출근 시간 5분 전후에 사무실에 도착하는 사람들이 많은 건 사실이다. 윗사람들은 대개 습관적으로 일찍 출근한다. 그들은 대부분 '얼리 버드(Early Bird)'라고 부른다. 대개 윗사람들은 사무실에 도착하면 곧바로 그날의 일정을 점검하고, 지난밤의 이슈사항이 있는지 챙기게 된다. 또한 그날의 회의 스케줄과 내용을 확인하고 준비해서 참석하기도 한다.

나는 2차 대전에서 독일군의 주력함이 활약한 〈특전U보트〉란 영화를 보고 해군에 입대했다. 잠수함의 잠망경을 통해서 보는 구축함이 멋있었기에 꼭 해군으로 입대해서 구축함을 타고 싶어서 일반하사(단기하사와 달리 일반병과 군복무기간이 같음)로 지원했다. 해군 종합기술학교에서의 18주 교육을 받고 성적순으로 구축함에 배치되었기에, 열심히 공부하였고 결국 구축함인 '충무함'에서 해군으로서 첫 생활을 시작했다. 해군에는 '15분전, 5분전'이라는 구호가 생활화되어 있다. 부두와 군함 사이를 연결하는 통로를 현문이라 하는데, '15분전'이라는 함 내의 방송이 나오면 군함의 현문이 철거되는 시기이기에 그 이후에는 배에 승선할 수 없으며, '5분전'이라는 방송 멘트가 나올 때는 배가 함선의 앞머리를 출항하려는 바다 방향으로 돌린 상태이기에 이미 출항과 마찬가지이다. 이처럼 '15분전', '5분전'이라는 의미는 중요하게 다가온다.

아침 일찍 도착할 수 없다면 최소한 출근시간 15분 전에는 도착하도록 하자는 원칙의 습관을 생활화해라. 업무 시작 시간보다 여유 있게 사무실에 도착하면 컴퓨터를 켜기 전 먼저 그날 할 일을 머릿속에 생각하라. 마땅한 과제가 떠오르지 않는다면 커피 한잔의 여유와 함께 다시 되새겨서 해야 할 일의 목록을 만들어 보자.

 경영 컨설턴트인 '아이비 리'가 제시한 원칙

- 매일 처리해야 할 업무의 리스트를 만든다.

- 우선순위를 정해 각 업무에 1부터 10까지 순서를 매긴다.

- 1부터 시작해서 차례로 업무를 처리한다.

- 업무를 끝내지 못한다고 해서 초조해 하지 않는다.

우선순위에 따라 일을 처리하고 남은 일은 다음 날 처리한다.

이러한 방식은 누구나 활용할 수 있을 만큼 간단하고 시간이 많이 걸리지도 않기에 나도 이러한 방식을 애용하고 있는데, 간편하지만 의외로 효과가 크다고 느끼기에 다른 사람에게도 권하고 싶다. 내가 직장생활 초임부터 이러한 것을 알고 적용했으면 더 많은 업무 성과를 거두었을지도 모른다는 아쉬움이 남는다.

아침 시간을 효율적으로 보내라

일을 잘하는 사람들 중에는 아침 형 인간이 많다는 이야기를 종종 듣는다. '얼리 버드(Early Bird)'는 윗사람만의 전유물이 아니다.

실제로 주변의 유능한 비즈니스맨들은 아침형 인간이 압도적으로 많다.

아침이 일을 효율적으로 처리할 수 있는 최적의 시간대라는 점은 이미 다양한 연구결과에서도 밝혀진 바 있다.

생리적인 이유 외에도 아침에 효율성이 높은 이유를 몇 가지 들 수 있다. 그중에서도 가장 큰 이유는 이른 아침에는 전화벨 소리도 없고 회의

나 대화를 하는 일이 적다는 점이다. 즉 정식 업무가 시작되기 한 시간 전의 아침은 유일하게 사무실이 조용하고, 누구에게도 방해받지 않으며 자신의 일에 100퍼센트 집중할 수 있는 시간대다.

내가 1시간이 넘는 장거리 출근버스를 타고 아산 캠퍼스(삼성은 사업장을 공장이 아닌 캠퍼스로 명명하였다)에 도착하면 7시 반이기에 출근시간 8시보다 30분 전에 도착한다. 먼저, 정문을 통과하여 식당으로 가 식사를 하기 보다는 빵 봉지나 주먹밥, 야채, 과일 봉지 등을 한 개씩 집어 들고 사무실로 올라와 컴퓨터를 켠다. 통근버스에서의 덜 깬 졸린 눈을 비비며 아침 식사용 비닐봉지를 열고 식사를 시작한다. 컴퓨터가 켜지면 메일 수신함을 열고 하룻밤 사이에 잔뜩 쌓인 메일을 보며 짜증을 낸다. 받은 메일을 정리하고 답장 메일을 보내고 나면 어느 덧 10시, 산처럼 쌓인 일을 어디서부터 손을 대야 할지 초조해진다. 이 모습은 나를 포함하여 대부분 출근자들의 현실이다.

아침과 반대로 효율이 낮아지는 시간대는 점심식사 이후다. 특히 오후 1시부터 시작되는 회의는 생산성이 떨어지기 쉽다. 식사를 마친 직후라 생리적으로 온몸의 피가 소화기관에 몰려 소화를 촉진시키는 시간이라 뇌에 산소가 부족하게 되므로 졸음이 쏟아진다. 아침에 일찍 일어나 활동을 시작한 사람에게는 하루 중에서 가장 나른해지는 시간대이기도 하다. 이 시간대에 집중력을 요하는 일은 적합하지 않다. 더구나 교육이라도 있다면 절로 고개를 꾸벅이기 일쑤다. 효율성이 높은 아침 시간대에 한 시간이면 끝낼 수 있는 일이 오후로 넘어가면 세 시간 넘게 매달려도 마무리 짓지 못하곤 한다.

아침에 출근해 가장 머리가 맑은 그 한 시간 동안 막혔던 일의 해결책을 찾아본다. 혹은 새로운 아이디어를 떠올리는 시간으로 삼는다.

모처럼의 귀중한 아침 시간대에 무심코 하기 쉬운 업무는 메일을 체크하고 답장을 보내는 일이다. 혹은 그날 무슨 일을 진행할지 정리하는 일이다. 그러나 머리가 가장 맑은 시간 대에는 소위 머리를 사용하지 않는 단순한 업무로 시간을 허비하지 않도록 하는 것이 효율적이다. 아침의 첫 업무는 머리를 회전시킬 필요가 있는 일에 할당하도록 하는 것이 현명하다.

내가 있던 회사는 이러한 이유로 임원들의 오전 회의 시간을 아예 금지시켰다. 임원들의 일정표를 보고 오전 회의가 잡혀 있을 시는 대표께서 직접 경고를 하여 시정하도록 함으로써 오전을 효율적으로 사용하도록 강제조치를 했다. 이런 방침이다 보니 간부들도 눈치를 보느라 오전에는 마음대로 회의를 진행하기 어려웠다. 결국 직원들 나름대로 오전시간을 효율적으로 사용할 수 있게 되었다.

근무 시간에 충실하라

연봉의 척도가 되는 고과 평가가 있는 달이 다가오면 평가 권한이 있는 관리자는 머리를 싸맨다. 글로벌 시황이 좋지 않다 보니, 고과 평가시, 인사팀에서는 별도 메일을 통해 승진 예정자의 관례적인 상위고과 배정을 경고하고 있다. 철저한 성과 위주로 하되 부서 내 상대평가 비율을 지키라는 것이다.

이럴 때 관리자가 생각할 수 있는 것은 무엇일까? 특별한 성과가 없는 한 팀원 누구나가 업무 성과는 특출하지 않을 때, 평가자가 고려할 수 있는 것은 무엇이 있을까? 먼저 인사 및 보안 관련 벌점을 체크 할 것이고, 그 다음에 생각할 수 있는 것이 있다면 조직 내의 인성 평가일 것이다. 그 중 먼저 떠오르는 것이 성실함이고, 가장 눈에 띄는 것이 근무태도와 출근 시간 관리이다. 어차피 상대 평가이기 때문에 비교할 수밖에 없다. 당신은 출근 시간 관리가 철저한가? 불이익을 받고 있지는 않은가?

엄밀히 말하면 출근 시간은 회사에 도착하는 시각이 아니라 업무가 본격적으로 시작되는 시각을 의미한다. 출근 시간은 하나의 약속이다. 약속 시간에 늦게 도착하면 허둥대는 모습을 보이기 쉽다. 꼭 상사의 시선 때문이 아니더라도 지각을 하지 말아야 할 이유는 많다. 정상적이고 안정적인 하루를 보내기 위해서 여유 있는 시작은 필수이다. 난 서울에서 근무한 기간을 빼고 26년을 통근버스로 출퇴근 하면서도 지각을 거의 하지 않았다. 전날 새벽까지 술을 마셨어도 다음날 통근버스를 놓치지 않았다. 이것이 지금까지 회사생활을 꾸준히 할 수 있었던 원동력 중 하나가 아닐까?

정확한 출근은 성실성과 마음가짐을 가장 투명하게 드러낸다. 대수롭지 않게 여기는 매일 5분의 지각은 업무에 지장을 줄 뿐만 아니라, 상사의 평가에 부정적으로 작용할 수밖에 없다. 불성실하게 보이는 사람들은 회사가 구조조정을 할 때 가장 먼저 정리 대상이 됨을 명심하라. 상사가 출근하기 전에 회사에 나와 있고 상사가 퇴근한 후에 사무실을 나가는 직원에게 상사의 관심이 가는 것은 인지상정이다. 그렇다고 아무 일도 하지 않으면서 눈속임을 하라는 말이 아니라, 5분이라도 일찍 출근하여 들뜬 마음을 가라 앉히며 차분히 하루를 시작하고 퇴근 시간을 조금 늦추며 하루의 정리와 내일을 준비하는 습관을 기른다면 업무 성과뿐만 아니라 나 자신의 성공에도 그만큼 보탬이 될 것이다.

당신에게 벌어지는 나쁜 일들은
당신에게 일어날 수 있는 최고의 일이 된다.

– 제이 휴이트 (Jay Hewitt)

삼성전자는 크게 4개 사업부로 구성되어 있다. 영상 가전, 무선 휴대폰, 반도체, 디스플레이이다. 디스플레이인 LCD가 삼성전자의 새로운 캐시 카우(Cash Cow)가 되어 수익률을 높이고 있을 당시에는 나도 창업멤버로서 LCD의 개발인으로서 시작을 함께했다.

초기에는 Note PC용 13.3인치와 14.1인치의 BLU(Back Light Unit, 배면 발광장치)를 설계하여 개발하였는데, 제품의 내로 베젤(Narrow Bezel) / 슬림(Slim) 경량화가 개발의 기본 방향이었기에, 초창기부터 이러한 것을 염두에 두고 개발을 진행하였다.

당시의 Note PC 개발 목표는 Bezel(디스플레이 부품의 상하좌우 테두리 프레임)의 폭을 최대한 좁게 하는 내로 베젤(Narrow Bezel)의 설계기술에 있었다. 두께를 슬림 하게 하여 제품의 경량화를 유지하는 것도 중요했지만, Note PC의 특성상 휴대의 편의성을 고려한다면 제품 사이즈를 작게 함과 동시에 동일 제품 사이즈에서 최대한 큰 화면을 제공하여 얇고 가볍도록 하는 것은 경쟁사와의 경쟁에서 이기는 승리 방정식이었다.

0.1mm씩 0.1mm씩 설계치수를 계속 줄여가며 낙하시험 등 수없이 신뢰성 품질 테스트를 실시했고, 결국에는 우리만의 최적의 Narrow 설계 표준화를 만들었다. 전 제품의 횡 전개를 하며 12.1인치를 시작으로 14.1인치까지 개발을 진행했고, 그 결과 당사는 글로벌 시장에서 Note PC 부문의 부동의 톱을 유지할 수 있었다.

12.1인치의 S5 모델은 당시의 IBM과 도시바(TOSHIBA)향으로 설계했는데 고객의 우수평점으로 인해 당시의 개발팀장으로부터 상을 받기도 하였다. 당시는 LCD 시장 형성의 초기였기에 글로벌 각사의 주도권 다툼은 매우 치열했다. 시장은 Note PC가 인기를 몰아가는 상황이었기에 당사는 Note PC에 역량을 집중하였고, 상대적으로 모니터(Monitor)제품은 글로벌 순위에서 밀려나 있었다. 이에 따라 모니터(Monitor)제품도 순위를 올리기 위한 회사의 지침으로, 나를 포함한 일부 인원이 Monitor팀으로 재배치되었다. 내가 이곳에 와서 처음 접하게 된 제품은 18.4인치였다. 이미 동일 사이즈에서 B사가 주력사이즈로 히트를 치고 있는 제품이었다. 당사의 생산 제품은 디스플레이 반제품이기에 소비자에게 직접 판매하지 않고, 최종적으로는 고객의 모니터 세트(Monitor Set) 안에 장착되게 되는데. 우리가 모니터(Monitor)시장에서 지명도가 떨어지다 보니 고객(User)의 첫번째도 아닌 두 번째 벤더(Vendor)로 해서 동일 사이즈로 납품해서 장착되도록 하는 프로젝트였다. 고객의 입장에서는 납품처의 다양화를 통한 원가인하 정책 방향이었다.

그렇지만, 노트(Note)에서 내로 베젤(Narrow Bezel)설계에 익숙해 있던 나에게 당시의 모니터(Monitor)제품의 베젤(Bezel) 폭은 너무도 낯설었다. 제품도 기본적으로 중량이 무겁다 보니, 한쪽 측면의 프레임 폭만 해도 25mm가 넘었다. 도저히 설계의 슬림(Slim)화가 적용되지 않았던 상태였다. 기본적으로 Note PC는 휴대용 편의성을 감안하여 설계하지만, 모니터(Monitor) 제품은 들고 다니지 않고 사무실에 고정하여 사용했기에 무게부분도 중요하게 생각하지 않았고, 제품의 사이즈도 크게 관심을 두지 않은 상태였다. 하지만 제품의 폭을 줄여 Narrow로 설계한다면 그 안에 내재되는 부품의 사이즈도 자연스럽게 줄여야 하기 때문에 제품의 부품수와 원가도 떨어뜨려서 가격 경쟁력을 높일 수 있고, 제품도 가볍게 하여 근거리 이동시에도 편리한 점이 있었다. 지금은 TV와 PC, 휴대폰을 비롯하여 모두 제품이 폭을 최대한 좁게 설계하는 것이 당연한 일이지만, 당시는 그러한 인식의 한계점이 있던 때였다.

이에 따라 문제를 인식했던 나는 당시의 개발PM(Project Manager)과 상품기획팀에 제안을 하였고, 그것이 개발팀장에게 받아들여져서 신규 설계를 착수하게 되었다. 당연히 18.4인치를 버리고 전략적으로 19인치 모니터(Monitor) 사이즈로, 그것도 대형으로는 처음인 신규 내로(Narrow)설계를 진행하였다. 그러다 보니 세 번째 설계를 진행하는 셈이었다. 가장 고심했던 부분은 기본적으로 모니터(Monitor)제품이 해상도(영상(映像)이 맺히도록 화면(畫面)에 그려진 금의 수(數))가 높으므로 내부 광학부품 수도 많고, 무게도 중량이 나가기 때문에 프레임 폭을 좁게 설계할 때 낙하충격에 취약할 수도 있는 문제점을 해결하는 것이 가장 중요한 포인트였다. 모든 것은 처음 하는 것이 어려운 법이고, 뜻이 있는 곳에 길이 있는 것이다. 고심하던 나는 기존 제품구조에서 [표면에 있던 커버와 본체를 연결하는 스크루 마운팅(Screw Mounting)부분을 제품의 옆측면으로 이동],[프레임 폭을 25.4→10mm로 축소]하는 과감한 설계 방향과 함께, 가장 걱정되는 부분인 무게를 지지할 수 있도록 대응하는 설계를 진행하였다. 세 번이나 설계 콘셉을 변경하였고, 개발 자체적으로 개발신뢰성실에서 개발팀원과 함께 개발 목표일정을 맞추기 위해, 밤낮을 가리지 않고 설계사양을 바꿔가며 충격낙하시험을 진행했다. 그 때는 그렇게 힘들고 긴장했기에 지금도 잊혀지지 않는다. 같이 고생했던 시절의 군대 전우가 기억에 오래남는 것과 같은 이치인가 보다.

아무튼 그때의 19인치사이즈 전환 설계는 탁월한 선택이었다. 모니터(Monitor)에서 Narrow 설계는 세계적으로 처음 시도되었기에, 다음해의 일본 요코하마 디스플레이전에서의 국제전시회에는 경쟁사들이 당사의 19인치LCD Monitor 제품의 외관 사이즈를 소수점 둘째자리까지 같게 해서 Mock-up(실물크기의 모형)을 제작하여 전시하고 있었다.

드디어 당사가 LCD Monitor에서도 선두를 치고 나가는 계기가 되는 순간이었다. 한동안 19인치사이즈는 주류를 유지하였고, 10년이 훨씬 지난 지금도 표준으로 자리 잡고 있다.

이것이 진정한 창조이고 설계가 아닐까?

제조업의 특성상 일반적으로 타부서의 사람들은 개발인들을 편하게 일한다고 생각하는 경우가 많다. 하지만 각자의 일에 긍지를 가지는 것처럼 개발팀의 인원도 하나의 제품을 개발하기까지 창조의 고통을 감내하며 일한다. 개발 신제품을 제조라인(제품을 생산하는 라인)에 투입하려 할 때는, 당장 수익에 기여하는 것이 아니기에 생산라인에서 양산제품의 우선순위에서 밀려 투입이 지연되는 경우도 흔한 일이었다. 생산라인이 비는 순간을 기다리며 야근에 특근까지도 부지기수로 했던 개발인의 고충은 '출산의 고통'에 감히 비유되지 않을까 싶다.

'요람에서 무덤까지'라는 말처럼, 개발담당자는 설계한 제품이 단종(생산을 중단함)이 될 때에서야 비로소 그 제품의 담당자로서의 임무는 끝나는 것이다. 그러하기에 신규 제품을 개발하는 중에 예전 개발 제품이 시장에서 문제가 생기게 되면, 해결을 위해 두 가지를 동시에 진행해야 하기 때문에 업무도 두 배로 가중된다.

이때의 고생했던 경험과 보람은 책을 쓰는 이 순간에도 생생히 떠오른다.

직장인에게 가장 어렵고 부담스러운 것 중에 하나는 "보고서 작성하라"는 것이 아닐까? 잘해야 본전이고 못하면 상사에게 깨지기 때문이다. 이것은 직장생활에서 하루도 빠지지 않고 직장인을 괴롭힌다. 특히 사회 초년생에게 보고서는 상사에게 좋은 이미지를 심어 줄 수 있는 효과적인 루트다. 요즘 들어 그룹 사내 인트라넷, 이메일, 메신저를 통한 업무 전달이 늘고 있는 추세지만, 여전히 사내 커뮤니케이션은 강력하고 중요한 수단이기도 하다. 보고서는 보는 사람 입장에서 쉽게 작성되어야 하고, 그 자체로 하나의 완결성을 가져야 한다. 회사마다 보고서의 작성 기준이 있고, 양식, 폰트, 포맷까지 표준이 정해져 있다.

보고에 있어서 가장 중요한 것은 첫째가 내용, 둘째가 타이밍이다. 윗사람에게 보고 할 때는 결론이 명확해야 한다.

보고서는 먼저 첫 장부터 관심을 끌어내야 하기 때문에 대체로 표지 처음에 핵심 결론을 배치한다. '삼성의 창조경영'처럼 첫 장에서 관심을 끌어내고, 보고서 분량이 많으면 표지에 박스를 만들어 요약을 넣고 '마하

경영' 같은 핵심용어를 만들어 의사결정자가 사용할 수 있도록 간결한 문체로 만들고 오타는 없도록 세심히 검토한다. 오타는 '옥의 티'이다. 보고서는 내용을 정확하게 전달하는 것이 핵심인 만큼, 별도 보충 설명을 하지 않아도 내용이 완전하게 전달될 수 있도록 작성해야 한다. 논증보다는 요점 부분을 명기하고 대안을 부각시키는 것이 좋다. 상사들이 보고서를 질책하면, 콘셉트(상사가 원하는 문제의 방향)와 임팩트(가치 있는 내용)가 부족한 보고서다. 보고서를 잘 쓰기 위해서는 짜임새가 있어야 하고 사고→구상→작성 순으로 진행해야 한다. 생각하고 아이디어를 추려내는 과정이 밑그림이고, 밑그림이 탄탄해야 작품의 완성도가 높듯 체계적인 진행 끝에 작성된 글은 짜임새가 있게 마련이다.

직급이 높을수록 부하직원을 불러 대충 말로 지시하고 설명하는 경향이 있는데, 이럴 때는 지시 내용을 구체화 하고 구상 단계에서 의견을 구하고 최종 단계에서 재확인을 해야 한다.

타이밍도 중요하다

아마도 보완해서 보고할 예정이었는데 보고하기 전에 갑자기 상사가 먼저 일의 진행을 물어보게 되는 상황이 오면 제대로 대꾸도 못하며 쩔쩔매는 경험은 대부분 한 번씩은 겪어 보았으리라 생각한다.

보고의 기본은 상사가 재촉하기 전에 하는 것이다.

상사의 재촉이 있고 난 후에 하는 보고는 이미 늦은 것이다. 상사가 말하기 전에 먼저 보고를 하게 되면 포인트를 정리하여 논리적으로 전달할 수 있으며 준비가 확실하게 되어 있기 때문에 자신 있게 상사의 질문에 대답할 수 있다.

보고는 수동적인 입장이 되기 전에 먼저 치고 나가야 한다.

상사에 따라서는 단순히 감정적으로 보고를 재촉하는 사람도 있을 것이다. 만약 바로 보고할 준비가 되어 있지 않거나 시간이 없다면 즉시 상사에게 보고를 좀 늦춰도 되겠느냐고 사전에 양해를 구해라. 늦어진다면 먼저 간단한 상황 보고를 메일로 보내는 방식도 좋다. 무엇보다 중요한 점은 상사가 먼저 말하거나 재촉하기 전에 먼저 보고해야 한다는 것이다. 이 점은 반드시 기억해 두어야 한다.

프로젝트를 진행하다보면 일의 진척이 계획대로 진행되지 않는 경우가 많다. 그렇다고 결재 권한을 가진 상사에게 보고하는 일을 건너뛴다는 것은 있을 수 없는 일이기에 이런 상황에서 바쁜 상사의 스케쥴을 타이밍 좋게 비집고 들어갈 수 있다면 그것도 능력이다.

사람은 누구나 자신이 타인에게 의지가 된다는 사실에 기뻐하고 좋아한다. 때로는 간단한 보고만으로도 충분하다. 게다가 바쁜 사람일수록 따로 일정을 잡기가 쉽지 않기 때문에 잠깐의 시간을 활용해 보고한다면 충분한 가치가 있다.

인정받는 보고서를 쓰려면 어떻게 해야 할까?

보고서, 기획서, 제안서 등을 어떻게 하면 잘 쓸 수 있을까?

광고대행사 제일기획에서는 프레젠테이션 작성에 대한 지침을 공유하고 있다. 보고를 받는 대상과 환경에 따라 문서 내용을 달리 하도록 한 것이다. 세스 고딘은 "당신이 무엇을 중요시 하는가는 중요치 않다. 중요한 것은 조직이 무엇을 중요시 하는가이다."라고 지적했다.

최근에는 대기업들도 업무의 성격에 맞는 간단명료한 보고서를 요구하고 있다. 전자 결제 시스템이나 이-메일을 통한 결제 등 사내에서의 커뮤니케이션 방식이 전자화됨으로써 보고서의 핵심을 짚어 보고하는 능력이 더욱 중시되고 있다.

포스코의 이구택 회장은 2장이 넘는 보고서는 읽지 않겠다고 선언했다. 보고하는 업무에 대한 통찰력을 가지고 이해한다면 보고서가 길어질 이유가 전혀 없다. 원래 아는 게 적을수록 말이 많은 법이다.

「비즈니스 글쓰기 노하우」라는 책에는 선진국의 유명한 기업들은 자체적으로 비즈니스 문서 작성 양식과 지침을 가지고 있으며 사내 교육을 통해 이를 가르치고 있다고 전한다.

정형화된 비즈니스 문서 작성법을 배우는 것보다는 글쓰기에 대한 감각과 노하우를 익히는 것이 차라리 바람직하다.

1. 한 페이지로 끝장내라

레이건 전 대통령도 모든 보고서는 한 장으로 요약하라고 요청했다. 레이건 대통령이 보고서를 통해서 알고자 했던 것은 단 4가지였다.

'문제가 뭔가? 사실 관계는? 분석, 결론 혹은 권고'

주식회사 CJ 김진수 부사장도 마찬가지다. 그에 따르면 전략기획서라는 것은 특정 목표를 달성하기 위해 어떻게 잘해보겠다는 내용이다. 어차피 비용이나 시간, 인력 등 자원은 제한되어 있고 경쟁사도 마찬가지이기에 목표달성을 위해 할 것들이 많지만, 결정적인 것 하나는 죽어라 집중하여 목표를 달성하겠다는 내용이면 된다는 것이다.

윈스턴 처칠은 아랫사람에게 한 페이지 이상 되는 보고서는 보지도 않았다. 한 페이지에 다 말할 수 없다면 말하고자 하는 게 무엇인지 잘 모르는 것이라고 처칠은 생각했다.

2. 쉽고 짧게 써라

대체로 글이 짧으면 내용도 명료하다. 명료하지 않으면 글을 짧게 쓸 수 없다. 명료하고 짧은 글은 쉽다. 제대로 확실하게 알면 쉽게 표현될 수밖에 없다.

짧고 명료하게 쓰는 글의 진수는 신문의 사설이다.

넘치는 기사를 적절히 배치하여 싣기 위해선 가능한 짧아야 한다. 불특정 다수를 위한 기사인 만큼 누가 봐도 이해가 빠르도록 쉽게 써야 한다. 짧고 쉬운 내용인 만큼 또한 명료하고 애매한 게 없다. 애매하면 기사로 나가지 못하고 잘린다.

3. 제목으로 승부하라

제목은 전체 글 내용의 압축일 뿐만 아니라 글을 작성하는 사람의 의지와 열정을 담고 있어야 한다. 특히 프레젠테이션을 통해 상대를 설득해야 하는 문서의 제목은 이 사람들이 우리를 대신하여 우리가 원하는 것을 해낼 수 있겠는가 하는 신뢰를 안겨줄 수 있어야 한다.

4. 당신들만의 용어로 써라

기업마다의 독특한 문화는 사내에서 통용되는 용어에도 반영된다.

〈신경영〉,〈수종 사업〉, 〈업의 개념〉,〈S급 인재〉는 지금도 삼성그룹에서 자주 쓰는 용어들이다. 대표적인 이 단어들은 사용하며 그룹의 일원으로서 정체성을 확인하곤 했다. 그러므로 내부 결재를 위한 당신의 문서에는 당신들만의 용어를 써야 한다. 상급자나 경영진이 자주 애용하는 용어와 표현을 써야 결재가 쉽다.

5. 내용을 먼저 구상하라

필요성: 보고를 하는 목적은?

목적성: 보고받는 사람이 만족할 만큼 중요한 사안인가?

목표성: 내용이 정확하고 보고 목표가 분명한가?

중점사항: 핵심적인 내용이 들어가 있는가?

삼성은 타 그룹에 비해 말보다 문서를 통한 보고를 더욱 강조하고 있다. 신경영 이후 보고서 양을 줄이는 한편, 보고서 분량도 1페이지 내에서 요점 위주로 작성하도록 했다. 아무리 화려한 명분, 아무리 그럴듯한 계획, 또 아무리 좋은 결과가 나오더라도 수익이 보장되지 않는 기획서는 휴지보다 못한 것이다.

그러므로 문서를 작성하는 당신의 입장에서가 아니라, 읽는 당사자의 입장, 결재하는 입장을 생각하며 문서를 만들다 보면 반드시 포함되어야 할 것과 보다 중요성 있게 할 내용이 쉽게 정리된다.

자기 자신을 의심하지 마라.
의심이 있는 곳에는 확신이 설 자리가 없다.
– 짐 론 (Jim Rohn)

인간의 발명품 가운데 가장 유용하면서도 동시에 가장 슬픈 발명품은 거울이라고 한다. 바로 나를 누군가와 비교하는 마음을 함께 심어주었기 때문이다.

'거울'의 심리학적 치료 의미로서는 "또 다른 나" 혹은 "다른 자아"가 된다. 자아라 함은 의식하는 부분에 있어 의식적 행동을 관할하는 영역인데

여기서 "또 다른 자아"는 자신의 양면성을 내포하기도 하고, 혹은 내 자신의 정당성을 파기하기 위한 수단으로도 사용되는데, 단순히 거울이라 하여 "자신의 모습"을 비추는 대상이 되는 것이 아니라 자신의 행동을 이해할 수 있는 객관적 수단이 되는 것이다.

이런 복잡한 심리를 정면에서 다룬 작품이 그림동화집에 수록된 유명한 「백설공주와 일곱난쟁이」가 아닐까?

"거울아, 거울아, 이 세상에서 누가 제일 예쁘지?"

"왕비님도 아름다우시지만 백설공주가 더 아름답습니다."

여기서 거울은 주관과 객관의 차이를 의미한다. 내가 생각하는 것과 상

대가 생각하는 것 사이에는 일정부분 간극이 있다는 뜻이다. 관련부서장들과 우의를 다지기 위해 회식을 한 적이 있었는데 이구동성으로 조직 관리에 가장 어려운 점 가운데 하나를 질투로 꼽았다. 배고픈 것은 참을 수 있지만 배 아픈 것은 절대 못 참는 게 사람들의 심리다. 사실 질투는 약이 없다. 그 무엇으로도 해결 안 되는 인간만의 특이한 감정이다.

사실 리더가 가장 두려워하는 것은 라이벌 기업이 아니다. 함께 일하는 직원이다. 직원의 마음을 얻지 못하면 아무것도 할 수가 없기 때문이다. 바로 공감과 경청이라고 하는 이름의 리더십이다. 가끔 이런 말을 하는 상사들이 있다.

"나는 아랫사람을 편하게 해주기에 직원들에게 인기가 많아."

그러나 유감스럽게도 편하다는 개념은 윗사람이 평가할 문제가 아니다. 상대적으로 약자인 아랫사람이 느끼는 감정이 진짜 답이다. 이렇게 말하는 사람일수록 백설공주에 나오는 마법의 거울 앞에 선다면 아마도 "당신의 리더십 점수는 F학점!"이라는 잔인한 답변이 돌아올 가능성이 크다.

어쩌면 이것이 나의 본 모습일 수도 있다. 아무리 좋은 시어머니라도 없는 시어머니보다 못하다는 말이 있다. 그 말을 직장으로 바꾸면 아무리 좋은 상사라도 없는 편이 더 좋다는 뜻이다.

멋진 부장, 인간적인 팀장이라도 자리를 비우면 부하 직원들은 훨씬 더 좋아한다. 억울하지만 현실이다. 거울은 진실을 말하니까, 상사도 때로는 과감히 양보하고 자리를 비울 줄 알아야 한다.

명언

성공 방정식에서 가장 중요한 항목은
다른 사람들과 어울리는 법을 아는 것이다.
– 루스벨트 (미국 26대 대통령)

<h1 style="text-align:center">회의의 기술</h1>

회의는 직장인에게 필수불가결한 요소다. 일과 중 20퍼센트는 회의라는 말이 있는 것처럼 회의 없는 직장생활은 상상할 수도 없다.

하지만 직장인의 대다수가 회의를 시간낭비라고 여긴다. 별로 중요하지도 않은 안건을 가지고 사람들을 모아 별 소득 없는 결과물을 내기 때문이다. 굳이 회의가 필요하지 않은 일에도 과제 단계별 부서의 합의를 위해 으레 회의 과정을 거쳐야 하는 경우도 많다. 억지로 참석한 회의에서 입다문 채 휴대폰이나 만지작거리며 시간을 보내는 것 같은 회의의 질이 문제다. 결론도 없이 시간만 질질 끌어 업무에 지장을 주는 회의가 소통하는 회의 같은 좋은 회의보다 많다. 시도 때도 없이 소집되는 회의는 절로 회의감이 들 정도다.

직장생활 6년 차였을 때도 주말이 두려웠다. 일요일 오후만 되면 답답해진다. 월요일 아침부터 시작하는 부서회의 탓이다. 주간 일정 점검을 위해 만든 월요 회의는 언젠가부터 부장의 일장 훈시로 변질 되었다. 부장은 진행 실적을 들먹이며 험악한 분위기로 회의를 시작한다. 질타성 발언과 더불어 그 다음엔 각자 돌아가며 아이디어를 내보라고 채근한다. 기탄없이 자유롭게 말하라고 해놓고, 용기를 내어 얘기를 하면, 핀잔을 듣거나 말한 사람에게 수명사항이 떨어진다.

마케팅과에 근무하는 이 과장은 회의를 일상화 하는 팀장 때문에 입맛을 잃는다고 한다. 매일 팀원들이 출근하자마자 빠짐없이 회의를 소집한다. 크게 변화 없는 그날의 업무 계획을 받기 위해서다. 그러다 어느 날 아이디어 회의라도 있는 날이면 좋은 아이디어가 나올 때까지 마라톤 회의로 연결된다. 회의로 인한 스트레스가 말이 아니다. 회의만 괴로운 게 아니다. 회의 때 가라앉은 분위기를 푼답시고 이어지는 회식 자리도 마찬가지다. 그러다 보니, 부하직원들은 회의에 빠지기 위한 변명거리를 찾느라고 바쁘다.

상사들만이 아니라 동료나 선배도 마찬가지다. 회의 때 별로 말도 없다가 누가 말만 하면 말꼬리를 잡고, 대안을 물어보면 빈정거림만 돌아온다. 그저 다른 사람의 의견을 비판하는 것만으로 자신의 일을 다하는 것으로 생각한다. 이런 문제를 여러 부서에서 겪다 보니, 회사 차원에서도 회의의 효율화를 위한 방안을 마련하여 변화를 유도하고 있다.

첫째로, 회의가 필요한 안건이 생기면 회의 소집을 하는 주최 측에서 회의 주제와 준비에 필요한 인품을 만들어 돌린다. 양식도 필요 없고 사전에 고지한다는 것이 중요하다. 사전에 회의의 목적과 방향을 제시하고, 참석 예정자는 의견을 갖고 들어오라든가, 회의를 정기회의로 만들어 진행되는 단계 및 계획을 사전에 공지하여 참석자에게 스케줄을 조정할 수 있도록 하고, 가능한 적은 인원으로, 굳이 참석하지 않아도 되는 회의면 메신저를 통해 회의를 대체하도록 하며 정시에 시작하고 짧은 시간 효율적으로 진행하도록 시간을 정한다. 또한, 참석자는 자신의 의견만 내세우지 말고 남의 의견을 경청한다. 꼭 필요한 순간이 아니면 휴대폰을 손에서 내려놓고, 필요하다면 공식적으로 사용하도록 한다. 아무리 자유로운 회의 도중이라도 개인 휴대폰은 탁자에 꺼내 놓지 않는 것이 예의다.

또한 당신이 회의에 참석한 멤버라면 어떤 식으로든 자신의 의견을 내는 등 적극적으로 참여해야 한다. 바쁜 시간을 할애해 회의를 진행하는 이유는 그 회의를 통해 새로운 아이디어를 발굴하고 해결책을 찾기 위함이다. 모두가 아무런 의견을 내놓지 않는다면 문제해결의 실마리는 절대 등장하지 않는다. 서로의 바쁜 시간만 잡아먹을 뿐이다.

회의에서 자신이 어떤 공헌을 할 수 있는지 생각하고, 제삼자의 시선으로 참신한 의견을 던질 수 있어야 한다.

회의에서 정곡을 찌르는 발언을 못 했다고 해서 고민할 필요는 없다. 리스크가 두려워서 발언을 포기했을 때보다는 분명 얻는 게 더 많기 때문이다. 그리고 자신의 역할이 불충분하다고 느꼈다면 앞으로 더 중요한 존재가 되기 위해 노력하면 된다.

또한, 회의가 아니라도 상사에게 의견을 펼칠 때에는 매우 조심스러워야 한다. 중국 고전 「한비자」에서는 이렇게 설명하고 있다.

"윗사람에게 자신의 의견을 말하는 것은 어렵다. 이는 말하는 사람에게 해박한 지식이 없어서도 아니며, 자신의 의견을 말로 표현하는 일이 힘들어서도 아니다. 또 거침없이 말하는 용기가 없어서도 아니다. 윗사람에게 말하는 것이 어려운 이유는 상대의 마음을 헤아리고 자신의 의견을 상대에게 맞춰야 하기 때문이다."

상사와 부하의 기본적 역학 관계는 그 옛날이나 지금이나 다를 게 없다. 주도면밀하게 대처해야 한다. 그렇다고 상사의 눈치를 보고 비위나 맞추라는 그런 뜻이 아니다. 자신의 의견을 적극적으로 표현할 줄도 알아야 한다는 말이다. 부당한 처우를 받았다는 생각이 들거나 납득할 수 없는 일이 생겼을 때는 상사에게 자신의 의견을 말하고 설명이나 개선을 요구하라. 정중하게 자신의 할 말을 하는 것이 상사로부터 존중받는 길이다. 다산 정약용은 이렇게 말한다.

"임금을 섬길 때는 임금의 존경을 받아야지, 임금의 총애를 받는 사람이 되는 건 중요하지 않다. 또 임금의 신뢰를 받는 게 중요하며, 임금을 기쁘게 해 주는 것은 중요하지 않다."

이런 마음가짐이야말로 윗사람에 대한 건전한 태도라 할 수 있다.

만약 전혀 납득할 수 없는 방향으로 상사가 지시하거나 결정하려 하는 경우, 한 걸음 물러선 뒤 적당한 시간에 다시 가서 설명하는 게 좋다. 그 자리에서 즉시 반박하는 것은 앙금을 남길 수 있다.

토론도 마찬가지다

동료들과 대화를 나누다 자연스레 언쟁 모드로 바뀌는 사람들은 대개 불안하거나 공격적 성향을 갖고있는 사람들이다. 그런 이들은 핵심이 무엇인지 파악하려 들지 않고, 상대에게 상처를 주는 것 또한 신경 쓰지 않으며, 오직 언쟁에서 이기는 것만을 중요시 여긴다. 만약 사무실의 분위기가 경쟁적이거나 대립 상황이라면 이런 경향은 더 심해지고, 당신 역시 성격에 관계없이 논쟁에 휩쓸릴 수 있다, 반면 토론은 상대를 배려하고 문제를 심사숙고해서 해결한다. 각자의 사람들이 다른 의견을 내는 것은 건전한 것이다.

Tip 토론의 규칙

- 차분함을 유지하고 솔직하게 임하라.
- 공손한 언어를 사용하고 교양인답게 행동하라.
- 주제에서 멀어지지 않도록 하고 상대 의견을 존중하라.
- 동의한 부분의 공감대 형성을 명확히 하라.

잘못된 논쟁은 비생산적인 결과를 낳는다. 언쟁을 일삼으면 당신은 화를 잘 내는 투쟁적인 사람으로 비춰질 뿐더러 다른 사람과의 관계에도 신경 쓰지 않는 사람으로 생각한다. 자신의 주장을 꺾지 않으려고 사사건건 논쟁을 벌이지 말고, 정말로 중요한 일이어서 시간과 노력을 투자할 만큼 가치 있는 일에 대해 매달려라. 다른 사람의 기분을 상하게 하는 부정적인 말은 하지 말고 험악한 얼굴로 상대방을 이기려 들지 말라. 그렇게 하면 사람들은 당신과 이야기하는 것을 꺼리게 될 것이다.

만약 당신이 협력적인 토론을 한다면, 주변인에게도 긍정적인 사람으로 인식된다. 누군가 언쟁을 걸어와도 교양인답게 행동하라.

프레젠테이션을 차별화 하라

당신의 업무가 상사에게 인정받으려면, 보고하는 방식부터 재점검 하라. 상사가 선호하는 스타일을 파악하여 가장 효과적인 방식으로 보고해야 한다. 당신에게 편리한 방법보다는 상사가 선호하는 방법으로 정보를 제공해야 한다. 상사는 자신과 비슷한 당신의 업무 스타일을 편안하게 느낄 것이다. 언젠가 개발실장이 새로 부임시 과제현황을 보고해야 했을 때 이전에 근무했던 회사에 연락해 보고양식을 공수받은 적도 있었다.

보고내용의 요점을 차트나 그래프와 같은 시각적인 효과를 이용한 보고서를 완벽하게 준비하고, 구두로 간단한 요점만 설명한다. 요약 정보와 주요 포인트는 어떤 식으로든 차트나 그림으로 설명해야 효과적이다.

언젠가 드라마 〈미생〉이 인기를 끌던 적이 있었다. 신입사원들의 직장생활의 애환을 담은 내용이라 많은 직장인들의 심금을 울렸다. 한 장면은 신입사원의 채용 과정에서 프레젠테이션의 준비와 발표가 있었다. 당락의 여부를 결정하는 중요한 프레젠테이션의 순간이었다. 주어진 시간은

30분, 일부 사원은 수십여 장을 준비해서 첫 장을 넘기는데만 10여분을 소요하며 결국 10장도 못 넘기고, 심사위원들의 질문 공세에 시달리며 머뭇거리다 끝났다. 결국 대부분의 신입사원들이 자신이 준비한 것을 제대로 펼쳐 보이지도 못하고 고배를 마셨다.

이러한 것은 우리 회사의 신입사원 면접 때도 다르지 않다. 1차 SSAT(삼성직무적성검사)를 끝내고도 면접에서 떨어지는 경우가 많다. 대부분의 회사의 경우도 다르지 않다.

프레젠테이션은 종합예술이다. 뮤지컬에 비유하면 무대, 관객, 대본에 연기와 노래실력을 갖춘 배우가 필수적이며, NG가 곧 실패를 의미하는 생방송이다. 파워포인트를 사용해 예쁘고 화려하게 포장한다고 해서 되는 게 아니기에, 주제와 상대방의 수요, 욕구에 맞는 최적화된 형식으로 구성하고, 유려한 발표로 10초 이상 침묵이 생기지 않게 해야 한다. 관객들의 반응을 유심히 살피면서 때론 유머를, 때론 강약의 악센트를 추가해서 다양한 포즈로 주의력을 집중시켜야 한다.

또한, 돌발상황과 예상되는 질문에 대한 준비도 되어 있어야 한다. 프레젠테이션을 잘하는 사람은 글 잘 쓰고 말 잘하는 능력을 모두 갖춘 인재로 불린다. 사내에서 나의 이미지를 강하게 어필하여 한 방으로 분위기 전환을 할 수 있는 게 바로 프레젠테이션이다.

파워포인트는 대표적인 프레젠테이션 도구다. 자신의 의사를 쉽게 표현할 수 있으며 생각을 재창조해 낼 수도 있다.

프레젠테이션의 달인으로는 애플의 스티브 잡스를 꼽을 수 있다.

신제품을 론칭(launching)할 때마다 물 빠진 청바지를 입고 나와 각종 미디어를 사용해서 자사제품을 홍보한다. 스티브 잡스의 프레젠테이션 노하우에는 여러 가지가 있지만 여러 사람들이 가장 훌륭하게 평가하는 부분은 간결하고 명료하지만 핵심과 메시지는 정확하게 청중에게 전달한다는 점이다. 이것이 프레젠테이션의 핵심목표에 부합된다.

Tip 스티브 잡스의 프레젠테이션 스킬 10가지

1. 화제를 제시하라.

2. 열정을 표출하라.

3. 윤곽을 보여 주어라.

4. 숫자를 의미 있게 활용하라.

5. 잊지 못할 순간을 선사하라.

6. 시각적 자료를 극대화시켜라.

7. SHOW를 하라.

8. 작은 실수는 잊어라.

9. 장점을 팔아라.

10.연습만이 살길이다.

퇴근 전에 자리를 정돈하는 이유

보통 직급이 올라갈수록 간부들의 퇴근 시간은 늦어진다. 지방 캠퍼스의 경우 신입사원들의 대부분이 기숙사에서 생활을 하지만, 대부분의 간부들은 수도권에 집을 두고 장거리 출근을 하게 되는 경우가 많다. 그러하기에 업무를 하다 보면 퇴근 버스의 시간이 촉박하게 되어 부랴부랴 버스 승강장으로 달려가게 된다. 그들이 떠난 후의 책상 위의 모습은 정말 천태만상이다.

어떤 이는 퇴근 전에 자신의 책상을 깔끔하게 정리정돈한다. 걸레질로 책상 위를 깨끗하게 닦으면서 청소를 했다는 말이 아니다. 회사에서는 정보 보안에 대해 엄격한 기준을 갖고 단속을 하기에 책상 위의 프로젝트 자료 등을 깨끗이 서랍에 치우고 서랍 시건장치까지 마무리 하고, 다음 날 할 일을 적어놓고 퇴근한다. 다음 날 아침 출근하자마자 전력으로 일에만 매진할 수 있도록 우선순위까지 매겨놓고 나서 퇴근하는 완벽한 이가 있는가 하면, 어떤 이는 책상에 정보 보안 서류만 대충 치우고 책상위 쓰레기도 그대로 있는 경우가 있으며, 어떤 이는 시건장치를 하지 않아

인사팀에 경고를 받는 경우도 있다. 떠난 뒤의 자리는 자신의 얼굴이다. 좋은 모습을 보이지 못한다면 상사나 후배가 어떻게 생각할까 하는 것은 자신의 몫이다.

나는 이러한 것을 보아 왔고, 한때는 팀의 환경 보안 담당이였기에 더욱더 신경 써서 책상을 정리하고 퇴근 했다.

사무실, 책상, 개발 숍(Shop) 등은 사적인 공간이 아니다. 책상은 당신이 무슨 일을 하고 무슨 생각과 가치를 두고 회사생활을 하고 있는지를 단적으로 보여 주는 공간이다. 지저분한 책상을 보고 관리자는 무슨 생각을 할까? 주변 정리정돈도 못하면서, 프로젝트 단계 단계에 걸친 여러 액션 아이템과 문제점들을 그때 그때 빠짐없이 해결해 나갈 수 있으리라 생각하기는 힘들다. 물론 깨끗이 하라는 건 아니지만, 책상에 약봉지, 쓰레기와 서류더미가 난장판이 되어 있다면, 그런 환경에서 미래를 예측하고 창조적인 아이디어가 나올 수 있을까? 거꾸로 종이 한 장 없는 책상에 서랍조차 텅 비어 있다면, 종이 없는 미래지향적인 근무환경을 조성하고 있는 것일까? 낮 동안에는 파일 뭉치를 책상 가득히 펼쳐 놓고 일하더라도 퇴근할 때는 모두 제자리에 정리해 놓고 시건장치로 마무리 한다. 이러한 생활방식은 회사의 보안도 지켜주고, 당신을 열심히 일하는 사람일 뿐만 아니라 마무리도 깔끔한 사람이라는 인상을 주게 된다.

지금 다시 한 번 주위를 둘러보라. 실적을 올리는 사람, 일 잘하는 사람은 책상 주변이 깨끗하게 정리되어 있지 않은가? 업무를 끝내고 돌아갈 때 책상 위가 깨끗한 사람일수록 일을 잘하지 않는가?

책상은 사적인 공간이지만 주변 사람들이 볼 때 그 주인의 품격을 나타낸다. 책상이나 사무실은 사무적인 공간이므로, 꾸미고 싶다면 업무와 연관된 것으로 꾸며라. 책상 위에 무엇인가 놓고 싶다면, 회사의 일의 가치를 생각해 보고 그 가치의 상징이 될 수 있는 것을 찾아라. 회사의 분위기에 어울리면서도 크게 튀지 않는 창의적인 아이템이라면 보기에도 좋을 것이다. 책상에 몇 권의 책을 꽂아 놓을 때도 당신의 좋은 이미지를 남길 수 있는 책들만을 선정해서 꽂아라.

정리 정돈은 효율적으로 하기 위한 필수조건일 뿐만 아니라 정신 건강에도 좋다.

퇴근 전에 다음날 할 일을 미리 정리해 놓으면 다음날 아침에 집을 나선 순간부터 출근해서 사무실에 도착할 때까지 무엇을 해야 할지를 머릿속에서 되새겨 볼 수 있고, 그날 하루 동안 해야 할 일이 명확하게 떠오르고 마음에 여유까지 생긴다.

하루 중 가장 머리가 맑고 집중력이 좋은 오전 시간에 우선적으로 해야 할 일을 집중적으로 처리하면 효율성이 높아지고 일의 성과도 높아진다.

일과 삶의 조화가 필요한 시간

'**일**과 사생활의 균형'이란 말을 떠올리면 무의식적으로 저울을 떠올리게 된다. 일과 사생활은 서로 상충하는 개념이기에 모두 다 만족할 수는 없다. 일이든 가정이든 개인의 행복이든, 인생에서 중요한 하나의 목표를 성취하기 위해선 다른 것들을 희생해야 한다는 전제가 깔려 있다.

하지만 미국 펜실베이니아대 스튜어트 프리드먼 교수는 일과 일 이외의 삶이 서로 충돌하고 서로 손해를 끼친다는 '제로섬(zero-sum)' 관점을 버려야 한다고 주장한다. 프리드먼 교수는 "인간의 삶은 크게 일, 가정, 자신, 공동체 네 가지 영역으로 구성되는데, 각각의 영역이 서로 분리돼 있는 것이 아니라 얼마든지 겹칠 수 있다"면서 "균형이 아닌 조화를 추구해야 한다."고 했다.

저울이 수평을 유지하기 위해선 한쪽이 아래로 치우칠 경우 그쪽에서 넘치는 부분을 퍼내 다른 쪽 저울에 얹어야 하지만 조화는 어느 한쪽의 희생을 요구하지는 않는다. 그는 이것을 '토털 리더십(total leadership)'이라고 말한다.

프리드먼 교수는 "가치 있는 목표를 향해 나 자신을 포함해서 다른 사람들을 움직이게 만드는 사람"을 리더라고 본다. 각자 스스로의 삶을 이끄는 리더라는 것이 그가 말하는 토털 리더십의 골자다.

그럼 어떻게 해야 네 가지 삶의 영역이 조화를 이루게 할 수 있을까? 의외로 쉽게 생각할 수 있다. 삶에서 중요한 각 영역을 서로 겹치게 하면 하나를 얻기 위해 다른 것들을 전부 희생하지 않아도 된다.

예컨대 회사 직원들과 함께 봉사활동을 한다면, 회사에서는 인간관계를 돈독하게 만들 수 있고 지역사회에도 도움이 된다. 이런 식으로 겹치는 부분을 찾으며 하나둘씩 늘려간다.

프리드먼 교수는 직원들의 복지와 사기 향상에 도움이 되고, 생산성 향상으로 매출이 증가하기에 회사에도 긍정적이라고 말한다.

"리더가 된다는 것은 사람들을 감화시켜서 우리가 선택한 방향으로 나가게 하고, 모두에게 의미 있는 목표를 달성하게 한다는 의미입니다, 그러므로 조직에서 최고 직책이든 중간 간부이든 간에 누구나 리더십을 발휘하고 성취할 수 있습니다."

그는 "진정한 리더라면 이런 일이 가능하도록 해야 한다"고 말했다.

일과 여가를 구분해라

TV 드라마를 보면 그 시대를 살아가는 사람들의 의식주와 같은 생활

모습은 물론이고 가치관까지 엿볼 수 있다. 20세기 후반에 드러난 남자 주인공은 일만 아는 야심가나 무책임한 남편으로 그려졌다. 그러나 요즘 드라마에선 주인공이 일벌레보다는 가족이나 연인과 함께 즐길 줄 아는 남편으로 그려진다. 21세기로 넘어 오면서 직장인의 화두는 '일'에서 '여가'로 바뀌었다. 사회 전반의 활력을 불어 넣기 위한 시대적 분위기를 반영한 결과다. 직장인이든 자영업자이든 일하기 위해 여가를 즐기고, 여가를 즐기기 위해서 일을 한다. 떠나기 위해 열심히 일하고, 일하기 위해 열심히 떠난다. 신입사원 중에도 돈을 모아 동료들과 10일씩 유럽이나 아시아로 해외여행을 가는 것은 이제는 흔한 일이 되었다. 현대인의 가치관이 변한 것이다. 그러나 문제는 일과 여가를 구분하지 못하는 데 있다. 회사에서는 근무 강도를 높이라고 늘 강조해도 일부 직원들은 근무 시간을 커피숍을 포함한 휴식에 많이 할애하는 경우도 있다.

내가 있던 회사는 지방이라 직원들의 근무 분위기 함양 및 휴식을 위해 회사 빌딩 내에 커피숍을 유치하지만 이러한 취지에 역행하는 것이다. "일할 때는 일하고 놀 때는 놀아라." 하는 구호가 아직도 공허하게 메아리치고 있는 것이다. 현재에 충실하지 못하는 사람에게는 미래가 없다. 미래는 멀리 있지 않다. 한 발 한 발 앞을 향해 걸어가고 있는 당신의 모습이 바로 미래이다. 직장생활을 하든 개인 사업을 하든, 귀하든 천한 일이든 간에 자신이 하고 있는 일에 자부심과 긍지를 느끼게 되면, 근무시간에 딴 짓을 할 수가 없어진다. 일 앞에 당당하다 보면 일을 진심으로 사랑하게 되고, 그때쯤 되면 성공은 저절로 따라오게 된다.

언젠가 인사팀에서 배포한 '직장생활의 눈총' 백태를 본 적이 있다. 출근 시 현관 게이트 체크 후 식사하기, 잦은 사적인 통화, 회의 시 시선은 어느새 스마트폰에 가 있고, 메신저를 통한 사적 채팅, 점심시간 후 늦은 복귀 등등. 상사는 점심시간을 적당히 쓰고 가급적 일찍 자리에 앉아 있는 직원을 좋아한다. 자기 시간을 자기가 알아서 쓴다는데 드러내놓고 뭐라 할 수 없지만 업무 외에 다른 일로 분주해 보이는 것을 좋아하지 않는 이유는, 점심시간 후 바로 일을 시작하더라도 집중하기가 힘들 것이라 생각하기 때문이다. 업무 중에도 자주 개인적인 쉬는 시간을 갖는 것도 좋은 현상은 아니다. 진득하게 앉아 있지 못하고 자주 커피타임을 갖거나 사적인 긴 통화는 삼가는 것이 좋다.

회사는 직원이 드러내놓고 사적인 것을 우선시 할 때 주요 프로젝트에서 빼거나, 승진에서 누락시키기도 하고 정리해고 명단에 올리기도 한다. 어느 경우건 회사가 바라는 건 회사 일에 전념하는 열정적인 모습이다. 아무리 자기 자신은 회사와 사적인 일을 둘 다 병행할 수 있다 하더라도 회사에 믿음을 주지 않는 한, 요주의 인물이 될 수밖에 없다. 직장에서는 오직 회사 일을 통해서만 자신을 알리는 것이 좋다. 업무와 관련 없는 웹서핑, 사적인 채팅과 통화, 인터넷 쇼핑 등은 일하지 않고 있음을 가장 적나라하게 보여 준다. 출근하는 시간부터 퇴근하는 시간까지 회사에서 보내는 시간은 결코 사적인 용도로 사용하지 않도록 최소한의 예의를 지키도록 하자.

　업무를 하다보면 야근하는 경우도 많다. 개발 담당자의 경우는 담당별로 모델이 틀리고 일정도 다르기에 야근의 시기도 다르다. 야근 자체를 업무 스케줄에 포함시켜야 할 수도 있다. 내 일을 깔끔히 처리하고 퇴근하는 것도 요령이 필요하다. 야근을 능력과 성실함으로 인정받는 부서의 분위기는 필요 이상의 야근을 습관처럼 시행하는 경향이 있다. 꼭 해야 하는 야근을 빠지는 것도 문제다.

　야근을 좋아하는 사람은 없다. 어차피 해야 하는 야근이면 즐겁게 하라.

　윗사람이 야근을 하면 먼저 일어나기 망설여지고 후배들은 뭔가 자신들의 업무량이 작은 것 같은 느낌이 들어 선뜻 퇴근하기가 망설여진다.

　이럴 때는 우정야근의 액션을 1시간 남짓 살짝 취해보는 것도 좋다. 우정야근은 단지 옆에만 있는 것이 아니라 야근을 즐겁게 만드는 액션을 포함한 것이다. 졸음과 피로를 쫓을 수 있는 초콜릿과 귤을 간식으로 준비해 준다던가 하는 액션을 말하는 것이다.

휴일 후의 업무모드 전환

　주5일 근무가 전면 시행되면서 많은 직장인들이 금요일 저녁부터 업무에서 벗어나 즐거운 마음으로 여가를 보낸다. 하지만 시간이 쏜살같이 지나가 어느덧 일요일 오후쯤 되면 밖에서 사람들과 만나 즐겁게 지내다가

도 문득 내일의 업무가 머릿속을 스치곤 한다. 우스개말로 일요일 저녁에 많은 사람들이 시청하는 KBS의 개그콘서트가 끝나면 '이제 주말도 끝났구나' 하고 실감하기 시작한다. 기분이 갑자기 우울해지고 하루만 더 쉬고 싶다는 생각이 간절해진다. 직장인이라면 누구나 공감할 만한 일요일 저녁의 모습이다. 토요일까지 일하던 과거와 다르게 쉬는 날이 하루 더 늘었는데도 오히려 월요일이 더 피곤해졌다고 말하는 사람들이 많다. 사실 주말에 취미생활들을 한다면 월요일에 다시 업무 모드로 돌아가는 것은 쉽지 않다. 하지만 쉬지 않고 계속 일만 하다 보면 장기적으로는 건강관리와 질 높은 성과 면에서도 나쁜 영향을 줄 뿐이다. 적당한 기분전환과 업무 시간 외에 즐길 수 있는 취미를 가지면서 몸과 마음 모두 건강한 상태로 일할 때 결과적으로는 성과를 올릴 수 있다.

월요일 오전의 근무 태도를 보면 그 사람의 능력을 단번에 파악할 수 있다. 휴일 후의 출근은 누구나 달갑지 않다. 때로는 주말 늦잠의 여파로 졸음에 시달리기도 한다. 이런 상황에서 자신의 업무 능력을 발휘하기는 힘든데, 자신의 능력을 십분 발휘하여 일사천리로 업무를 처리하는 사람은 분명 무언가가 다르다. 그 사람은 항상 한 걸음 먼저 업무를 파악하여 준비하는 마음가짐이 되어 있다는 증거이고, 반대로 주말의 기분을 떨치지 못한 채 오전 내내 허무하게 보낸다면 준비 능력이 떨어진다는 증거이다.

 휴일 아침 효율적으로 보내기

1.주말에 즐거웠던 일을 되돌아본다.

친구나 가족과 보냈던 즐거운 시간을 떠올리며 에너지를 얻는다.

2.일주일과 월요일 하루의 할 일 목록을 확인한다.

중요한 업무를 떠올리고 출근 직후 어떤 일을 해야 할지 정한다.

3.평소보다 15분 일찍 일어나도록 알람시계를 맞춰 둔다.

전날 일찍 잠자리에 든다.

그저 사는 것이 아니라 잘 사는 것이 중요하다.

– 소크라테스

직장은 정글의 법칙

회사는 생존을 위해 때로는 구조조정과 정리해고를 감행할 수밖에 없다. 그 회사에 장기근속했다면, 회사를 위해 일정 부분 기여한 부분은 분명히 있다. 하지만 어느 순간 주변의 환경에 의해 회사는 생존이라는 명분 아래 구조조정의 칼날을 휘두르고 그 칼에 많은 사람이 희생당한다. 설령, 이 순간 구조조정을 피했다 하더라도 몇 년 후에 다시 칼끝이 내 목을 향하게 될지 모르는 일이다. 그러니 당장의 칼끝을 피한다면 직장인에게 큰 축복이기에 직장인들은 살아남기 위해 최선을 다한다. 살아남기 위한 직원들의 몸부림은 마치 정글 속에서 살아남기 위해 벌이는 동물들의 사투와 다를 바가 없다.

그러나 무조건 정글에서 살아남는 것만이 답은 아니다. 현재 자신이 있는 곳이 안전한 서식지가 아니라고 판단하면 대책 없이 사표를 던지고 창업을 하지만 열의 여덟은 주저 앉고 마는 통계가 나오는 것이 현실이다. 철저하게 준비하지 않은 상태에서 막연한 기대감을 가지고 탈출한다면, 자포자기 하며 살아갈 수가 있다. 인생 2막에 대한 특별한 대안이 없다면 가능하면 오랫동안 직장에서 살아남아 준비하며 시간적인 여유를 벌어서 인생의 돌파구를 찾아야 한다.

모아놓은 돈이나 지금껏 뭔가 해놓은 것이 없다 하더라도 총성 없는 전쟁터와 같은 직업세계에서 몸담고 있는 것만으로도 승리자다. 직장이라는 정글에서도 살아남았으니 정신만 바짝 차리면 얼마든지 인생 2막을 준비할 수 있다. 하지만 직장생활을 순응하면서 지내다 보면 도전하는 용기가 사라지게 되고 결국 연차가 증가할수록 점점 조직에 더 순응하게 되며 붙박이로 남아 있으려고 하게 된다.

직장의 현직에 있는 시간이 미래를 준비 할 시간이다. 단지 조직에 붙어 있는 걸로 만족하고 살아간다면, 인생 2막을 준비할 기회는 날아가게 된다. 풍족한 순간 날아갈 필요가 없어 새의 날개가 퇴화되는 것처럼, 스스로 그런 기회를 사장시켜 버리게 된다. 직장에도 정글의 법칙이 적용되는 것을 이해한다면, 그 속에서 살면서 도전정신을 잃지 않는 것이다. 그렇지 않다면 새로운 정글로 이동할 수 있는 힘마저 잃게 된다.

나이는 결코 중요하지 않다. 도전과 응전의 정신만 살아 있다면, 지금의 정글 혹은 새로운 정글의 법칙에서 충분히 두려움 없이 살아남을 수 있다. 비 한 방울 없이 햇빛만 비치면 그 땅은 사막이 된다는 말이 있는 것처럼, 직장에서 위기 없이 계속 순탄하게 모든 일이 진행된다면, 정작 퇴직 후에 어떤 일을 추진할 수 있는 내공을 지니지 못한다. 오히려 직장에서 위기가 닥칠 때 이것을 슬기롭게 이겨나가게 되면 오히려 멋진 앞날이 펼쳐질 수 있을 것이다.

직장인들은 윤태호 작가의 웹툰을 영상으로 그린 드라마 〈미생〉의 주인공들을 보며 자기 자신을 본다. 미생에 나오는 등장인물들은 하나같이 뭔가 부족하고 저마다 고민거리를 안고 있다. 같은 처지에 놓인 직장인들은 드라마를 보며 이들과 함께 울고 웃는다. "맞아, 맞아! 저건 내 얘기야." 그야말로 〈미생〉 열풍이었다. 〈미생〉을 보지 않으면 직장 동료들과의 대화에 낄 수 없을 정도다. 취업포털 〈사람인〉이 직장인 930명을 대상으로 조사한 결과 82%가 드라마의 내용을 알고 있었으며, 72%가 드라마와 실제 직장생활의 '싱크로율(비슷한 정도)'이 50% 이상이라고 답했다.

직장인들은 〈미생〉 속 에피소드 가운데 만화의 첫 장면처럼 "충혈된 눈이 풀릴 새도 없이 일이 몰려오는 것"에 많은 공감을 했다. 미생이 그린 것처럼 대부분의 직장인들은 결코 행복하지 않으며 드라마 속 장그래와 오차장의 팀워크, 입사 동기들 간의 우애를 보면서 그래도 불행하지는 않고 위로받는다고 말했다.

드라마 〈미생〉의 주옥 같은 대사 중 특히 큰 울림을 주었던 것은 **"정답은 모르지만 해답을 아는 사람이 있어요, 장그래씨처럼"** 이었다. 정답과 해답은 유사한 개념이지만, 미묘한 차이를 말한다면 정답은 답 자체이고, 해답은 답에 대한 풀이와 해설까지 포함한다. 또 정답은 유일하게 정해진 경우가 많고, 해답은 다양한 해결 방안을 포함할 수 있다. 모름지기 정답보다 해답을 지향해야 하지만 안타깝게도 현실은 그렇지 못하다.

직장생활에 적응하려면 크게 생각하라

아무리 불가능한 목표라도 그것을 실현할 방법은 있다. 크고 넓게 생각해야 하는 가장 큰 이유는 눈앞의 이익에 연연하지 않고 자신이 정말 절실하게 원하는 것이 무엇인지 찾아내고, 자신의 능력 중 가장 유능한 부분을 잘 이용해 자기 인생의 방향을 올바르게 이끌어 나가는 것이다.

가장 가치 있는 일을 표로 만들어 검토하라

내가 가장 하고 싶고 가치 있다고 여기는 일의 내용을 하나씩 되새기며 자신의 평소 행동과 비교해 보라. 이렇게 하면 미연에 방지할 수 있는 실수는 무엇이 있는지. 또 부족한 점은 무엇인지 발견할 수 있다.

자신의 이상을 상상해 보라

자신이 꿈꾸는 직장생활이나 인생을 그림으로 그려 보라. 화가가 아니라, 자신의 꿈을 형상화해서 눈에 띄는 곳에 붙여 두라는 말이다.

자신과의 약속을 지켜라

자신의 목적을 꼭 달성하겠다고 결심하고, 그것을 차근차근 실천할 수 있도록 행동이 뒤따라야 한다. 단지 간절히 원하기만 해서는 아무런 결과도 얻을 수 없다.

흔히 "환경에 적응하는 자만이 살아남는다."고 하는데 이는 동식물뿐만 아니라 인간 사회에도 적용되는 생존법칙이다. 현대의 치열한 경쟁 사회에 적응하지 못하는 사람은 반드시 도태 된다.

상사에게 불만이 있어 회사에 적응이 되지 않는다면 우선 마음을 차분히 가라앉히고 자신의 신입사원 시절을 돌아보자. 그때 어떤 포부를 품고 있었는지… 물론 마음이 잘 맞는 상사를 만나면 자신의 발전에 많은 도움이 될 테지만 진정한 성장은 자신의 노력에 달려 있다. 끊임없이 자신을 독려하고 즐겁게 일할 수 있는 방법을 생각해 내는 것이 보다 생산적이다. 그것이 직장이라는 정글에서 살아 남는 방법이다.

취업난의 영향으로 요즘의 신입사원은 예전의 신입사원이 아니다. 컴퓨터 활용 능력은 기본이고, 뛰어난 어학 실력에 석·박사 등 면면이 화려하다. 선배 입장에서 그런 후배들이 들어온다고 생각하면 긴장도 되는 한편 기대도 크다. 그러나 들어오자마자 기대에 부응하여 뭔가를 해보이겠다는 생각은 시기상조다. 유학파라고 해서 회화가 뛰어날 수 없고, 각종 자격증이 있다고 해서 그 분야의 전문가는 아니다. 나이도 많고 학벌도 달린다고 해서 남을 의식해서 성과에 집착할 필요는 없다. 넘치는 열정과 의욕의 불씨가 주위의 기대라는 기름을 만나면 과열되는 과유불급 현상이 발생한다. 차츰 나아지려는 모습을 보여 주면 된다. 빨리 인정받고 승진할수록 빨리 내려올 수도 있는 것이 직장생활의 법칙이다.

상사는 모든 일을 열심히 하겠다는 의욕과 넘치는 모습, 톡톡 튀는 아이디어, 밤새도 문제없는 체력과 끈기를 원한다. 신입사원의 열의 넘치는 모습과 젊음 그 자체를 중요하게 여기는 것이다. 시작이 반이라는 말처럼, 중요한 것은 뒤로 가지 않고 계속 앞으로 나가는 일이다. 직장생활에서 잠시 쉬거나 주춤할 수는 있어도 후퇴하는 인간은 되지 말자.

직장에서 일을 함에 있어서 꿈과 함께 확고한 신념을 가져야 한다. 가끔 시간을 내어 자신이 지금까지 걸어온 길을 돌아보며 감사하는 마음을 갖자. 그리고 앞으로 더 가야 할 길을 생각해 보라. 지금의 행로가 마음에 든다면 당신은 행복할 것이다. 인생은 단 한 번뿐인 삶을 사는 것이다. 그렇다면 이 하나뿐인 인생을 최고로 만들어야 하지 않겠는가. 최고가 되기 위해서는 먼저 일을 사랑하라. 단지 돈을 벌기 위해 그 일을 한다는 수동적인 생각을 접고, 크든 작든 지금 자신이 하는 일에 긍지와 자부심을 가지고 그 분야에서 최고가 되기 위해 최선을 다하라.

스스로 한계를 느끼거나 패배감에 젖을 경우에는 자신을 진지하게 되돌아 보되 일이 인생의 유일한 목적이어서는 안 된다. 그러다 보면 일에 지나치게 얽매어 다른 소중한 것들을 놓치게 될 것이고, 결국 불행한 삶을 살게 될 것이다. 직장에서 자신이 해야 할 일이 원하지 않는 일이라 생각된다면, 날마다 지긋지긋한 일이 산적해 있고 업무 시간이 고통스러울 정도로 느리게 흘러간다면 행복은 그만큼 멀리 달아날 것이다.

직장에서 열심히 일하는 것은 당신이 하는 일의 질적인 면과 양적인 면 모두를 의미한다. 다름 아닌 어떤 상황 아래서도 일정을 맞추고, 늘 기대치를 웃돌고, 일을 미루지 않고, 명확한 목표를 세우고 달성하기 위해 노력하며, 하루 한 번쯤은 더 잘할 수 있는 것을 스스로에게 자문하면 된다. 몇 분간의 자투리 시간이 생겨 웹서핑을 하는 것이 다른 사람의 눈에 띠지 않도록 관리해야 한다.

잘하는 것과 일하는 것은 다르다.

잘한다는 것은 일의 결과가 성과로 나타나는 것을 의미한다. 그냥 일하는 것은 게으름을 부리거나 일을 뒤로 미루기도 하지만, 잘한다는 것은 위기감을 갖고 목표를 향해 최선을 다하는 것을 의미한다. 이것은 그만큼 높은 평가 기준을 지니고 있기 때문이다.

"당신의 인생에서 구경꾼이 아닌 참가자가 되어라"라는 명언을 남긴, 대학 미식축구계의 명감독 루 홀츠는 팀을 승리로 이끄는데 필수불가결한 열 가지 요소를 들었다. 그중 한 가지가 '자신의 역할을 받아들이는 것'이라고 말했다. "모든 선수들이 전부 최고 쿼터백이 될 수는 없다. 팀이 승리하기 위해서는 물 주전자를 나르는 선수에서부터 감독에 이르기까지 각자가 맡은 임무를 충실히 수행해야 하고, 그 일이 어떤 것이든 최선을 다해야 한다."

물론 부정당한 요구까지도 무조건 참기만 하라는 말은 아니다. 회사에서 현재의 역할에 불만이 있더라도 긍정적으로 받아들이면서 어떻게 하면 기대 이상으로 그 일을 해낼 수 있을지 먼저 고민하라. 인생과 마찬가지로 직장생활도 길다. 만일 원하지 않는 일을 맡게 됐다면 그 상황에서 뭔가 교훈을 얻고 새로운 도약의 계기로 삼도록 하라. 즉 자신을 발전시킬 수 있는 기회로 삼으면 되는 것이다. 오르막이 있으면 반드시 내리막이 있는 것이다.

직업의 인식에 대한 예

세 명의 벽돌공이 있었다. 그들이 열심히 벽돌을 쌓고 있을 때 지나가던 사람이 물었다.

"지금 무엇을 하고 있는 거요?"

첫번째 벽돌공이 대답했다.

"보면 모르시오, 벽돌을 쌓고 있잖소."

두 번째 벽돌공이 말했다.

"그래요, 우리는 지금 시간당 10달러짜리 일을 하고 있는 거요."

세 번째 벽돌공의 대답은 아주 달랐다.

"난 벽돌을 쌓고 있는 것이 아니요, 난 지금 세상에서 가장 훌륭한 집을 짓고 있는 거요."

이 이야기를 한 번쯤 들어봤을 것이다. 이 이야기는 직업을 대하는 인식이 사람마다 얼마나 다른지를 보여 준다. 세 사람이 어떤 인생을 살았는지 아마 짐작할 수 있으리라. 세 번째 사람은 꿈을 갖고, 직업을 귀중히 여기는 사람이기에 아마도 훌륭한 건축가가 되어 있으리라. 이처럼 자신의 사고방식은 미래 자신의 모습에 커다란 영향을 미친다. 이상과 포부는 다양하고 풍부한 경험으로써 지속적인 발전이 가능하다. 공허하고 현실과 동떨어진 포부는 아무 의미가 없다. 강인한 의지, 흔들림 없는 결심, 끈질긴 인내심을 가져야 꿈과 이상은 실현된다.

한 개인이 좌절을 겪게 될지 어떨지 여부는 자신이 달성하고자 하는 목표 수준과 관계가 깊다. 목표 수준이 높을수록 좌절에 부딪힐 확률이 높다. 만일 결과가 그 수준보다 높을 경우에는 큰 성취감과 만족감을 얻게 되지만, 반대의 경우에는 심리적 좌절감을 겪게 된다.

그러나 중요한 것은 어떤 난관에 부딪히더라도 사기가 꺾이거나 곧장 실패를 받아들여서는 안 된다는 사실이다. 아무리 어려워 보이는 일이라도 찾아보면 방법은 있다. 때로는 조금만 시각을 달리 하거나 방법에 약간의 변화만 주어도 어려워 보이던 문제가 쉽게 풀린다.

이런 난관을 헤쳐 나가게 되면 비로소 자신의 일에 대한 성취감과 자부심을 갖게 될 것이다.

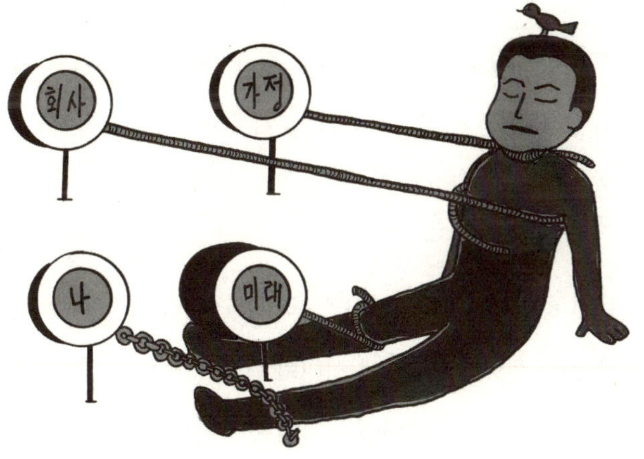

회사
가정
나
미래

인생의 버킷 리스트

"우물쭈물하다가 내 이럴 줄 알았다" 영국의 극작가 조지 버나드 쇼 (George Bernard Shaw)의 묘비에 새겨져 있는 말이다.

인생은 우물쭈물하다가 때를 놓치기 일쑤다. 때를 놓치면 두 번 다시 기회가 오지 않는 경우도 많다.

은퇴준비 역시 마찬가지다. 은퇴준비는 50~60대에 하는 것이 아니다. 60대는 은퇴를 준비할 때가 아니라 은퇴 후 혜택을 받는 시기다. 50대도 많이 늦은 시기다. 은퇴 준비가 충분하지 않다면 모든 경제적 활동을 은퇴 준비에 맞춰 진행해야 한다. 이 때를 놓치면 남은 인생이 힘들다.

많은 사람들이 50대가 되어서야 은퇴 준비를 생각하는 이유는 주택마련, 자녀교육 등으로 자신을 돌아볼 시간이 없었던 사람들이 그제서야 피부로 실감하기 때문이다.

40대가 해야 할 제일 중요한 일은 은퇴준비다. 40대에 은퇴준비를 체계적으로 하지 못한다면 100세 시대의 남은 인생을 불행하게 보내게 될 확률이 매우 높다. 특히 40대에는 라이프 사이클상 지출만큼이나 수입이 큰 때이므로 이를 계획적으로 잘 배분하여 개인연금 등 은퇴준비를 한다면 노후의 행복을 예약한 것이나 마찬가지다.

　노후준비는 젊을 때 일찍 시작해야 한다는 건 이제 상식이 됐다. 그러나 이게 어디 쉬운 일인가. 당장 눈앞의 생활에 급급한 사람에게 20~30년 뒤에 닥칠 노후를 미리 대비하라는 건 한가한 소리로 들릴 수 있다.
　또한, 젊은 시절부터 노후에 발목 잡혀 사는 건 한 번뿐인 인생을 너무 삭막하게 만든다고 생각할 수도 있다.

　하지만 모든 일은 때를 놓치면 나중에 후회하게 된다. 이른바 '골든타임'이다. 지금까지는 어영부영 지내왔을지 모르지만 이 때부터는 본격적으로 뭔가를 해야 한다는 뜻이다. '골든 타임'은 의학용어로 병원에서 생과 사를 오가며 환자의 목숨을 다루는 중요한 시간을 말한나. 한때 중동호흡기증후군(메르스) 사태가 초동 대응 실패로 걷잡을 수 없이 확산된 것처럼 노후준비에서 골든 타임을 놓치면 은퇴 이후의 삶이 피폐해질 수 있다.

　D-10년, 즉 정년퇴직 10년 전인 45~50세가 골든 타임이다. 정년퇴직 후 30~40년 동안의 삶을 꾸려가기 위해선 최소한 10년 이상 체계적인 준비가 필요하다는 이야기다. 말하자면 속성 준비과정이다. 구체적으

론 자신의 자산상태를 점검하고 은퇴자금 마련 계획을 세우는 게 첫 단계
다. 아울러 부채와 소비, 집 규모를 줄이는 등 다운사이징 훈련도 병행해
야 한다. 반퇴의 삶에 대비해 취미를 갖거나 재취업을 위한 자가 발전 노
력을 기울이는 것도 중요하다.

은퇴를 앞둔 직장인에게 무리한 재테크는 은퇴준비에 치명적일 수 있
다. 은퇴를 많이 남긴 사회 초년생인 경우는 손실을 만회할 수 있는 시간
과 기회가 있지만 당장 은퇴를 앞둔 사람들에겐 그렇지 않다. 따라서 이
들에겐 재테크가 아닌 재무설계가 필요하다. 재무설계란 인생의 흐름에
서 기간별 필요한 돈, 즉 재무목표를 달성할 계획을 세우고 그것을 달성
할 실행계획을 세워 준비하는 것이다.

예를 들어 미혼인 사회초년생의 경우 결혼자금과 집 장만 자금이라는
재무목표가 있고, 재무이벤트가 발생하면 필요한 돈을 적합한 금융상품
을 통해 미리 준비하는 것이다.

평균 수명 연장으로 '100세 시대'가 올 것이라고 한다. 그러나 100세 시
대는 그냥 오래 사는 것을 의미하지 않는다. 가족관계 · 주거 · 교육 · 일
자리 · 복지 등 개인의 삶과 함께 모든 사회 시스템이 송두리째 바뀌어야
만 100세 시대를 온전하게 맞이할 수 있다.

과거엔 60세가 되면 환갑이라고 해서 동네가 떠나가도록 노래를 부르며 잔치를 벌였다. 60세 이후를 여생이라고 불렀다. 세상 살만큼 살았으니 남은 인생은 덤이란 것이다. 그런데 환갑 이후 남은 생이 30~40년이나 되는 때가 오고 있다. 생의 3분의 1이상이나 되는 시간을 덤으로 얻는 자투리라고 하는 것은 말이 안 된다. 죽음을 기다리며 편히 보내기엔 너무나 긴 시간이다.

'버킷 리스트'는 죽기 전 꼭 해보고 싶은 것들을 적은 목록이란 뜻으로 중세 시대에, 죄수를 뒤집어 놓은 양동이 위에 올려놓고 올가미를 씌운 뒤 그 양동이를 걷어참으로써 교수형을 집행한 데서 유래했다.

그러나 버킷 리스트는 꼭 죽음을 앞둔 시점에서만 유효한 것이 아니다. 만약 우리가 은퇴와 동시에 자신만의 버킷 리스트를 만들고 하나하나 행동에 옮긴다면 오랫동안 행복하게 생애의 마지막 구간을 보낼 수 있을 것이다. 죽음을 앞두고 인생을 정리하는 의미가 아니라, 30년 넘는 포스트 은퇴인생을 보람 있게 즐기기 위한 '버킷 리스트'가 필요하다.

미국의 사회학자 윌리엄 새들러는 그의 저서 『서드 에이지, 마흔 이후 30년』에서 40대부터 70대의 시기를 '서드 에이지(Third Age)'로 구분하고 이 시기의 가장 큰 특징으로 2차성장을 꼽았다.

사람은 일생에 두 번의 성장을 하게 되는데, 한번은 20대 초반까지 학습을 통해 경험하는 1차성장이고, 다른 하나는 서드 에이지 때 자기실현을 통해 경험하는 2차성장이다. 문제는 1차성장이 누구나 겪는 보편적 성장이라면, 2차성장은 사람마다 전혀 다른 형태로 진행되며 준비된 사람만이 경험하는 성장이라는 것이다.

윌리엄 새들러는 "서드 에이지의 삶에서는 일과 여가의 구분이 그 전만큼 명확하지 않고, 일과 여가를 병행하기도 한다. 또한 남이 보기 좋은 직업보다 본인이 하고 싶은 일을 찾아 그 안에서 만족감을 얻는다. 서드 에이지는 외적으로 훌륭한 성공을 이루기보다는 내적으로 더욱 깊어지고 그로 인해 행복해지는 시기"라고 말했다.

인생의 후반기를 자기 의지대로 설계하려면, 자신만의 버킷 리스트를 작성하고 하나씩 실천해 나가야 한다. 은퇴를 끝이 아닌 새로운 시작, 인생의 후반기를 새롭게 설계할 수 있는 기회라고 생각하고 다양한 성장과정을 자신의 인생에 끼워 넣는 것이다. 세상 밖으로 밀려나와 죽음만을 기다리는 의미 없는 여생이 아니라 새롭게 펼쳐지는 제2도약기로 만드는 것이다.

언젠가 어느 대기업에서 직원들에게 버킷 리스트를 만들어보라고 했더니 사랑하는 사람들과 세계일주 떠나기, 다른 나라 언어 하나 이상 마스터

하기, 열정적인 사랑과 행복한 결혼, 국가가 인증하는 자격증 따기, 국내 여행 완전정복, 나 혼자만 떠나는 한 달간의 자유여행 등으로 나타났다.

당신의 '버킷 리스트'는 무엇인가? 당장 은퇴 후 꼭 하고 싶은 일의 목록을 작성해 보자. 그러면 은퇴란 말이 불안과 외로움이 아닌 설렘으로 다가올 것이다. 물론 은퇴 후 재정형편에 맞는 현실적인 내용이어야 한다. 앞으로 펼쳐질 새로운 인생에서 '버킷 리스트'는 당신에게 멋진 방향타가 되어줄 것이라고 믿어 의심치 않는다.

<인생 이모작을 시작하며>

흔히 창작을 출산에 비유하곤 하는데, 내게 있어서 이 책을 쓰는 과정은 마치 명상과도 같아서 내가 살아온 삶의 겹겹을 벗겨내며 지나온 길을 반추함에 따라 나 자신과 더욱 가까워질 수 있는 계기가 되었다.

과거의 나 자신과 직면하고 이를 내 머릿속에서 벗어내는 과정은 정말 출산의 고통과 같았지만 이렇게 책을 쓰고 나니 과거의 나 자신과 솔직한 대화를 나누며 다시 한 번 뒤돌아보는 계기가 되기도 하였다. 가정보다 회사에서 보낸 시간이 훨씬 더 많았기에 이 모든 것은 내가 살아온 과정이었고, 그러한 시절이 있었기에 지금의 내가 그리고 미래의 내가 있을 수 있는 것이 아닐까?

지나온 삶을 뒤돌아보고 거기서 얻은 깨달음을 책이라는 하나의 결과물로 나 자신과 분리해내는 과정은 분명 출산과도 같다고 할 수 있는 것이다. 흔히 아이를 낳는 것보다 키우는 것이 더 중요하다고 하지 않는가.

이 말처럼 이 책이 그냥 출간되고 끝나는 것이 아니라 나와 독자들의 삶 속에서 살아 숨쉬며, 자라나는 아이처럼 소중한 꿈을 이루어 가는데 있어서 씨앗이 되길 바란다. 오늘 이 순간 단 한 명이라도 진정으로 자신이 꿈꾸는 삶을 살아갈 수 있는 계기가 된다면 그것만으로도 나는 보람을 느낄 것이다.

그것이 바로 '다시 오지 않을 오늘이 행복한 이유'이다.

이 글을 읽는 모든 분이 바라는 꿈의 목적지에 함께 도착할 수 있도록 동반자 역할을 했으면 하는 것이 나의 작은 바람이다.

📖 참고 도서

「경영」 프랑크 아르놀트 지음, 최다경 옮김, 더숲 2011

「중국 3천 년의 인간력」 모리야 히로시 지음, 박화 옮김, 청년정신 2009

「카르마 경영」 이나모리 카즈오 지음, 김형철 옮김, 선돌 2010

「래리킹 대화의 법칙」 래리킹 지음, 강서일 옮김, 청년정신 2004

「피터 드러커의 자기경영노트」 피터 드러커 지음, 이재규 옮김, 한국경제신문 2007

「입사 3년 안에 꼭 알아야 할 75가지」 나카타니 아키히로 지음, 바움 2005

「매일을 최고의 하루로 만드는 약속」 스테파니 G.데이비슨 지음, 이혜경 옮김, 위즈덤하우스 2008

「(새롭게 다시 태어나는) 희망」 강일선 지음, 지식의샘 2009

「딸에게 힘이 되는 아빠의 직장생활 안내서」 김화동 지음, 민음인 2013

「(성공을 부르는)나의 표현기술」 와시다 코야타 지음, 김영숙 옮김, 현대미디어 2006

「회사가 나를 미치게 할 때 알아야 할 31가지」 구본형 지음, 다산북스 2010

「성공하는 직장인은 대화법이 다르다」 이정숙 지음, 더난출판 2008

「(전략적 사고를 키우는)업무의 기술」 하마구치 나오타지지음, 강민정 옮김, 비즈니스세상 2009

「(단 한번뿐인 20대를 위한)직장생활법칙71」 이경호 지음, 스마트비즈니스 2007

「습관 1%만 바꿔도 인생이 달라진다」 이재준 지음, 리더북스 2008

「나를 이기는 기술 행복은 나를 이기는 순간 찾아온다」 테리 햄튼 지음, 이은희 옮김, 비전하우스 2008

「경험의 힘=Power of experience」웨이지엔리 지음, 남은숙 옮김. 봄풀biz 2009

「(하늘이 무너져도 살아남는)직장인 생존 철칙50」 스티븐 비스쿠시 지음, 박정현 옮김 진명 2008

「회사가 당신에게 알려주지 않는 50가지 비밀」 신시아 샤피로 지음, 공혜진 옮김, 서울 2014

『퇴직 후 행복한 삶을 위하여』G.킹슬리 워드 지음, 나운영 옮김, 리드북 2003

『나를 변화시키는 좋은 습관』한창욱 지음, 새론북스 2007

『김과장 & 이대리』하영춘 지음, 거름 2011

『Mr.손 직장에서 살아남는 기술』허위에샨 지음, 이은희 옮김, 글로세움 2007

『위기의 경영:삼성을 공부하다』하타무라 요타로 지음, 김대영 옮김, 스펙트럼북스 2011

『청년 이건희: 삼성 신경영을 구상하다』명진규 지음, 팬덤북스 2013

『회사어로 말하라』김범준 지음, 비즈니스북스 2011

『나는 도서관에서 기적을 만났다』김병완 지음, 문학동네 2013

『강한 나로 다시 태어나게 하는 33가지』강일선 지음, 지식의샘 2006

『세계최고의 인재들은 왜 기본에 집중할까』도쓰카 다카마사 지음, 김대환 옮김, 비즈니스북스 2014

『빅피처를 그려라』전옥표 지음, 비즈니스북스, 2013

『이기는 습관』전옥표 지음, 쌤앤파커스, 2007

『직장에서 히트치기』전선희 지음, 성지사 2004

『사장이 좋아하는 업무기술』벡토 네트워크 지음, 이정환 옮김, 중앙books 2010

『자존감이 나를 세운다』임미희 지음, 생각나눔 2014

『마음의 휴식』유진 워커 지음, 김광수 옮김, 명진출판 2001

『깨달은 사람의 인생상담』J.krishnamrti 지음, 신중현 옮김, 하나의학사 2003

『책수련』김병완 지음, 동아일보사 2014

『익숙한 것과의 결별』구본형 지음,

『중앙일보 2015』

오늘이 행복한 이유

초판 1쇄 ㅣ 2015년 10월 31일

지은이 이영재
펴낸이 채주희
펴낸곳 해피&북스

등록번호 제13-1562호(1985.10.29.)
등록된곳 서울시 마포구 신수동 448-6
전화 (02)323-4060,6401-7004
팩스 (02)323-6416
이메일 elman1985@hanmail.net
www.elman.kr
isbn 978-89-5515-565-5 13810

값 12,800원